の殺人

ジョン・ディクスン・カー

雨上がりのテニスコート，中央付近で仰向けに倒れた絞殺死体。足跡は被害者のものと，殺された男の婚約者ブレンダが死体まで往復したものだけ。だが彼女は断じて殺していないという。では殺人者は，走り幅跳びの世界記録並みに跳躍したのだろうか……？　とっさの行動で窮地に追いこまれてしまったブレンダと，彼女を救おうと悪戦苦闘する事務弁護士ヒュー。そして“奇跡の”殺人に挑む，名探偵フェル博士！ 不可能犯罪の巨匠カーが，本格ミステリの粋に挑戦する逸品。『テニスコートの謎』改題・新訳版。

登場人物

ヒュー・ローランド……事務弁護士
ブレンダ・ホワイト……ヒューが思いを寄せる女性
フランク・ドランス……ブレンダの婚約者
ニコラス（ニック）・ヤング……ブレンダの後見人
キティ・バンクロフト……ヤング邸の近所の寡婦
マライア・マーテン……ヤング邸の使用人
マッジ・スタージェス……ドレスショップの元店員
アーサー（アーチー）・
　チャンドラー……マッジの恋人
デイヴィッド・F・ハドリー……スコットランド・ヤード犯罪捜査部《CID》首席警視
ギディオン・フェル博士……探偵

テニスコートの殺人

ジョン・ディクスン・カー
三　角　和　代　訳

創元推理文庫

THE PROBLEM OF THE WIRE CAGE

by

John Dickson Carr

1939

目次

テニスコートの殺人

1　恋　愛

彼女は奥行きのある仄暗《ほのぐら》い客間の片隅で、カウチに座っていた。かたわらのテーブルにお茶の準備がしてあったが、紅茶はもう冷めていて、ビスケットも手つかずに近かった。ヒュー・ローランドはいまに至るまで、そのときの彼女の様子を忘れたことがない。豊かな金髪は毛先の色が濃く、耳の下でボブカットにされていた。瞳は薄い青で、そっとこちらを見あげて笑っているように見えた。見事な身体の線だが、ほっそりしていて、めりはりが目立ちすぎる印象はない。それというのも小柄な体型だからだ。袖なしの白いブラウスに白いテニスパンツ、テニスシューズといういでたち。チンツのカバーのカウチに、むきだしの脚で横座りしていた。そのとき笑いが消えた。ヒュー・ローランドは彼女にじっと見つめられ、警告されている気がしてきた。

胸が詰まっているのは、きっと暑く息苦しい日のためだ。フランス窓は草や木が生い茂る庭にむかって開け放たれていた。客間は薄暗いというのに、外は太陽が照りつけている。午後遅くの陽射しはいかにも暑そうでまぶしいが、まるでガラスがあいだに入っているように翳りもあった。風がなく、木の葉もざわつかず、ぎらついてどこまでも暑い。芝生の緑は鮮やかすぎた。ふいに雀が横切ってはっとさせられた。枯れた庭を飛んでいたのなら気にならないのだが。庭の突き当たりは下り坂になっていて、その先のテニスコートを木立がかこむあたりでは、色濃くなっていく空を背に、葉の一枚までもがきらめいていた。

ヒュー・ローランドはフランス窓から振りむいた。

「いいかい――」彼はいきなり切りだした。

彼女はなにを言われようとしているのかわかった。他愛のない世間話がぎこちなく終わり、これだけ沈黙が続くと、彼に残されているのはもうあれを切りだすことだけだ。

「嵐になりそうね」ブレンダ・ホワイトは出し抜けに言った。さっと横座りしていた脚を振りおろすと、居住まいを正した。目元はほんのり朱に染まり、瞳は透明感のある肌と同じように輝いていた。「お茶のお代わりはいかが?」

「いや、結構だよ」

「冷めてしまったようね。よければ、淹れたてを運ばせましょう」

「いや、大丈夫だよ。どうして笑っていたんだい?」

「笑ってなんかいないわ。あなたのことを考えていたの。いかにも若手の事務弁護士らしい態度で身構えて――」

いかにも自分は若手の事務弁護士なのだと、彼はいささか苦々しく思った。年収八百ポンドの若手の事務弁護士。父の法律という仕事机からのおこぼれが頼みの綱の若手の事務弁護士。休みは今日のように土曜日の午後だけの若手の事務弁護士。それなのに貴重な時間を無駄にしているときている。

「事務弁護士らしい態度云々はどうでもいいんだ」彼は言った。「いまはそれよりも話しあうべきことがある」

　彼女に近づいて目の前に立った。彼から慎重に視線を外した彼女の明るい声は、甲高く慌てて早口になっていた。

「みんな、なにを手間取っているのかしら」彼女は腕時計を見ながら問う。「フランクには五時だと伝えたのに、もう五時二十分よ。キティを家まで迎えにいって、真っ直ぐここへ来ることになっていたの。あら、いまの！　雷じゃない？　急がなくちゃ、一セットどころか、一ゲームもできなくなるわ」

　ヒューは視線をそらさなかった。

「フランク・ドランスの話なんだが」彼は言った。

「これがテニスの難点ね」ブレンダが耳元で時計を振りながら文句を言った。「自分にプレイする時間があるときは、決まって相手に時間がない——そうじゃなければ、その反対。ね？　だから、テニスができなくなるのよ。でも、ニックが発明してやろうって言っているテニスロボットが完成したら、素敵じゃない？　こちらのストロークを打ち返す機械だか人形だかで、ひとりでもプレイできるようになるのよ」

「どういうことかな。ボールを打ち返してくれるのかい？」

「ええ。ありきたりな〝カムバック〟式はいいとは言えないでしょう？　長いゴム紐のついたボールで練習するやりかたよ。ボールを打つと——」

「ぼくはしつこいたちでね」ヒューはにこりともせずに言うと、彼女と同じカウチに座った。

スプリングが軋んだ。蒸して雷も落ちている天候だというのに、彼はツイードのジャケットを着て、首に絹のスカーフを巻いていた。彼女は何気ないふうを装ってわずかに彼から離れたが、まだジャケットの袖に腕がふれていた。そのくらいのちょっとしたふれあいでも彼にとっては強烈で、どきどきしてしまい、口元まで出かかっていたことが言いづらくなってしまった。

話は極めて個人的なものだったから、判断が鈍ってもおかしくなかったけれど、彼の頭の一部はまだ目覚めていて分析する力も残っていた。彼女はこうしてはぐらかすことで、媚を売っているのではない。そんなもの生来もちあわせていなかったし、むしろ軽蔑している。それに、ヒューから愛されていることは知っているはずだ。彼女の仕草ひとつ、目つきひとつ、そして言葉のはしばしからそれは伝わる。だが、この事実に興味がなかろうと、不愉快に感じようと、たんに滑稽だと思っていようと、フランク・ドランスに対する彼女の態度は不可解で、ヒューはその理由を突きとめるつもりだった。

「質問したいだけだよ」彼は言った。「婚約している女性ならば簡単に答えられる質問のはずだ。きみはあの件を受け入れて、フランク・ドランスと結婚するつもりかい？」

「もちろんよ」

「へえ！　彼を愛しているのか」

「なんてことを訊くのよ！」

「もっと突っこんだことを訊くよ。そもそも、彼が好きなのかい？」

彼女は答えず、肩をかすかにすくめただけだった。両手を膝に置き、視線をそらして、窓ガラスのむこうのぼやけた太陽を見た。

「まず言っておくが」彼はへこたれずに続けた。「こうして話をしても裏切りにはならない。フランクはぼくに嫌われていることは知っていて、それをとても面白がっている。彼にはちゃんと、きみに話をすると言ってきた――」

「ヒューったら！」

「だから、正々堂々と筋は通してある。そこで、この結構な縁談の損得を検討していこうじゃないか。その一、フランクは魅力的な男だと認めるしかないようだ――」

「とても魅力的よ」ブレンダが言う。

それは嘘だった。ヒューの仕事には嘘を見破ることも含まれているから、彼女はフランクに、魅力などまったく感じていないのだとふいにわかった。かすかなためらいが声についにじんだものの、すぐさま抑えつけられた。だが、彼はそれを聞き逃さなかった。

ヒュー・ローランドはおおいに安堵した。胸が苦しくなるほどの安堵だ。ずっと心配していたのがその点だった。これまでブレンダの気持ちがはっきりとわかったことがなかった。おそらく、十人のうち九人の若い娘がフランクには抗《あらが》えないだろう。事実、本人も認めているように、フランクには少年のようにあけっぴろげで生意気な魅力があり、ほとんどの人がそこに惹きつけられる。どんなことを話すときでも笑顔で、どんなことを言ってもたいてい許される。おめでたい性格の二十二歳、フランクはそんな自分のことをよくわかっていた。

ブレンダは——いくつだったか？　二十七歳？　たしかそうだ。これまで年齢について深く考えたことはなかった。とにかく、ヒューより二、三歳は年下のはずだ。二十七歳。立派な大人の女性だが、二十二歳のフランク・ドランスはすこぶる慎重に彼女をつけあがらせないようにしている。

それだからヒューは攻撃すると決めたのだ。

「ではきみは、彼がきみと結婚するのと同じ理由で結婚するんだね。つまりノークスの金のために？」

「そうかもね」

「そうじゃないかもしれないな」

彼女の切り返しがあまりにすばやかったので、ヒューは彼女がそう言われるのを待っていたかと勘ぐってしまうほどだった。「どうして、そんなことを言うのよ」

「きみを信じていないから」

ブレンダは口をひらこうとしたが、そこでためらった。「やめて。わたしたちがこんな気分になったのは、このお天気のせいよ。でも、わたしを美化しないでほしい。とくにあなたは」

「きみを美化するとかしないとかいう問題じゃない。そんなことじゃないんだ！　でもよければ、敢えてその問題を現実的に考えてみようか。金のために結婚するからといって、ぼくがきみを非難する理由があるかい？　女性が結婚する理由として完璧なまでに健全なものじゃないか——ただ、その女性が相手に好意なり、せめて好感なりをもっているならばの話だが」

「もちろんよ」彼女は軽く首を傾げて、口早に言った。「あなた、いま言ったことは本気なの？」

「ああそうさ」そう答えたものの、自分に正直にならずにはいられなくなった。「いや違う。本気じゃないよ。ぼくは古めかしい考えの持ち主で、結婚には尊い情熱がいささかなりとも伴っているべきだと思っている。でも、それは気にしないでくれ。合理的な考えじゃないからね。金のための結婚は完璧に健全かつ正当な理由になると認めさえするよ。もしもきみが、この相手にせめて好意をもっているならね。その場合は結婚生活もうまくいくだろう。でも、そこが問題なんだ。きみはフランクのことなんか、これっぽっちも相手にしていないという気がしてきた。もっと言えば、好意のかけらもないと」

「そんなことないわよ！　でもとにかく、話を最後まで聞くわ」

「では話させてもらうが、条件は知っているね。ノークスの定めた条件で金を受け取れば、離婚はもとより、別居さえ論外になる。とにかく現実的になるといい。だが、しあわせな結婚になる可能性がどれだけあると思う？」

「ほとんどないわ」ブレンダは冷静に認めた。「でも、もとからしあわせな結婚なんか期待していないもの。そんなものがあるとしてね」

彼女はヒューに首を巡らせた。表情に皮肉なところはなかった。てらいもなく、事実だと信じていることを淡々と述べているだけだった。

「この暑さのせいだな」しばらく揺るぎない視線で彼女に見つめられてから、ヒューは言った。「どうしてこんな――愛してもいない男と結婚するような馬鹿げた真似をするんだ。そうだよ、本当に馬鹿げている！　どういうつもりなんだい」

「こんなことをするのって、たいていは馬鹿げた真似でしょうね。けれどわたしの場合はちがうわ。それにフランクと結婚しなければ、ひどい騒ぎになるでしょう。ニックはがっかりするわよ。フランクもね」

「でも、やはり理解できない」長い間をおいてヒューは言った。「みんなの機嫌を損ねないために結婚するんじゃないんだろう？」

「どうかしら」

ブレンダは身体ごとヒューにむきなおった。自分の考えと闘っているみたいで、彼に、そして自分にも言い聞かせようともがいているようだ。ヒューの肩の高さにあるその顔に、心ここにあらずという表情を浮かべている。けれど、ヒューは彼女をいまほど近くに意識したことはなかった。

「たしかに、人の機嫌を損ねないために結婚する人は少ないかもしれない。でも、そんなことはどうでもいいの。あなたの知らない事情もあるのよ、ヒュー。わたしが気紛れなお馬鹿さんみたいに話してるんだと思っているでしょう。それとも、あなたがニックのような人だったら」

——ニコラス・ヤング博士は不在だが、視線はヤング博士のこの客間をさまよった——「コンプレックスや抑制、ノイローゼみたいな話をもちだして、精神分析医に診てもらえと言うところでしょう。おかしな話だけど、本当にそうしたほうがよさそうね。わたし、あることが頭から追いだせないのよ。どうしてもできないの。あなた、わたしのことや、生い立ちについてなにかご存じ？　どうかしら？」

「なにも知らないよ」

ブレンダはうなずいた。

「どうもありがとう」彼女はすかさず言った。「なにも言わないでくれたことに、お礼を言うわ。〝ぼくが知りたいのはありのままのきみだけだ〟なんて、聞こえはいいけれど無意味なことを言わないでくれて。わたしはそういう、とってつけたようなうわべだけのお愛想が大嫌いだから。そういうのはいやというほど経験してきたの」

「八十五歳の意地悪おばあさんみたいな口ぶりだね。自覚しているかい？」

「あら、自分がそんなお愛想を言ってきたわけじゃないのよ！　とんでもないわ。ありがたいと思うけど、そんなことはしないで生きてきたの。六歳からこっち、出会った人はそんな人ばかりだったと言いたかっただけ。じゃあ、わたしのことは、なにもご存じないのね」

彼女の思いつめた表情を目にして、ヒューは次第に落ち着かなくなってきた。

「そうだね、ご両親が亡くなられていて、このニックの家で結婚式の鐘が鳴るまで暮らすことは知っているよ」

「父はニューヨークのホテルでピストル自殺したわ」ブレンダが言う。「母はボーンマスの下宿で週に三十シリングの生活をしながら死んだ。お願い、口を挟まないで。そんなこといまは大事じゃないし、ひどい悲劇を背負っていると思われたくもない。ただ父母の人生がどうだったか、話をしているだけ。先を続けると、両親の友人たちも似たり寄ったりだったの。ハンサムなジャックと優美なサリー」

「というと？」

「ハンサムなジャックと優美なサリー」ブレンダは繰り返した。「それって生活力のない美男美女のことよ。わたしは七歳まで、世界じゅうを引きずりまわされた。最初の記憶はヨーロッパ大陸の騒々しい音とホテルの照明と、わたしをちやほやする厚化粧のたくさんの顔よ。すごく甘やかされるか、完全に無視されるか、そのどちらかだった。子供にしてはたくさんのものを聞き、たくさんのものを考え、たくさんのものを見た。そんななかでなによりも怯えたのは、父と母がわたしは眠っていると考えている時間に目を覚まし、隣の部屋で父が言い訳をして、母がいけない言葉でどなりつけているのを聞くことだった。

ハンサムなジャックと優美なサリー——そんな人たちが大勢いるのよ、みんなわたしたちのような人たちなの。収入はろくにないのに高級趣味で、まともな財産もないくせに、人生で最高のものを手にする権利があると思っている。正しい社交シーズンに正しい社交場へ行けなければ、死ぬしかないと考えてね。借金をこしらえてもそらぞらしい言い訳をして、楽しんでばかり。でも根っこのところでは、嘘ばかりの卑しい偽善者。両親が本性でぶつかりあうのは自分たちだけになるとき。うわべは〝魅力的〟でないとだめだったから。ああ、大嫌いな言葉よ！　そんなとき、母に色目を使った男たちがいて――分厚い口髭のジョー〝おじさん〟が、ただわたしにテディベアをプレゼントするだけだという口実で、やってきた。隣の部屋でおじさんと母がなにをしゃべっているのか、なにが起きているのか知ろうとしたけれど、混乱するばかりで、理由もわからずにとても恐ろしくなったっけ」

ブレンダは口をつぐんだ。

呼吸を整え、膝に置いた両手にぐっと力を入れ、話をここでやめる決断をしようとするかのように一度身体を震わせた。けれど話を再開したときには、いつもの冷静でとりとめのない声になっていた。

「こんな話をしてごめんなさい。あなたの言うとおり、暑さのせいね。あなたって話しやすいのよ。また一緒に待たされることがあったら」彼女は笑顔になった。「同じようにつきあわされる覚悟をしておいてね」

「ブレンダ、いいかい――」

「言わないで」

「胸のうちをさらけだそうとしただろう。続けてくれ。全部、吐きだしてしまうといい」

「そうね」ブレンダはまたほほえんだ。「わたしはずっと、テニスのことしか考えていないみたいな、楽しい仲間を演じてきたでしょう、フランクも驚くほどにね。でも、べつに打ち明けることなんかないのよ、本当に」そこで彼女はためらい、くちびるをきつく結んだ。「そうは言っても、なんだかむずむずして、何年も忘れられないことがひとつだけあった。大人になって理解できるようになるまで、ずっと続いたことなの。

わたしはそれを〝暗い部屋の夢〟と呼んだ。さっき、その話はしたわね。ただ、それは夢じゃないの。とにかく、夢だとは言い切れない。夢うつつで、眠っているのと起きているのとの境にいるの。自分の寝室で横たわり、奥の灯りのついた部屋のドアはひらいていて、急に両親の話し声が聞こえてくる。その声でわたしは目が覚めたってわけ。夜な夜な、あのかぼそい空耳のような声が急に聞こえてくる。なにかあたらしく起きた問題か、子供が聞けばぞっとするような話だろうとそのたびに思うけれど、いつも同じ内容なの。悩みの種は決まって〝この先はどうなる、どうなる〟とそればかり。それからお金、お金、お金、お金、お金。とうとう、わたしはお金という言葉が大嫌いになったほどよ」

ふたたび、彼女は感情を抑えた。

「子供って意外と大人の話を聞いているものね。でも、それにしてもわたしは聞きすぎた。ときには、いまだって――でも、その話はいいわ。ここまでの話からどんな教訓が導きだせるかしら、ヒュー？　あなたは愛について話をしたけれど――」

「していないよ」ヒューは言った。「するつもりだったけど」

ブレンダは頰を赤くした。

「しなかった？　勘違いしたわ。とにかく、あなたが愛と呼ぶものを、わたしの両親がどのくらいおたがいに感じていたかしら。ほかのハンサムなジャックと優美なサリーたちはどうだったでしょう？　わたしが見たかぎり、ふたりの関係には愛なんかなかった。でも、最初は愛しあっていたと仮定したところで、それがいったいなんになるの？　結局は憎みあって、自分を憐れみながら死んだのよ。その理由？　お金、お金、お金、お金、お金。わたしが毒のように軽蔑しているのに、おろそかにできやしないもの。わたしはフランク・ドランスと結婚する。彼がわたしと結婚するのと同じ理由で。ノークスさんのお金を手に入れて、永遠に危険から逃れるため。さあ、これでわかったでしょう。だからって、わたしを非難する？」

彼女はそっとカウチを離れ、小走りにフランス窓のひとつへむかい、焼けつくような庭をながめた。かすかな雷鳴がハムステッド・ヒースへ続く丘から東のほうを揺るがした。彼女はこの話題を振り払いたいようだ。だが、このままにしておけない——絶えず、自分自身とこの結婚話について、思い悩んでいるのだ。

「どう？　なにも言わないつもり？　わたしを非難するの？」

「いや。だが、やはりきみは愚かだと思う」

「どうして」

ヒューは自分の手を見おろし、握ったりひらいたりを繰り返した。

「まるで訴訟の書類を準備しているようだよ。この場にふさわしい言葉を吟味しているからね」彼は言った。「きみのご両親が、説明してくれたとおりの人たちならば、金はご両親には必要不可欠なものだっただろう。だが、きみにはそうじゃない。自分でもそれはわかっているはずだよ」

「そうかしら？」

「そうさ。はっきりしているよ。金の問題はこの件とは無関係だ。きみは極端な思い込みか強迫観念で、フランクと結婚すると自分を納得させてしまったんだよ。その理由が知りたいものだ。フランク・ドランスと結婚すれば、もうひとりの〝ハンサムなジャック〟と結婚することになると気づかないのか」

「そうかもしれないわね」

「言い換えれば、きみは、自分がなによりも嫌っているものに己れを差しだすわけだ」

「そうかもしれない」

「ならば、どんな理由があって、そんなことをするというんだい。だめだよ、ブレンダ。絶対に、それはよくないことだ！」

　彼がカウチから立ちあがったはずみでテーブルにぶつかり、お茶のセットがカタカタと揺れた。彼女はそれでもフランス窓の前で背をむけている。陽射しが髪に、そして透明感のある肌に降り注ぐ。ふたりはじりじりと一歩ずつ、避けられない運命に近づいていた。

　それでも、肘をテーブルにぶつけたときでさえ、ヒューはニコラス・ヤング博士がなぜ茶を飲みにこないのか、なぜ、この危険な時間にふたりだけにされているのか考えあぐねていた。いつ何時《なんどき》、老ニックが足を引きずりながらやってきて、ブレンダたちが縁談の計画をひっくり返そうとしていると冗談めかして延々と責められることになってもおかしくない。その読みは間違っていなかった。フランク・ドランスはニックの秘蔵っ子だった。老ニックは若者たちを近くに置きたがった。ふらりと訪れた客が何人もいて、食べきれないほどの料理をテーブルに並べている家に誇りをもっていた。だが、彼の望むとおりにしなければ、意外と残酷な仕打ちをされることがあった。

急げ。それがヒュー・ローランドの頭にあった考えだった。急げ、急げ、急がなければ――。

「結婚式はすっかり手配ずみで――」ブレンダが切りだした。

「ああ、知ってるさ。キティ・バンクロフトが花嫁付き添いで、ニックがサラバンドを踊り、ノークスの幽霊がきみを祝福して、ぼくまでも花婿付き添いをやるんだろう」

「ねえ、わたしにどうしろと言いたいの?」

「たとえば、ぼくと結婚するとか」ふたりはハードルのように避けられない話題にぶつかった。ヒューは彼女の反応を待った。絹のスカーフに首が締めつけられるようで暑く感じた。

「ありがちな貧乏人の愚痴はこぼさないよ」彼は言った。「結婚しても生活には困らない、そこが心配だといけないから言っておく。それから、きみに恋して四カ月と十八日になることも。気づいていただろう?」

「ええ、気づいていたわ」ブレンダは振り返らずに言った。

「陪審員は別室へ引き取って評決を考えたいだろう」そう言ううちに、絹のスカーフがますます暑苦しくなってきた。「判決が出るまで、休廷にしてもいい。だが、陪審席を立たずに評決を出せる可能性があれば――」

「ありがとう、ヒュー。でもあなたとは結婚できないわ」

「では、そういうことで」しばらく感情が渦巻き、ヒューはふいに自分が怒っていることに気づいた。まるで実際に身体を殴られたかのようだった。切りだしたのは自分じゃないかと言い聞かせた。自分で歩み寄って気持ちを訊ねたのだから、肘鉄をくらってもそれでよしとするべきだ。だが、とうてい受け入れることができなかった。「ふたりの気持ちを確認しておこうか。はっきり言っていいかい？　ぼくが心配していたのは、きみが心の底ではフランクをちっとも愛していないんじゃないかということで――」

「ああ、ヒュー。物わかりの悪いことを言わないで！」

「物わかりが悪い？　そりゃそうかもしれない。だが、フランクだってそうだろう？　ぼくはただ――その、べつの手を提案しただけだ。万が一――」

ふたりは横長の部屋の、それぞれ端にいた。ブレンダが振り返った。顔が紅潮している。日光から逃れて急いで歩いてきた。「物わかりが悪い人ね。そんな人がいるなんて想像できないくらい」彼女は低く性急な声で言った。床を見つめているが、怒りを漂わせているのが感じられた。

どうしてそうなったか、ヒューはあとになってもまともに理解することができなかった。最初、彼女は少し離れたところに立ち、陽射しに包まれた髪の輪郭や、とまどいつつも強さを感じさせる肩の線を逆光が際立たせていた。瞳にも頑固な色が浮かんでいた。そして数秒後には、はっきりした間も動作もないまま、ヒューは彼女にキスしていた。身体は温かく、くちびるは冷たかったが、荒々しく彼女もそれに応えた。

彼女の頭はヒューの肩と同じ高さにもどった。彼女がうつむいた顔をあげたのはおそらくそれからすぐのことだったが、フランク・ドランスがフランス窓のひとつに立ってふたりを見ていた。

2 憎 悪

フランクはプレスに挟んだラケットを片手に抱え、片手でテニスボールを入れた小さな網袋を振っていた。

「そんなことをするには、ちょっと暑いんじゃないか、先生?」

彼はそう訊ね、笑い声をあげた。

フランク・ドランスは二十二歳だが、それよりもっと若く見える。顔を縁取るのは短い巻き毛で、血色がよく繊細な顔立ちなのに、なよなよした印象を与えない美男子だった。中背の痩せ型で、非の打ち所がない。青と白の絹のスカーフを喉元で結び、茶色のジャケットの襟元に差しこんでいる。白いフランネルのズボンでさえも小憎らしいほどさまになっていた。生意気な若者らしい垢抜けたところと輝きがある。自信満々の態度、頭に浮かんだことをそのまま口に出す性格、加えて倍の歳の男のような気取りがあった。退屈しきっているくせに、上っ面《つら》ではさぞ興味がありますよといわんばかりの表情を浮かべる癖が特徴的で、そこが多くの男たちから怒りを買うのだった。

だが、いまの彼は大笑いしていた。近づいてきて、どっかりと椅子に座ると、ふたりを遠慮なしに見つめた。

「なにか」ヒューはどうにか声を振り絞った。「なにか、おかしなことでもあるか?」

「ああ。あるね」

「たとえば?」

「あんただよ、先生」フランクは非難がましく言った。「おれのブレンダ相手にあんな間抜けなことをして。馬鹿みたいに見えたよ」

実際ここにいる人間で冷静なのはフランクだけで、テニスボールの網袋を気怠そうに前後に振っている。よく通る高い声で、自分が面白がっていることを庭どころか世界じゅうに伝えているようだった。

「ああ、おれなら気にしないよ」彼は平然とつけ足した。「ただ——何度もやるなよ。そうなると、おれも怒るしかない。そんなことにならないほうが、あんたの身のためだ」

「お気遣いをどうも」

「皮肉のつもりなのかい? でも、残念だけどおれには通用しないぞ。しかつめらしく弁護士ぶってみせてもだめさ。自分からおれにつけこまれる羽目に陥ったんじゃないか。こっちとしてはそこを利用してやるよ。それにあんたが女といちゃついていただなんて」

彼はふたたび腹を抱えて笑った。

ヒュー・ローランドはどこ吹く風といった表情を作ろうとした。この賢い若者に対しては顔をずっとあげていなければならない。さもないと、もっとつけこまれて、なにもできなくなる。

「はっきりさせたほうがいいだろう。ぼくはちょうどブレンダに――」

「結婚を申しこんだところだろ。知ってるよ」

「聞こえたのか？」

「面倒くさいな！　なんで遠回しに言うんだ？」フランクは平然と訊ねた。「もちろん、聞こえるものはなんでも立ち聞きするよ。でもさ、あんたは彼女と結婚できない」

「なぜだ？」

「このおれが結婚したいからさ」フランクは快活に答えた。

「それが立派な理由になると思うのか？」

「じゃあ、ブレンダ本人に訊けばいい。あんたはいきなり結婚しないかと切りだしたが――ここだけの話だけどね、ローランド、あれじゃ突然すぎる――彼女、なんて返事した？」

「できないと言ったわ」ブレンダが口を挟み、フランクの座る椅子の肘掛けに近づいていって腰を下ろした。

ヒュー・ローランドはやおら吐き気が身体のなかに忍びこんできたと思った。それが次第に広がってきて、耐えられるかどうか自信がなくなった。

「そうか。わかったよ！」そうは言ったが、部屋の体感温度は何度もあがった。

「ごめんなさい、ヒュー」ブレンダがつぶやいて、ほほえんだ。

表情からも素振りからも、彼女の本心はまったく読めなかった。まだ目元は赤く染まっているが、動揺や困惑の気配はなく、もうヒューに関心がないことはたしかだった。まるで何事もなかったかのように。たぶん、そういうことなのだ。

「待ってくれ」ヒューは言った。いきなりだったのでブレンダを驚かせた。「〝わかった〟と言って、それで終わりにすべきだろう。でも、そうするつもりはない。人の腕に斬りつけておいて、説明もせずに嬉々として逃げるようなことをするわけにはいかないよ。しっかり話しあわないと」

「残念ながら、これ以上話しあうことはないけどね」フランクが言った。

「残念ながら、その必要はあるさ」

「ねえ、いいかい」フランクはもっともらしい態度を取った。「この件であんたはもう恥をさらしているのに、まだ続けるだなんてますますひどくなるだけさ。おれは悪意なんかもっていない。そういう男もなかにはいるけどね。でも、あんたがいつまでもおれからブレンダを奪おうなんて考えるならば、それこそ後悔することになるぜ」

「そうかな」

「そうさ。そもそも、ブレンダはおれが好きなんだからな。そうだろ、ブレンダ？　それから、仮に彼女にそんな気持ちがないとしても、これは明白なビジネスの問題なんだから」

「ええ、本当にそのとおりよ」ブレンダがつぶやいた。

「そうだろ。おれが邪魔されるのを許すなんて考えないでくれよ。いま言ったように、おれには悪意なんかないさ。でも、だからっていい気になってやりすぎると、おれだって怒る。言うまでもなく、おれは怒ると手のつけられない人間になる」

しばしヒューは彼を穿鑿《せんさく》するように見つめた。鋭い怒りの痛みが胸にこみあげてきた。その痛みはそれ以上大きくなりはしなかったが、収まりそうにもない。それでも、自分の立場がわからないという吐き気のする思いよりはましだった。

「きみもそれでいいのかい、ブレンダ？」彼は訊ねた。

「それでいいのよ、ヒュー」

「じゃあ、これで話はついたな」フランクはきっぱりと言ったが、あながち思いやりのない口調でもなかった。ふたたび、快活で愛想がよくなっていた。「これでそれぞれの立場はわかったから、コートへ行って、嵐が来る前に一セットやろう。ブレンダとおれが組んで、あんたと――ああ、そうだった！　忘れていたよ。キティ」背筋を伸ばし、フランクはフランス窓へ首を巡らせた。「もう大丈夫だ、キティ。さあ入って」

「あら、いたの？」ブレンダが叫び、椅子の肘掛けから慌てて立ちあがった。

ヒューは、これでは近所の半分がフランス窓の外にいるようじゃないかと思った。だが、そこに立っているのがキティ・バンクロフトならば、誰よりも歓迎だ。キティのことは好きだった。いつだったか誰かがこう言ったことがある。キティは地味で好ましい、暗い影のような存在だと。三十代はじめの寡婦で、生き生きとして活発。思いやりのある人柄だが、それとは対照的に顔立ちは憂いを帯びたスペイン風だった。平均よりだいぶ背が高く、美しいところと言えば、スタイルのよさと、一カ所にとどまることのない表情豊かに動くきれいな黒い目ぐらいだが、彼女の魅力はつきあっていくうちにわかってくる。テニス服に加えて、セーターとサンバイザーがいかにもウィンブルドン風の雰囲気を醸《かも》しだしているが、これは見掛け倒しではなかった。彼女は一流のプレイヤーだった。

キティはフランス窓から突進せんばかりの勢いで現れた。全員のために事態をつつがなく収めたいのはよくわかるが、意気込みすぎていた。

「こんにちは、みなさん」キティは白い歯をきらめかせて挨拶した。「フランク、あなたって慌てん坊ね。結局、あの本をもたないで行ってしまったじゃない。わざわざあなたのためにホールのテーブルに置いたのに忘れてしまって。こんにちは、ブレンダ。こんにちは、ヒュー。ご機嫌いかが？」

フランクはまた高笑いした。

「この人ったら、まだ子供で無作法だから」どうやらキティは本音を隠すためめか、甘やかすようにフランクを見つめた。「この人のことは無視して。買ったばかりの本だったのに、それを貸してくれとせがまれたの。なのにさっさと行ってしまって忘れちゃったの。こんな人初めてよ。それにしても、テニス日和ね！　わたしたちを打ちのめす準備はできているの、ヒュー？」

フランクはさらにけたたましく笑った。ヒューはテーブルへラケットを取りにいった。ラケットをプレスから外し、何度も手のひらを打ちつけたので、しまいにはストリングのブーンと響く音が部屋に広がった。

「ひとつ教えてくれ」ヒューはふいに言い、フランクを見た。「きみはいつも思いどおりにするのか。ほしいものがなんであっても」

フランクはにやりとした。

「そうだよ。正確には、ほぼいつもね」

「学問的な関心から訊ねるんだが、どうやるのか訊いてもいいかな」

「もって生まれた魅力を使うんだよ。それを否定する必要はないだろ？　おれはそれをもってる。ただそれだけのこと。子供の頃、その魅力を使おうとしたものさ。失敗すると、床に寝転がり、手足をばたばたやって、ほしいものが手に入るまで叫んだ。おれはたいてい相手より長く粘れたから、たいていのものを手に入れた。いまじゃ、長年の経験を積んだからテクニックは少しちがってきていて、もっとさりげなくするようになったがね。けれど、教えてやるが、基本は同じだ」

「そうか。いままで、お仕置きされたことはないのか？」

「あるさ。でも、おれはますます暴れるだけだったから、大人たちは諦めたね。この考えかた、いいと思わないか？」

「そんな考えかたには」ヒューが言う。「虫酸《むしず》が走るだけだ」

「なんだよ！　なにを取り繕ってるんだ」フランクはにやりとした。「本当のことを言おうか。あんたは頭の切れがいまひとつだから、そういう駆け引きができないんだよ。あんたは静かな生活を好むような人間だよな。問題や厄介事を避けるためなら、どんなことでもするだろ。けど、おれは問題や厄介事が大好きだ。そういうのが、おれの糧《かて》なんだ。つまり、誰よりもしつこく粘って、自分の思いどおりにするわけだ。単純なことだろ？　ニックならこう言うさ——」

フランクは目を細くした。「ところで、ニックはどこだい？　どうしてお茶に下りてこない？」

口をひらいたのは、ブレンダだった。

「下りてこられないのよ、フランク。警官がきていて、まだニックの書斎にいるから」

ますます熱を帯びた風が庭の青葉をさっと揺らし、ざわめかせ、一同の足首のあたりに忍び寄った。ここまで気もそぞろでなければ、ヒューはフランクの眉がわずかに跳ねあがったことに目を留めただろう。

「警官だって？」フランクはおうむ返しに言った。「ははあ、ニックがやらかした自動車事故の件だな？」

「ちがうと思うわ」

「どうしてそう思うんだ？」

「マライアが受け取った名刺を見たから」ブレンダは答えた。「犯罪捜査部の警視だった」

キティ・バンクロフトは目を丸くした。「本当なの、ブレンダ？　スリル満点ね！　つまり、スコットランド・ヤードの人ってことよね。本にしか出てこないものだと思ってた。同じ屋根の下に本物の刑事がいるなんて！　サンタクロースだかヒトラーだかがやってきたようなものよ。間違いないのね？」

「名刺はそうなっていたけれど」

「でも、どんな用件なのかしら」キティは短く笑い声をあげた。「誰かを追っているんじゃないでしょうね」

「くだらない！　誰を追うっていうんだ」フランクが冷たく訊いた。「きみさ、きっとやましいことがあるんだろ。たぶん所得税とかその手の話さ。とにかく、ニックなら刑事と渡りあえる。刑事が行儀の悪いことをすれば、この家から叩きだすさ。なんだったら、刑事が帰るときに家にもどってきてどんな奴か見てもいいが、いまはテニスがしたいんだよ、どうしても。雨が降りだす前に、みんなコートへ行かないか？」

「ああ、雨になればいいのに！」ブレンダが急に大声で叫んだものだから、みんなの注目が集まった。「いくらでも降ればいいのに！」

そしてやはり出し抜けに庭へ駆けだした。

ヒューはフランクとキティを置きざりにして、ブレンダに続いた。だがようやく追いつけたのは、テニスコートへたどり着いてからだった。家から庭伝いに高台の端までは、直線距離で百ヤードほどだ。そこから、敷石を乱張りした階段を十二段下りるとたいらな土地があり、木立や生垣にかこまれたコートになっている。

これは老ニックの発案だった。つねに創意工夫に富む老ニックは、いつでもプレイヤーの目元に陽射しが入らないテニスコートを設計しようとしたのだ。背が高い金網で仕切られたコートで、その外側を平坦で幅のある芝生の遊歩道がかこみ、これをさらにぐるりとかこんで背の低いポプラがびっしり植えられて、コートを中心に長方形が入れ子状になっていた。ポプラにしては低いとはいえ二十フィートはあるので、尖った梢で日光を遮ることができた。それに加えていちばん外側は人の背よりも高く密集したイチイの生垣が巡らせてあり、格子戸の門から出入りするようになっていて、コートは何重にも封じこまれるかたちになっていた。

まずはイチイの生垣の門から入り、ポプラ並木のあいだを抜けると、世界から切り離された秘密の花園に足を踏み入れるような気分になる。コートの中央はうだるような熱線に照らされ、白いラインが茶色のコートのなかでまぶしく光っている。だが、端のほうは木々の長く伸びた影で仄暗《ほのぐら》い。そのあたりは涼しいが、蚊がいるし、強い草いきれもした。

ブレンダはコートにいた。片手で金網を支えにして、息を切らしている。「どうしても逃げだしたかったの」彼女はそう言い、ちらりとヒューに視線を送った。「なんて暑さ――あなた、わたしに怒っているでしょうね」

話は逆もどりだ。

「ねえ、ブレンダ。もう話は終わったんじゃないのか?」

「でもあなた、わたしを追いかけてきたじゃない。話は終わったと思っているなら、どうしてかしら?」

「さあ。そういう定めなんだろうね。でも、もうこれ以上は追いかけないよ。それで満足かい」

東の金網についた扉近く、きれいに刈りこまれた幅広の芝生の遊歩道に小屋のような四阿《あずまや》がある。老ニックの美意識に従って鮮やかな赤と緑に塗られ、テニスコートとポプラ並木のあいだの境界に収まるほど小さいが、ガラス窓、ロッカー、ベンチが備えられ、狭いポーチまであった。ヒューはそこから視線を外さなかった。

「どうしてわたしを追いかけてきたの?」ブレンダが食い下がった。

「また一から同じことを言わせたいのか? もう返事は聞かせてもらったよ。それにしても、今日はみんなどうしてしまったのか知りたいよ。暑さで誰ひとりとして、まともに考えることができていない。注意しないと、今日が終わるまでに人殺しでも起こりそうじゃないか」

「わかってるわ」

「ちょっと待ってくれ、わかってるってどういうことだい?」

ヒューは軽口を叩いたつもりだったのだが、ブレンダはそうではなかった。

「ええ、わかってるのよ」彼女は言い張った。「でも、あなたに話したかったのは、そんなことじゃない。あなたは理解しているつもりでも、本当は全然理解していないの。その、べつの話題のことなんだけど」

危険な時間ふたたびだ。

ブレンダは足元を見つめ、白いテニスシューズの爪先で芝をなぞった。「さっきのあれは本気だったのよ、ヒュー。本当の気持ちがああさせたの。わたしが口でなんと言おうが関係ない。ただね、フランクと結婚して、みんなを喜ばせる理由はちゃんとあるの。ほかの人たちがいる場所ではとても言えなかったけれど、あなたには伝えずにいられない。これから教えるわ、ヒュー。その理由というのは――」

「さてさて!」高く、遠くまで通る楽しげな声がポプラのあいだから割って入ってきた。

「ブレンダとおれが組み、あんたとキティが組む」フランクが声に続いて姿を見せ、サーブとコートを決めようとラケットをくるりとまわした。「表《スムース》か裏《ラフ》、どっちだい？　ラフか。あんたの負けだな。おれたちは南のエンドにする。サーブするかい」

そしてまたもや、高らかに笑った。

「行くわよ、パートナーさん！」キティ・バンクロフトが元気に声をかけた。

ヒューは小さな赤と緑の四阿の階段にジャケットを置き、金網のドアからコートに入った。自分でも驚くほど不穏な気持ちになっていた。こんな気持ちで勝敗を競うスポーツをするなど間違いだ。けれど、そのときの彼はそんなふうに思わなかった。

コートはガランとして、彼の前に埃《ほこり》っぽく広がっていた。まずいショットを誘いだす白いネットつきの檻だ。フランクがテニスボールの網袋を開けると、すぐさまボールはコートじゅうに転がっていった。それを拾うヒューの目に汗が流れてぴりぴりした。そのうえコートの薄暗い端にいる蚊に刺されてしまった。

できることなら、この日の午後、フランク・ドランスには一ポイントも与えたくなかった。

その気持ちは彼の信念のようになった。サーブのためにベースラインにつま先立ちになって気づいたのだが、ほかにも信念はあった。かすかな靄《もや》のなかでネットのむこう側にあのふたりが見えた。ブレンダの白いブラウスと白いテニスパンツ、フランクのクリームのようなズボンと楽しげな笑顔。フランクは完璧な機械のようなプレイヤーだった。彼を走らせることはできない。どんなショットを打ちこんでも、彼はすでにボールの前にいる。強いショットは打たないし、また打てもしないのだが、どのショットもゆっくりとしているがまるで機械のようにぶれず、狙った位置へ正確に送りこんでくる。ヒュー――長所といえばスピードだけ――には、フランクが人生を悠々と歩いているように、テニスコートも悠々と歩いているように見えた。嵐が近づいて湿気を含んだ空気が重くるしくなり、ポプラ並木のむこうの陽射しが消えた。キティ・バンクロフトがネット際で構えた。

「いいわよ」

「始めよう」

ヒューはボールを高く放った。

身体で覆いかぶさるように打つと、腕と肩にショットした衝撃を感じた。カーブしたボールはヒュッとネットを越え、白い埃を巻きあげてコーナー際に刺さったかと思うと、ヒューが一歩も動く間もなく、こちらに返ってきた。白くぼやけた塊に見えるフランクが、難なくコートを斜めに返すショットを打ってきたのだ。ヒューが思い切り前に出ると、じゃりじゃりした砂で踵《かかと》を滑らせた。だが、立て直す時間はあった。強いショットを低く、ラインぎりぎりに打ちこんだ。フランクはまたもやボールの来るところに構えていて、キティには届かない場所へ返した。ふたたびヒューが真っ直ぐにライン際めがけて打ちこみ、ポプラや生垣でかこまれたこの空間にラケットのうなりを響かせると、コーナーから石灰の白い粉が飛んだ。フランクが近づき、コートの内と外のどちらに落ちたか調べた。そして澄んだ嬉しそうな声を張りあげた。

「残念だな。惜しいところでアウトだ」

ブレンダは彼を見つめている。「でも、フランク――」

「惜しいところでアウトだ」フランクは言った。「運がなかったな。ラヴ・フィフティーン」

3　溺愛

こうして有無をいわさずペアが決められた混合ダブルスの試合が始まった頃、ニコラス・ヤング博士は書斎でスコットランド・ヤード犯罪捜査部のハドリー警視と腰を下ろしていた。

書斎は家の二階の奥にある天井が低く細長い部屋で、庭を見おろせる窓がふたつと、さらに車庫に通じる木陰になった私道を見おろす窓がふたつある。ここはだいぶ涼しかった。あまり高さのない書棚がずらりと並ぶ上で扇風機がブーンと音を立てているからだ。ヤング博士の机には小さな置時計があり、針は五時五十分を指していた。文字盤の日付は八月十日の土曜日になっている。

ハドリー警視は長身で横幅もあり、近衛連隊の大佐のような風貌だ。勧められた上等の葉巻をまだ吸い終えていなかった。

「率直に申しあげてよろしいですか、ヤング博士?」

「それはつまり、いやなことをという意味だろうね」ニックと呼ばれている紳士はうめいた。

「わかった、わかった!　話してくれ」

「サー・ハーバートの伝言はお届けしましたから、自分の見解も言わせてもらいます。証拠があれば信じていただけますか。あなたに言わせれば若者のお手本のようなこのフランク・ドランス氏ですが、まったくもって、けしからん腐った若者だと」

下唇を嚙みしめていたニックが言った。「それは言いすぎではないかな」

「わかっています。だが、わたしがこれだけお話ししても、いっこうに驚かれた様子がありませんので」

ニックが苛立ちを募らせた。

「さて、どう反応すればよいのやら」不満まるだしでそう言った。「あれに説教しろと？　よかろう、説教しようとも。だが、それ以外になにができるかね。なにもあの子は、逮捕されるようなことをしたのではないだろう」

このときの彼は、心身ともに最高の状態とはいえなかった。片目が悪いために眼鏡のレンズは片方だけ色つきで、悪いことでも企《たくら》んでいるのではないかと誤解されそうな顔つきになっていた。フランク・ドランスばりにスポーツカーを飛ばすなどという愚かなことをしてはならなかったのだ。ほんの一週間前、ニックは新車のダイムラーをハイゲートの村の木にぶつけてオペラハットのようにぺしゃんこにしたあげく、右腕、右の鎖骨、左脚という大事な部分の骨を折ってしまっていた。この日の午後は、机を前にしてぶざまな偶像のように身体をこわばらせて椅子に座っており、全身が添え木と包帯のように見える。

老ニックは大変な伊達者《だて》で、ちょっとばかり背が低くてずんぐりしているが、それでも人目を引いた。ウシガエルのような顎をカラーに埋めた大きな顔に、喧嘩腰の気分が窺えた。行動を封じられてかんかんに怒っている。踊れない。馬にも乗れないし、テニスもできない。マッチを擦ることも、酒をかき混ぜることさえできない。けっして老けないという固い決意は、休むことなく活動するのが頭だけで身体が伴っていなかったら、痛々しいだけだ。

精神分析がイギリスではほとんど知られていなかった頃、彼はこれを職業にしてひと財産を築いた。事故に遭っても、クロスワード・パズルを作成したり、誰も遊べないほど複雑なゲームを考案したり、医学的に最適な殺人方法のあらましを説明してみせたりした。折れていない左手だけで松葉杖を突くか、車椅子を使うかして、ある程度は動ける。けれども、骨折が全治するまでまだ一カ月はかかりそうだった。それを待つあいだの包帯の繭《まゆ》は苦痛と痒《かゆ》みしかもたらさず、ニックは怒りっぽくなっていた。

だから、やたらと威圧的に出ていたのだ。

「いいかね」彼は言った。「わたしが感謝していないとでもいうのか」

「感謝がどうのという問題ではありません」机のむかいにいる、背が高くがっしりした顎の線の警視は言った。「わたしのお伝えしたいことは言いました。お時間を無駄にさせたのならば、お詫びします」

「待て、待ってくれ！　話を整理しよう。フランクは問題を起こすこと間違いなしの疑わしい飲み仲間と一緒にいるところを目撃された。そしてハーバート・アームストロング卿はわたしの友人だから、わたしに警告するため、ひとかどの警視を寄越《よこ》した。いいだろう。それは敬意の表われだから、感謝もしよう。だが、フランクが問題を起こすというとは――なんとまあ！」

ハドリーは興味ありげにニックを見た。

「フランクのすることはすべてご存じだとでも？」

「ここだけの話、あの子がどんなことをしようと、これっぽっちも気にしない。人前で礼儀さえわきまえていればな。大事なことを教えよう。あの子は個性的なんだよ」

「そのようで」

「あの子は個性的なんだ」ニックは繰り返すと椅子にもたれ、客を観察しながら一語ごとにうなずいて強調した。

「その点は最初から疑っておりませんよ、博士」

「度胸抜群でもある。そこはわたしに似ている。それにだな、ほんの一カ月と三日後に、あなたが巡りあうことのないような素晴らしい娘と結婚するのだよ。ボブ・ホワイトの娘だ。ふたりが結婚すると、共同で五万ポンドを相続することになっている。大枚五万ポンドだよ」ニックは繰り返して、大金について語られるときにつきものの熱っぽい調子で強調した。「いくらかでも運があれば、最初の子供が一年以内には生まれるだろう。その子はニコラス・ヤング・ドランスと名づけられることになる。名門の私立初等学校とパブリック・スクールで教育を受け、それからサンドハーストの陸軍士官学校かダートマスの海軍兵学校へ進む。どちらでも構わないが、陸軍か海軍でなければならん、絶対に。フランクを育てたのはジェリー・ノークスだ。まあ、わたしがフランクを育てていれば、ああはならなかったという点がないとは申すまい。だが、生まれてくる子供はわたしが育てる。間違いはあり得ない」

ハドリーは素っ気なかった。

「きっと、そのお子さんはあなたと未来の父親の誇りになることでしょうね。ところで、ドランス青年とあなたはどのようなご関係なのですか?」

「フランク? なんの関係もない」

「ですが、フランクはあなたに似ていると、先ほどからずっとおしゃっていますが」

「似ているから似ているんだ。細かい説明をして、あなたを煩わせたくない」そう言うニックは祖父になる夢を描いて顔を明るくした。「だが、この話は何年も前に遡る。わたしたち三人が大学にいた頃——兄弟同然だった頃に。ボブ・ホワイト、ジェリー・ノークス、わたしだ」

「それからどうなったのです?」

「ボブ・ホワイトだけが子供を授かった。それに、出世しなかったのも彼だけだった。ベッドフォードシャーのスタントン家の娘と結婚した。かつてわたし自身も想いを寄せた娘だ。ふたりはひとり娘に恵まれた。それがブレンダだよ。わたしたちはみな、あの娘をそれは可愛がった。だが、ボブの奴は極めつけの嘘つきで、あいつの経済状態をわたしたちはまったく知らなかった。あいつは嘘をつき、自分がどれだけ成功したか長年はったりをかましてきたので、彼はちょっとしたロックフェラーのようなものだと、わたしたちは思っていた。あいつはほとんど海外にいたしな。

いっぽうのわたしも、かなり成功していた。自分で言うのもなんだがね。それにジェリー・

ノークスは金融街で並外れた出世をし、甥を養子にした。それがフランクだ。いいかね、ジェリーのために言っておかねばならないが、彼はフランクのためにあらゆることをして、まずまずの子育てをした。まあ、このわたしもだいぶ助けたがね。そんなとき、青天の霹靂《へきれき》と言おうか、ボブ・ホワイトがニューヨークで放蕩《ほうとう》のかぎりを尽くしてからピストル自殺したという知らせが飛びこんできたんだ。妻と娘はボーンマスに滞在しているということだったので、わたしは居場所を突きとめて会いにいった。すっかり胸が悪くなってしまったよ。ネリーは長くにもちそうにないほどジンを飲みつづけており、実際もたなかった。無論、わたしはブレンダを引き取った。

　生憎なことに、あの娘に良家の子女の躾《しつけ》をするにはもう手遅れでね。これはわずか五年前の話だ。正式な学校教育をほとんど受けていなかった。イギリス最高の学校に四年近くやったが、あの娘はかなり閉口したようだ。なにしろ、同級生たちより年齢が上だったからな。だが、わたしにはどうしようもない。それからこの家へ連れてきて、同居することになった。べつに世《せ》間体《けんてい》が悪いことでもなかったし」ニックはそう言い、どこか自意識過剰な含み笑いをした。だが、ハドリーもまさに、この年齢の男が若い娘と同居して世間体が悪いということもないだろうと、ニックの言ったとおりのことを思った。

「一方、ジェリー・ノークスとわたしはあれこれ計画を立てていた。ジェリーはわたしと同じくらいブレンダを気に入っていた。それであの娘をフランクと結婚させる気になったのだよ。今頃死者の宮殿《ヴァルハラ》で、ビールの祝杯をあげてくれていたらいいが」ニックはやはり熱っぽい口調でつけ足した。「なぜなら、計画を成功させたからだよ。ジェリーは計画を立てていた去年の十一月――覚えてらっしゃるかな？――猛威を振るっていた流感にかかり、高熱を出して遺言書を書き換えた。なんにせよ、フランクとブレンダに財産を譲るつもりだったのだが、条件をつけた。ふたりが結婚するなら相続できるというな。そんな遺言を作ろうと考えるなど正気ではないと弁護士は言ったが、わたしは断固ジェリーの味方をした。単純に感傷的な魂の持ち主だからな」ニックの眼鏡の色つきレンズのほうがきらりと光った。「それにこの考えが気に入った。ジェリーは孤独な老いぼれで、そこが奴の困ったところだった。クリスマスの二日前に息を引き取ったが、遺言書に最初の子供には自分の名前をつけることという一文を入れたがって、それはわたしが省かせたんだよ。とんでもないことだ！」

ひとしきり続いた熱の入った語りが一段落すると、扇風機のブーンという音が大きく感じられた。部屋全体が、家全体が、敷地全体が、嵐の前のまったくの静けさに包まれていた。あまりにも無音で、ハドリーはテニスコートのほうからかすかな声が聞こえたように思ったくらいだった。空がますます暗くなり、ニックは包帯にくるまれて汗をかいていたが、そのことへの苛立ちは消えていた。

静けさはハドリーがマッチを擦った鋭い音で破られた。

「大変興味深いお話です、ヤング博士」彼は吸いかけの葉巻に火をつけた。「お許しいただきたいのですが、その件で質問したいことがあるのですよ」

「質問？　どんな質問だね？」

「若いふたりはこの取り決めをどう考えていますか。それでいいと思っているのでしょうか?」

「それでいいか、だって?」ニックが繰り返して、すぐさま顔をつんとあげた。「もちろん、ふたりはそれでいいと思っている。愛しあっているのだからな。まあ、必要な程度には。ときにどういったわけで、そのようなことを訊かれるのかな?」

「なんでもありません。お訊ねしてみただけで」

「どうも妙な顔をなさっているが」ニックはハドリーに不気味な眼鏡をむけて食い下がった。

「なにを言いたいんだ? そうではないという証拠でももっているのかね」彼は考えこんだ。「ローランドという若者がいる。ヒュー・ローランド。わたしの勘違いでなければ、あの男はブレンダを見染めているようだな。けれどなんの心配もいらんだろう。いや待てよ、もしもわたしの勘違いならば――」

「いきり立つ必要はありませんよ、ヤング博士。ローランドと言われましたか? ローランド、ローランド。ちょっと待ってください。それは事務弁護士の息子ですか、ローランド&ガーデスリーヴ法律事務所の?」

「ああ、その男だ」ニックが怪しむように言った。「それがどうしたかね」

ハドリーの口調は素っ気なかった。「ああ、博士。余計なお世話でしょうが、彼とそうした件で対立されるのであれば、見くびらないほうがよろしい。彼はとても頭の切れる若者です」

ニックは圧縮された空気がチューブから漏れるような、不信を滲《にじ》ませた声をあげた。

「息子のほうのローランドが? 頭が切れるだと? あり得ない! 頭が切れるなど!」

「ですが、彼はわたしたち警察を負かしたんですよ。ご参考までに申しあげますが」ハドリーが言った。「毒殺犯のジュエル夫人のことは覚えておられるでしょう。評決はああでしたが、わたしはいまでも彼女が犯人だったと考えています。有罪にできる自信があったのですが、夫人は無罪になった。あれはローランド親子の手柄だった。とくに息子のほうの」

「なにを言うか！」ニックは言った。「その事件なら知っている。だが無罪にしたのは、ゴードン・ベイツだ」

「ええ。すべての功績は法廷弁護士のものになるのが慣例ですが、事実はそうではありません。法廷弁護士は訴訟書類を頼りに法廷で戦う。あなたの若き友人がその書類を準備し、病理学者でさえも負かしてしまった。ですがとにかくいまはそれはどうでもいいことです。それでホワイト嬢とドランス氏がこの条件に従って結婚するのを拒否したら、どうなるのです？」

ニックは椅子にもたれた。一気に老けた声になっていた。

「よいかな。この家を訪れて、こんなふうにわたしを心配させるなど、どういうつもりなのかね？　わたしの椅子に座って、わたしの葉巻を吸いながら、まるで手錠をぶらぶらさせているように強面《こわもて》の警官ぶってみせるとは、どういう了見なのか。だいたい、あなたにどんな関係がある？　頭が切れるだと！　議論させれば、フランクのほうがあの男より上だ！　フランクならば、あの男を翻弄できるし、実際そうするさ。先日の夜もここで議論した。犯罪についてだ。そしてフランクがあの男を翻弄した。もちろん、ブレンダとフランクは結婚するとも。結婚しなければ、ジェリーの全財産は慈善団体に寄付される。ふたりがみすみすそんなことをさせるはずがない！」

「わたしもそう思います。ところでヤング博士、もしもドランス青年が結婚の前に亡くなることがあれば、どうなりますか？」

沈黙が流れた。

窓の外は湿気が多く一段と暗くなり、稲妻がちらちらと見えた。雷鳴は聞こえず、空気そのものが揺れているように、わずかな振動だけがあった。生暖かい風が窓辺のカーテンをはためかすようになった。これだけ距離があるというのに、ラケットのバシッという音がはっきりと聞こえる。

ニックが突然、喉を鳴らして笑った。またいつもの彼らしくなっている。「まあ、フランクが急に亡くなるなどありそうにないがね。非常に健康な血筋だから。もしも、ふたりのうちどちらかが死ねば、残ったほうが全財産を相続する。だが、ロイズ保険もフランクがかなり先まで健康に過ごすと保証してくれるだろう」

「わたしならば、保証などできませんがね」ハドリーが言う。

ふたたび扇風機の音が大きくなった。

「当方は話すべきことはもうすべてお話しした」ニックがピシャリと言った。「あなたはこの十分間、なにか探ろうとしていたな。なにが狙いなんだね？」

「では、言いましょう。マッジ・スタージェスという娘の名に聞き覚えはありませんか」

ニックはふっと安堵のため息を漏らした。

「ああ、なんだ、そういうことかね。あなたの表情からてっきり、フランクがイングランド銀行にでも強盗に入って、警備員を殺したとでも言われるのかと思ったよ。では、フランクはマッジ・スタージェスという娘といい仲になっていたんだな？　それがどうした。婚約の不履行かなにかがあったのか？」

「いいえ」

「じゃあ、心配はいらないな」ニックはさらに安心した口調で言った。

「ちょっと待ってください、ヤング博士。あなたはちょっとした物語を聞かせてくださったから、今度はわたしがひとつ披露しましょう。マッジ・スタージェス事件の真実です。二カ月ほど前、あなたのまったくもってけしからん腐った若者、ドランス氏がマッジ・スタージェスにオーフィウム劇場で出会いました――」

「そして彼女を引っかけた」ニックは言った。

「そう言ってよろしいでしょう。当時、彼女はケンジントンにある、ドレスショップと言うのでしょうか、そうしたところの店員でした。ドランスと五、六回出かけて、すっかり惚れてしまったが、これはおまけの情報にすぎません。フランクによく思われたい一心から、彼女は店からイブニング・ドレスを毎回、あるときなどは毛皮までひそかにもちだして着用し、誰にも知られないうちにもどしておいたのです。ところが、不運なことにそれがばれてしまいました。十五ギニーもする白いサテンのイブニング・ドレスに、ドランスが不注意にも赤ワインをボトル半分もこぼしたからです。しみがどうしても取れず、彼女はすっかり白状するしかなくなったのです。店は大騒ぎしましたが、寛大でした。ドレス代を払えば、店を辞めずに働いていいと言ったのです」

ハドリー警視は感情を見せなかった。声を荒らげることもなければ、座ったまま身じろぎすることもない。けれど、その目は、暑さや包帯と同様この家の主人に絡みつくようだった。

「娘はおおいに慌てました。そのような大金は手に入れることができません。週に二ポンドの給料では無理です。そこで、ドランス青年を訪ねました。彼はウエスト・エンドにフラットをおもちなのですよね？　やはりそうですか。すると彼は、気の毒だが自分には関係のないことだと言ったのです。自分のものではないドレスを使って洒落ようとするような馬鹿は、なにかあったときの覚悟をしておいて当然だと。自分が思うに、あたらしいドレス代を強請《ゆす》ろうとしているだけだろうと言ったのです」

ニックは身じろぎした。

「あの子は個性的なんだ」彼はあくまでも言い張ったが、その声には苦々しさが窺えた。「とにかく、その娘さんはわたしのもとへ来るべきだった」

「まあ、ドランス氏には大変な分別がございますね、それは疑いようがない。ただ、話を続けますと、マッジ・スタージェスは再就職ができませんでした。昨夜、ガス・オーブンに頭を突っこんだのです」

「なんと」ニックはつぶやいた。いまや、全神経を集中させて事の次第を警戒し、真剣な態度になっていた。「なるほど。検死審問か。それは具合が悪い。検死審問でフランクの名前が出ると――」

「いいえ。娘は死にませんでした。下宿のおかみと病院の機転で、一命はとりとめました。ですから、わたしが細かいところを知っているのです。今朝、デール《D》・ロード署から報告がありまして」

ハドリーは立ちあがった。吸いさしの葉巻を灰皿に捨て、膝の灰を払い、机に置いていた山高帽を手にした。風にはためくカーテンのために部屋は薄暗くなっているが、暑くてハドリー自身の頭もくらくらしていた。庭でざわめく木々の音に負けず、扇風機がブーンと蜂のように音を立てている。

「わたしがお話ししたかったのは以上です、ヤング博士」彼は礼儀正しく話を締めくくった。「わたし個人や警察の出る幕ではありませんからね。検死審問はおこなわれないですからね。それに自殺未遂の罪でこのように哀れな娘を起訴するほど、我々は事件に飢えておりませんのでご心配なく。あなたがおっしゃったように、ドランス氏は逮捕されるようなことはしておりません。そして、これもまたあなたがおっしゃったように、そんなことをしそうにもない。あのお若い紳士は格別に頭が切れますからね。ですが、ここだけの話、この件をどう思われますか」

ニックはふたたび身じろぎし、さあねと、怪我をしていないほうの腕を揺らして身振りで伝えた。

「わたしはべつに」ハドリーが話を続ける。「あの若者に死の危険が迫っているとは申しません。ですが、あなたに警告しておくのが公平というものです。このようなことをしていると、あの若者はいつか待ち伏せされ仕返しされて、一カ月はベッドから出られない羽目になりますよ」

「それはいかんな」ニックは小声で言った。「もちろん同感だよ。まずいことだ。ところで、娘さんの住所を教えてもらいたい。いくらか小切手を送ってやろう。それに、仕事を見つけてやれないか心当たりに訊いてみる。だが、結局のところ、フランクは極めて正しかったよ。これは強請《ゆす》りだったのかもしれないしな」

ハドリーはニックを見つめた。

「これでもまだ、あの若者を呼びつけて、神を畏《おそ》れる心を植えつけてやろうとは思われないのですか」ハドリーは懸命に自制しながら提案し、さらに期待してつけ足した。「なんでしたら、このわたしからお話ししましょうか」

ニックはくすくす笑った。

「そんなことができるかね、警視さん。あの子にはそうそう説教は通じない。なんでも切り返す才能があるからね」

「またそれですか！」

「まあまあ、とにかくわたしを信用してくれないかね」家の主《あるじ》がなだめ、説得するように促した。「わかったから。わたしが娘さんに埋め合わせをしよう。ニックおじさんに訴えて無駄に終わる者はいない。さあ、もうお帰りになるでしょうな？」テーブルから大きなハンドベルを取りあげてガラガラと鳴らすと、ハドリーの歯の神経に響くほどの音がした。「マライア！

マライア！　しょうのない女め。用のあるときにはいない。ほかの使用人はみんな外出中だ。おひとりでお引き取りいただけるかな？　では、御機嫌よう、ハドリーさん。サー・ハーバートによろしく。それからご忠告に感謝すると伝えてくれ。だが、フランクは自分の面倒は自分で見られるとはっきり言ってやってほしい。ええと——もうほかに用事はないだろうね？」

ハドリーは自分の帽子を見つめた。

「ご忠告したかったことが、もうひとつあります」彼は答えた。「マッジ・スタージェスには恋人がいるようなのです」

ハンドベルがガランと激しく一度音を立て、そして止まった。

「恋人？」

「ええ。娘は恋人に金を借りにいく勇気はなかった。それはつまり、ほかの男と出かけたことを打ち明ける勇気がなかったからです。その恋人というのは、今朝の新聞で自殺未遂の記事を読んで初めて経緯を知りまして。ところで、ドランス氏はその記事を読まれましたでしょうかね？」

ニックは悲鳴のような声をあげた。「フランクがなにを読もうとそれがどうしたというのだ？　なにを言いたいのだ。その恋人というのは何者だね？」

「名前はチャンドラーといいます。劇場の芸人です。とても珍しいあっと驚くようなショーをおこなっていますから、あなたもご覧になるといいでしょう」ハドリーはいったん口をつぐんだが、また話を始めた。「この男は詳細を教えろとD署に駆けこみ、話を聞きだしました。D

署の警部が言うには、チャンドラーは夜道で出会ったら無事に済むような精神状態ではないそうですよ。警告を伝えてきましたので、こうしてわたしがそれをあなたにお伝えしている次第です。もしもわたしたち警察が必要になられましたら、電話番号はホワイトホール１２１２番です。では失礼します、ヤング博士」

ニックが口にしただろう返事は、耳をつんざくような雷鳴の襲撃にかき消された。地上では緊張感と暑さが限界点を超え、バランスが崩れた。ある決断が下された。ハドリーが家の表の車にまさに乗りこもうとしていたとき、そしてニックの置き時計の針が六時十五分を指したとき、空が横にひび割れて大雨が降りだした。

まったく馬鹿げた話だ。

土砂降りが家に襲いかかってから数分間、ニコラス・ヤング博士は身じろぎもせず座っていた。書斎は真っ暗といっていいほどになり、時計の音こそ聞こえないが、豪雨に屋根を打たれながらも扇風機はいやな音でずっと小さくうなっていた。

誰かに訊かれたならば、ニックはいまのような話など意に介さないと答えただろう。だが、回転の速い頭は忙しく動いていた。数分が過ぎてようやく、雨が絨毯を水浸しにしてカーテンもぐっしょり濡らし、窓からかなり離れた彼の顔を刺すように降っていると気づいた。松葉杖は椅子に立てかけてある。杖に身体を預け、自動人形のようにぎこちなく部屋を横切っていき、それぞれの窓へ順番に倒れかかり、片足で立って閉めた。嵐が彼にどなりつけてきた。視界を遮り、彼の髪を逆立てた。暗闇なので見聞きでき、感じられるのは嵐そのものの動きだけだった。

それまでの半時間は、遠いといっても、ラケットでボールを打ち返す音はかすかに聞こえていた。つねに背景で聞こえていて、若い者たちが楽しくやっていることを窺わせていた。書斎の西の窓は庭と、テニスコートをかこむ並木に面しているが、どの位置に立とうと、どんなに視力のいい者であろうと、コートそのものは見えないだろう。とはいえいまは並木さえも見えず、稲妻が光ったときに濡れそぼった葉叢がちらりと覗くだけだった。庭の左手にはやはり並木があり、路肩を土で盛りあげた私道を下った先が車庫で、そこはテニスコートと同じ高さだった。車庫とテニスコートのあいだには砂利道があり、敷地裏手の塀の門へと続いている。この門からキティ・バンクロフトのこぢんまりした家まではそう遠くはない。さらにそのむこうには、降りしきる雨が荒ぶるなかで、ハムステッド・ヒースの丘が煙っていた。

ニックは最後の窓を閉めた。

扇風機のスイッチを切り、書棚近くのカウチへなんとか歩いてくるとその上のランプをつけ、やっとのことでカウチに横たわった。身体がひどく痛んで、頭はぼんやりしていた。だが、痛みを認めようとはしない。ニックは人が手を貸そうと近づくと、それが誰であろうとひどく罵った。

お茶のあとの昼寝の時間はとうに過ぎていたが、どうせ眠れないとわかっていた。カウチの隣には〝犯罪〟ものの書棚がある。殺人事件の資料の宝庫で、書斎の片壁がそれで埋めつくされているが、大型の青い『英国著名裁判』シリーズがその大半を占めている。彼はそのなかの最新版を見た。『ジュエル夫人裁判』。ヒュー・ローランドが弁護の準備をした、あるいは準備したと言われている裁判。

間近のランプに照らされたヤング博士の顔は肌が荒れていてあばたが目立った。眼鏡の色つきのほうのレンズが光り、もう片方の目は鋭く暗く、怒りを込めて動く。口をぐっと結ぶと、大きな顎が潰れる。鼻をひくひくいわせ、いまにもくしゃみをしそうだ。列の本へ小馬鹿にしたように目をやった。一瞬ながめてから手を伸ばして棚から取りだし、読みはじめた。

七時近くまで雨が絶え間なく轟音をあげ、眠りを妨げた。ヤング博士も絶え間なく読書を続けた。本を腹の上に立て、首が折れそうな角度に頭を立てていた。読んでいるあいだはほとんど鼻で笑っていた。たいして感心もしなかった。雨が弱まったのは六時五十分で、七時にはやんだ。ヤング博士は這うように起きあがると、窓を開け、新鮮で生き返るような空気を取り入れた。七時半になる頃には、ぐっすりと眠っていた。『ジュエル夫人裁判』はひらいて胸に置いたままだった。

次に我に返ったとき、誰かが悲鳴をあげていた。同じ言葉の繰り返しがいつまでも聞こえてくる。

それから、耳をつんざくような、はっきりした言葉。

「お願いですから、旦那様、起きてください。ブレンダさんの話では――」

彼は目を開けた。

使用人のマライアの顔が、血を吸おうとする吸血鬼のように間近から覗きこんでいた。紛れもなく、いやな虫の知らせがする。そんな予感を飛ばすように、とっさに脚を蹴りだした。すると折れた脚に激痛が走り、ショックではっきりと目覚めた。

「フランクさんですよ、旦那様。テニスコートの真ん中で倒れてます」

マライアはさらに落ち着きを失って続けた。

「信じられませんが、旦那様、わたしもこの目でフランクさんを見たんですよ。ご自分の絹のスカーフで首を絞められてます。もう死んでいるとブレンダさんは言うんです」

4 手口

六時十五分、のちに有名になった雷嵐が始まる直前、ブレンダ・ホワイトとフランク・ドランス対キティ・バンクロフトとヒュー・ローランドの混合ダブルスの試合は、続行はまず不可能だとあきらかになりつつあった。

そもそも、暗すぎてボールが見えない。ヒューの鼻先にどこからともなく、いきなり現れるのだが、思い切りラケットを振っても実際はそこにボールがない。もっとも、うまくテニスをしようという願望など、もう捨てていた。手の届くところにボールがくれば、とにかく力いっぱい打ち返したいだけだった。

スコアは5－2でブレンダとフランクの組が勝っていて、フランクはマッチポイントを決めようとしつこく攻めていた。第四ゲームを終えたときコートのエンドを替えたので、ヒューとキティは南側で、ポプラ並木に空けた出入口に背をむけていた。突風がポプラを揺らし、キティのサンバイザーをずらし、一同の顔に埃《ほこり》を巻きあげた。続いて稲妻が光ったかと思うと雷鳴が近くで響き、支柱のあたりでネットがピンと張るほど空気が揺れた。ネットのむこう側で幽霊のようにぼんやりと見えるブレンダが叫んだ。

「フランク、中止にしましょう！　ねえ、お願い！」

「馬鹿なことを言うな」

「フランクったら！　馬鹿と言われてもいいの、わたしはこの音が怖いの。走って家にもどりましょうよ。せめて、四阿《あずまや》へ。そうしましょう」

「わたし、確信してるのだけど──」キティがちっとも確信していない口調で切りだした。

「馬鹿なことを言うなと言ってるだろう。音が怖いって、雷鳴じゃ怪我はしない。まずいのは稲妻なんだ。でも、危ないことなんてあるもんか。さあ！　あと一ゲームでおれたちが勝つんだし、こっちが先に一ポイント取っている。きみがキティにサーブする番だ。やりかけたことは最後までやるんだ！」

そう言われるとブレンダも従うしかなかった。ポプラの梢の上でまたもや稲妻がきらりと光り、サーブの構えをする彼女がヒューから見えた。フランクが跳ねるようにしてネットに近づく。ブレンダがサーブを叩きこむと、キティがバックハンドで拾い、ドライブをかけてそのままブレンダのもとへ打ち返し、それをブレンダがヒューの足元に落とした。ヒューは試合を終わらせることだけを願い、一歩下がって、むこうが見えないままスマッシュした。暗黒が視界を呑みこみ、雷鳴が音を打ち消したから、どうなったのかわからなかった。だが、フランクの勝ち誇った声があがった。

「アウトだな！　サーティ・ラヴ！」続いてその声は高くなった。「でも、おれならあんな真似は何度もやらないけどな、ローランド」

「あんな真似とは？」

「ぶつけそうな距離で、人の顔めがけて真っ直ぐにボールを叩きこんでくることさ」

「きみの顔が見えないんだ。申し訳ないが」

「もちろん、わざとしたんじゃないよな。もちろんそうだろ。さあ、続きをやろう、ブレンダ。ボールを拾えよ。そわそわするのはやめろ。ローランドは頭に血が上ったらしい。あと二ポイントで、のしてやれる」

当然ながらおおせのとおり、ヒューは頭に血が上っていた。自分でもわかっていたが、それでも極力さりげなくポジションを離れ、ネットに近づいた。

「今日きみは正しいことばかり話しているな」ヒューは言った。「今度もそうだ。この三十分というもの、その鼻先に拳をぶちこんでやりたいとずっと思っていた。やってやろうか。正直に言って、きみを殺してやりたいくらいだよ」

フランクは涼しい顔をしていた。

「いや、そうはならないな。あんたはおれより背は三インチ高いし、体重は三ストーン近く重いじゃないか。おれも自分と背格好が同じ奴が相手なら物怖じしない、あんたもそれはわかっているはずだろ。それに、あんたなんか、ちっとも怖くない。でも、やりあうのは間抜けとしか言いようがない。おれはそんなことはしない主義だ」

ヒューはフランクのふてぶてしい表情をネット越しににらみつけた。血色のいい顔が稲妻に照らされて蠟のように白くなり、ぎらりと光る目を見ているうちに、気を変えた。変えざるを得なかった。これだけ忌み嫌っているというのに、フランクには賞賛せずにいられないなにかがあった。怒りがいくらかヒューから洗い流されて、ほろ苦い本音が顔を出した。フランクがここまで我慢ならない男である主な理由は、自分より八歳か九歳も年下なのに、二十代の男にはめったに見られないほどの自信が備わっている、ただそれだけだった。しかも、フランクにはなにをもってしても変えられない芯がある。おそらくそれは道徳観の欠如とでもいうべきものだ。そのためにいずれ、大それたことをするかもしれない。

だったら、本当に死んでくれたほうがいいのだが。

「とにかく、絶対にお断りさ」フランクが締めくくった。「それに、殴り返さない者は殴れないだろ？　そんなことをする奴は、卑怯者じゃないか」

うしろでブレンダが言った。興味を抱いた声だ。

「ヒューにかぎってそんな卑怯なことはしないわ。でも、もしも殴ってきそうな人に出会ったらどうするつもり？」

「そのときは、べつの方法で対処するよ」フランクが冷淡に答えた。風の吹きすさぶ暗闇で、彼はヒューを見つめてきた。そして親しげで愛想のいい口調で言った。「いいかい、先生。今日は二度も失態をさらしたね。ブレンダの話じゃ、仕事ではそりゃあ優秀なはずなんだが、それにしては驚きだよ。おれはブレンダに感心させようと、あんたが大げさに言ってるだけだと思うけどね。だって、先日の夜に意見を出しあったとき、ちっとも優秀には思えなかったからな。でも、こんな言い合いはもうやめようか。持ち場にもどって、雨が降りだす前にこのセットを終わらせよう」

人の忍耐力には限界がある。ある事柄がもう少しあとではなく、このときに起こった可能性もあったかもしれないが、それはもう判断のしようがない。それというのもこの瞬間に大雨が降りだしたからだ。

「誰か、散らばったボールを拾ってくれ！」フランクは叫び、ブレンダの腕をつかんで、走っていった。「拾っておいてくれよ、ローランド。ほとんどあんたのエンドのほうにある。頼んだぞ！」

最初の水滴がコートの土埃でシュッと音を立てた。

そこで雨はひどくなり、コートを黒く覆っていった。コートの周囲と金網のあいだは盛り土に芝生を植えた縁取りで、ボールの大半はここに転がり金網の四隅に挟まっていたから、見つけるのは大変だった。ヒューがほかの者たちを追って小さな四阿に駆けていった頃には、ずいぶん身体が濡れてしまっていた。

三人はちっぽけなポーチの軒下に身体を寄せあっていたが、ちっとも雨を防げていなかった。ブレンダがドアを開けようとしているが、ドアはなにかに引っかかっているらしい。

「手を貸してよ」彼女は盛大な雨音に負けないよう声を張りあげてせっついた。「鍵はかかっていないはずなのに、ひらかないわ。ああもう！　ねえいまの雷はひどかったわね」彼女は空を見あげた。「あなたたちはなかに入らなくてもいいかもしれないけれど、わたしはすごく入りたいの」

「きみは本当に雷が嫌いなんだな」フランクは悠々と上着を身につけ、スカーフをたたんでいる。

「そうよ、喜んで認めるわ」

フランクは思うようにならないスカーフをたたみつづけた。濃い青と白の厚手のボリュームのある絹で、旗のように風になびいてしまう。それをどうにか縦に二つ折りにすると、首に巻いて結んだ。

「ドアが歪《ゆが》んでいるだけよ」キティが言った。「さっきフランクと一緒に屋敷へ行く途中に開けたもの。さあ、わたしにやらせてみて」彼女が逞《たくま》しい肩でドアを押すと、ドアがキーッといった。「ほら、ひらいた。ふう！　蒸し暑いわね」

そのとおりだった。屋根を叩く雨が脳を直接叩いているようにも感じられる。四阿は大きめのおもちゃの家程度の広さだった。ペンキもなにも塗っていない壁は茶色に変色している。天井の鉤《かぎ》からオイルランプがぶら下がり、うっかり顔にぶつけてしまいそうだ。片方の壁沿いに木製のロッカーがあり、中央には小さなベンチがふたつ置いてあってと狭苦しい。こんな古めかしい雰囲気の狭い場所に詰めこまれていると、子供時代の思い出がいくつも蘇ってくる。

「さあ、入って。ドアを閉めましょう」ブレンダが言う。「ここのほうがましね。でも、まだ全然やみそうにない。やれやれだわ」

キティがかすかに驚いた口調で口をひらいた。「ねえ、フランク。変よ。さっきわたしたちが立ち寄ったあとに、誰かが来たようね」

「ここに？　まさか。誰がここに来るんだ？」

「さあ。でも、誰かが来たのよ。ほら、そこ。ブレンダが座っているベンチ。誰かがここに来て新聞紙を置いていったのね。マッチを擦ってみて」

フランクが火をつけた。これだけの狭い場所ではマッチの炎でもじゅうぶんで、照らされたのはその朝のデイリー・フラッドライト紙だった。扇情的な書きかたをするタブロイド紙だ。

「四十五分前には、これは絶対になかった」そうした細かい点にこだわりたがるキティが言った。「フランクも同じ意見のはずよ。流れ者か泥棒が歩きまわっていると思う？」

そのときのブレンダはどんなことにも興味がなさそうだった。ヒューはふいに心配になって、青白い蠟のような彼女の表情を見やった。時折、まるで魅入られたように、稲妻で白くなる窓を見ている。だが、自分の感じていることを人には悟られまいと決意しているのはあきらかだった。彼女は薄笑いを浮かべた。

「泥棒？　そんなことないでしょう」ブレンダはあたらしい話題に関心があることを必死に示

そうとしていた。「なにを盗むというの。予備のテニスシューズ一組と、ロッカーのひとつに雑多なものを入れてあるだけよ。それから、もちろんあれもあるけど、泥棒が興味をもつようなものじゃないわ」

片隅にあるくたびれたものを、ブレンダは顎で示した。マッチの火が消える直前に、一同はそれを見ることができた。革のピクニック用ハンパー（蓋つきの大型バスケット）だ。特大でとびきり重い、スーツケースによく似た高価な品なのだが、いまでは放置されてカビが点々と浮きはじめている。フランクが蹴ると、陶器がガチャガチャと音を立てた。

キティがぎょっとして大声をあげた。

「ブレンダ、恥ずかしくないの！　こんなに素敵なハンパーに、立派なお皿をこんなに入れたままにして。それに魔法瓶まで入ってるはずよ。去年みんなでピクニックをしたときから、ずっとここに置いたままなのね。上等な革でできているのに分解しそうじゃない。どうして家へもってかえらないの？」

「わかった、わかったから。もってかえるわよ」ブレンダが言う。「今日ね。マライアからもお皿をもってかえれと、ずっと言われているから。厳《おごそ》かに誓います」――ここで声が高くなった――「今日、家へもってかえります。ほらこれで気が済んだ？」

キティの口調が変わった。

「うるさく言ってごめんなさいね、ブレンダ。ところで、この新聞が気にならない？　どうしてここにあるのか不思議だわ。もう一本、マッチを擦ってよ、フランク」キティはなんの気なしに見出しを読みあげた。「〝美人店員、フラットでガス自殺〟。どうしてこんなことを記事にするのかしら」

「読者が好むからさ」フランクが素っ気なく言った。「ほら、ちょっとばかり刺激的な記事をな。でたらめばかりだろ。どんなタイピストでも店員でもみんな美人になって、どんなにしけた一室きりの住まいだって、続き部屋のアパート《フラット》と書かれ――」

「でも、本当に美人よ」キティが反論した。「この写真を見て。〝マッジ・スタージェス〟ですって。美人だと思わないこと、フランク？」

　フランクはマッチの火が消える前にちらりと写真を見た。

「悪くないね。でも、賢くないよ。彼女は死ななかった。自殺未遂は重罪だ――おれは調べてみたんだけどね――これから警察に懲らしめられるぞ。いい気味だ」

　理由はわからないけれど、ヒュー・ローランドは会話の雰囲気が変わったと感じた。フランクの声には棘があったが、勝利に酔っているとも感じられた。ヒューはすでにドアを閉めていた。一同は不本意ながらこの古い四阿に留まるしかなく、身体を寄せあっている。フランクはベンチでブレンダの隣に座り、彼女に腕をまわしているのが薄暗いなかでも見える。ヒューとキティはそのむかいのベンチに腰を下ろしていた。これだけ雷嵐で荒れていても、たがいの声は苦もなく聞こえた。息遣いまで聞こえるほど近くに座っているのだった。

「調べてみた？」キティが暗がりで訊ねた。「どうして、そんなことを？」

「ああ、おれはなんにでも興味があるからね」フランクが急いで言った。「殺人とか自殺とかにね。とくに殺人のほうに」ヒューはこれだけの暗さでも、フランクの目が面白がって光っているような気がした。「そうだ、雨の午後にぴったりのゲームがあるぞ！　みんな順番にやろうじゃないか。我らが犯罪学の専門家も入れて」

「犯罪学の専門家って？」キティが訊いた。

「ローランドのことさ。知らなかったのかい？」

ヒューの隣でキティが詫びるようにちょっと肩を押しつけ、白い歯をきらめかせた。「ごめんなさい、知らなかった」

「そういうことなんだ。ブレンダに詳しく訊いてみるといい。もっとも、ヒューはおれの前ではいつもすごく大人しい。揚げ足を取られるのがいやだから大人しいとまでは言わないけどな。それはいいとして、こんなゲームだ。もうふざけてないぞ。もしもだ、実際に人を殺すとしたら──どんなふうにやる？」

彼は人差し指を立てた。

「待った！　ふざけないで本気で考えてくれよ。あくまでも自分でやるなら、と考えてくれ。机上の〝完全犯罪〟なんかじゃなくて。前に、ニックにも同じ質問をしたことがあるよ。そりゃ興奮して、まったく見事な犯行計画をひねりだしてた。完璧なアリバイにこだわってさ。もっとも、あんまり複雑で、どんな人殺しだってやるべきことの半分も覚えていられない計画だった。ニックにそう言ったら機嫌を損ねてさ、おまえには芸術のセンスがないと言われたよ。本当にまあ、そのとおりだけどね。このゲームでは本に書いてあることを拝借しちゃだめだ。本当に実行できる計画じゃないと。きみたちは本気で誰かを殺そうとしている——どうやる？　さあローランド、あんたからだ」

「本当に知りたいのか？」ヒューは言った。「それとも、また担いでいるのか？」

フランクはにやりとしたようだ。「これっぽっちも知りたくないね」彼は率直に打ち明けた。「じつを言えば心底どうでもいいんだ。ただ、雨の午後の退屈しのぎにやってるのさ。けれど、あんたがどう答えるか、聞いてみたい気もする」

彼はこのとき、余命はあと少しだったことになる。

「こんなことを話すなんて、いけないわね」キティは低い声で言ったが、ためらいながらもどこか楽しんでいるその口調は、親密な雰囲気を強め、話の流れに拍車をかけた。「でも、面白いと思わない？」

「そうだね」と、ヒュー。

「わたしなら一酸化炭素ガスを使うわね」キティが考えこむように続けた。「ほら、車の排気ガスよ。被害者を酔わせて、車のエンジンをかけたままにした車庫に閉じこめると、排気ガスがまたたく間に簡単にやってくれる。痛みもなく、散らからず、なんだかすっきりしているでしょう」

「なあ、キティ」フランクが声をかけた。「きみの旦那はどんなふうに死んだんだい？　亡きバンクロフト氏だよ」

これに続いた間は静寂と呼べるものではなかった。雨が屋根を打っていたのだ。けれども、静寂に近いものではあった。フランクはいつもの愛想よくずばり切りこむやりかたで続けた。

「だってさ、おれたちはきみのことをなにも知らないも同然じゃないか。知っているのは、きみがここにやってきて、角を曲がった先に家を構え、ワイヤーヘアードフォックステリアを何匹も飼って、誰にでも親切で、金に困っていないらしいということだ。でも、ただそれだけだ。きみは亡くなった旦那のことも、ほかのむかしのことも、口にしたことがない。さあ旦那はどうやって死んだんだい？」

「わたしがいま話したとおりに死んだのよ」キティは答えた。「当然だけど、わたしは殺人罪で告発されたわ。でも、警察はなにも証明できなかった。さっき、ここにスコットランド・ヤードの刑事がいると聞いたとき、あたらしい証拠でも見つけたんじゃないかと思って、内心恐ろしくなったわ。いくら三年が過ぎていたとしても」

この告白で一同に衝撃が走ったが、誰よりも驚いたのは、質問を放ったフランク自身のようだった。

彼のツイードのジャケットがベンチに擦れる音がした。稲妻がカッと小屋のなかを照らすと、全員がキティを見つめていた。キティはセーターを肩にかけ、髪をうしろにかきあげていた。ほっそりしたしなやかな首をそらして顔をあげ、それまで暗闇だったところをにらみつけている。するとそこで、ほがらかに大声で笑った。

「ねえ、あなたってまだ子供なのね」キティが言った。「反応からわかったわ――一瞬、わたしの話を信じたでしょう」

フランクは背筋を伸ばした。

「というと、いまのは――」

「もちろん、嘘よ、腕白小僧《わんぱく》さん。夫はとても裕福なカナダ人で、わたしの倍の年齢だった。ウィニペグで流感にかかって死んだの。夫の話をしたことがなかったのは、気はいいけど洒落たところはない人だったから、あなたたちが興味をもつはずがないと思ったためよ。でもわたしはあの人が大好きだったけれど。とにかく、ついあなたをからかいたくなったの」

「なんだよ、おれはまだ疑ってるよ！　きみが打ち明け話をしたときの表情には、なにかがあった――一瞬だったが」

またもや、キティは大笑いした。

「わたしの暗い過去の秘密をどうしても読み解きたいのならば」彼女は言った。「そこが糸口になりそうね。それから、本気で人殺しだと考えているのなら、わたしと一緒に帰るときは気をつけないと。でも、一緒に帰りましょうね、腕白小僧さん。理由はわかるでしょ。でも本当は、わたしのことを人殺しだなんて思っていないんじゃない？」

「ああ。だが、あんな話をするもんじゃないよ」

「フランク、あなたなにか心配しているわね」

「まさか！」

「いいえ、間違いない」キティがひどく静かな口調で言った。「わたしたちがこの四阿に来たときからずっとなにか心配していて、このとても薄気味悪い話を始めたじゃない。なにを心配しているの？　ほら、キティおばさんに話してみて」

「そんな戯言《たわごと》はやめてくれよ！」

キティは落ち着いていた。「あなたは話すつもりがなければ、絶対に話さないわね。とにかく面白いわ。ああ、あなたのことじゃなくて殺人についての話がよ。ブレンダ、ずっと口をきいていないわね。一言もしゃべっていないじゃない。あなたもゲームに参加してよ。さあ、やろうと心に決めたら、あなたはどんな殺しをする？」

「あら、わたしはもうすっかり考えてあるわ」ブレンダが言う。「完璧な方法を知ってるの」

5　殺　人

狭い場所に四人もいたので、空気がこもって呼吸もしづらくなっていた。さらに屋根から雨漏りがしてきた。湿気にかこまれ、ヒューはうなじに落ちる雨粒を感じ、隣の革製のピクニック・ハンパーを雨が打つ音を聞いた。

「おいおい」フランクはブレンダの腰から手を離して、なんとか当てこすりを言おうとした。「じゃあ、このご婦人はなんでも知ってるってわけかい？」

「ええ。キティは覚えてるでしょう。ニックから教えてもらったこと」

「ニックから教えてもらっただって？　そんな話、おれは聞いてないぞ」

「当たり前よ」ブレンダは身じろぎもせずに言った。「あなたはここで暮らしていないでしょ、フランク。街にフラットをもって、いつもここにいるわけじゃないんだから。先日の夜のことよ。キティとわたし、それにあと二、三人がいて、まったく同じ話題になったわ」

「どんな話だったんだ？」

「ニックが教えてくれたの。医学的に、なによりも手際がよくて簡単で、失敗のない殺人の方法。たいていの人は思いつかない方法だと言っていたわね。そんなに簡単な方法があるだなんて人は信じないからだって。覚えているかしら、キティ？」

「ええ」

「反則だよ」フランクが言った。「自分で考えださないと。とにかく、その三重に優れた間抜けでも実行できる方法ってなんだ？」

キティは気を変えたようだった。「それは言えないわ」そう言って笑った。「たくさんの人には教えたくないわよね、ブレンダ？　ああ、真面目な話、この話題はもうたくさん。なんだか、うしろめたい気分になってきたわ。最近はなにかいいお芝居を観た？《パンドラ》がとても素晴らしいと聞いたけれど」

「まったく、この女たちは！」フランクが苛立った叫び声を漏らした。むっとしてベンチから腰を浮かせる。「あんたに訊くよ、ローランド。頼りはあんただけだ。こんなのって聞いたことがあるか？　こちらは話題を提供し、女たちを楽しませようと全力を尽くす。すると、女もそれを受け入れて最初はしごく真面目に話す。なのに、女は急に牡蠣《かき》のようにだんまりを決めこむとくる。最低の礼儀知らずだと言いたいね。あんたに訊くよ、男同士の話だ。どう思う?」

ヒューはずっと窓の外を見つめていた。ブレンダの腕時計が時を刻む音が聞こえた。「どう思うかなんて言わないほうがよさそうだ」

「じゃあ、女たちの味方をするのか。なんでだ?」

「忠告してあげよう」ヒューが言う。「殺人は興味深い話題だよ。ただし、ヤング博士のように理論上のものに留めておけばの話だ。完璧なアリバイ、警察に一杯くわせる独創的な方法、紙の上の問題や謎ならまだいい。だが、殺人の具体的な方法について助言を求めるのはやめておけ」

「やめろだって? どうしてだよ」

「きみは暴力によって亡くなった人を見たことがないからだ」ヒューは言った。「ぼくはあるよ」

腕時計の時を刻む音が尋常でないほど大きくなった。

「そういう死者の目の色はなんとも表現しがたい。ひらいたままの口もね。とにかく、あれほど悲惨な光景はなくて、夢に見るほどだ。だからやめておけ」

「蒸し暑くて我慢できない」キティが言った。「少しくらい雨に濡れても平気よ。ドアを開けてもらえないかしら、ヒュー?」

彼はドアを引き開けた。

話は中断された。会話は、ヒュー・ローランドの頭に蘇ったいくつもの死体と同じように、生き返らならなかった。長いあいだ彼らは無言で、いっこうに途切れない土砂降りを見つめた。テニスコートはぬかるみに変わり、ぐっしょり濡れたネットのロープがしなっていた。雨はドア前の階段にも降り注ぎ、一同の目にしぶきが飛んだ。少なくともヒューの周囲はそれで涼しくなって、ほっとできた。彼は肩の力を抜いて、うとうとしながら雨音を聞いていた。果てしなく感じられる時間が過ぎてから、雨音は小さくなっていった。七時になると、信じられないほどに世界は静まり返った。

フランクが目を覚まし、いちばんに駆けだした。

「やんだぞ！」驚くほど澄んだ声でそう言った。「ずっと気分がよくなったよ。何百倍もよくなった。ただ、コートはひどいことになったな」

このとき、彼にはあと二十分の人生しか残されていなかった。

「十年ぶりの豪雨だぜ、きっと」フランクはそう続けた。「さあ、風呂に、マティーニに、夕食にしようか。悪いが、あんたは夕食に残れないよ、ローランド。夕食はブレンダとマライアのふたりだけで作るから都合が悪い。ほかの使用人たちは外出しているんだ。でも、急いで支度してくれよ、ブレンダ。腹ぺこなんだ」

「ええ。急いで支度する」

「じゃあ、わたしも急いで帰るわ」キティがそう告げて全員に笑顔をむけた。「夕食を早く取るし、うちの料理人は気むずかしいの。楽しいテニスだったわ、みなさん。ヒュー、近いうちに今度は勝ってやりましょうよ。フランク、あなた、うちまで送ってくれるわね？」

フランクはためらった。

「シガレット・ケースは？」キティが強気に出て、ラケットをかざした。「それにあの本。忘れるなんて許さないから」

「わかったよ。うん、そのほうがいいな」四人で揃って門へ歩きながら、フランクは考えていた。「でも、五分かからずに帰るからな、ブレンダ。だから留守のあいだにおかしなことはするなよ。じゃあな、ローランド。二度と会うこともないだろうがね」

ヒューはぴたりと立ちどまった。

一同はポプラ並木の出入口から、イチイの生垣の門を通ったところだった。左手は高台まで敷石を乱張りした階段だ。一同の前方、高台をまわりこんで私道が車庫まで続いている。車庫の脇には細い砂利道が敷地の裏手の塀へ延びている。この道からフランクはキティを送っていくのだ。そしてそのフランクが濡れた草の上で立ちどまっていた。

「二度と会わないとは――」ヒューは切りだした。

「ああ、考えたらすぐわかるだろう。今日のようなことがあったら、そうなるしかないじゃないか」フランクが冷たく言った。だがヒューは、フランクの目が異様に輝いているのに初めて気づいた。「おれがあっさり忘れてやるとでも思っているのなら、とんだ誤解だよ。それに、今日の件はニックに報告しないではいられないし、そうなれば今後あんたがこの家で歓迎されることはないだろう」

「わかった」

「わかってくださいましたか」フランクが小馬鹿にした。

「つまり、きみはなにもかも根にもっているというわけかい」

「そうじゃない。そんな言いかたをして、おれの注意を引けるだなんて考えるなよ。でも、あんたが帰る前に、ひとつ教えておきたいことがある。ブレンダの気持ちをかき乱すことができたとは思わないことだ。つけあがるな。ブレンダの母親は身持ちが悪かった。ブレンダ本人に訊いてみるといい。そして血は争えずで、ブレンダも――」

フランクは口をつぐんだ。ヒューが大笑いしたからだ。

ヒューは笑わずにいられなかった。嵐が空気を清めてくれたのか、それともどんよりした雲が頭から消えてヒューの分別が顔を出したのか、それはわからなかった。だが、フランクと知りあって五、六カ月になるが、初めて呪縛が解けた。突然、フランクという人間がわかった。気にする価値もない人間なのだ。それで濡れた草地に足を踏みしめ、大声で笑ったのである。

「さあ、さっさと行くがいい」ヒューは言った。「消えろ。もうきみに煩わされないぞ、ぼうや。じゃあブレンダ、家へもどろう」

そしてブレンダの腕を取り、私道をどんどん歩いていった。長い私道だが、ずっと忍び笑いを漏らしながらてっぺんにたどり着いたところで、ブレンダが腕を振り払った。

「いつまで笑ってるの！」彼女はかなり不安そうな表情で諭した。「あんなことを言って、どういうつもり?」

「あれが素直な気持ちだよ。ぼくはきみに恋していて、あいつの態度には我慢できなかった。

普通の状態じゃなかったんだ。あの意地汚いぼうやのために、ぼくは催眠術にでもかかったようになっていた。でも、もうその効果は消えたよ。いまでは、あのぼうやが好きなくらいさ」

「ヒュー、あなたの車はどこにあるの？」

「家の表だ。あのあたりだな。このいまいましい生垣がなければ――」

「わたしのためにしてもらいたいことがあるの。いますぐ帰って。いますぐよ、いいこと？　そうしたいならば、少ししてもどってきてもいい。でも、いまは帰らないとだめ」ブレンダはためらった。「わたし――わたし、フランクとニックに、ホワイト家とドランス家の結婚はなしだと話すわ」

「やったぞ！」ヒューはさっとブレンダにむきなおった。「それで、ホワイト家とローランド家の婚姻は？」

「それは――ありよ」ブレンダはおずおずと言って、地面に視線を落とした。「まだあなたがそうしたければ、だけど」

「ぼくがまだそうしたければ？　ねえきみ、この件については言いたいことが山ほどある。じつを言うと、強引にきみと結婚しようと決めたところだった。必要とあれば、きみをさらってでも。ぼくがまだそうしたければだって？　きみがいとこのようなフランクと、おじさんのようなニックに婚約破棄の話をするのは当然だ。ぼくがこれからすぐふたりに話そう」

「だめよ」ブレンダがとても静かに言った。その口調がヒューを思いとどまらせた。

「わたしはひとりで家へ帰るから」彼女は顔をあげて話を続けた。「あなたには、とにかく急いで引きとると約束してもらいたいの。わたしもすぐにはあのふたりに話をしない。夕食が済むまで待つつもりよ。考えておきたいから。言いたいことを全部整理しておかないと、ふたりに反論されてしまうわ」

「もしもきみの気持ちがまた変わる可能性があるのなら——」

「ないわよ。ただ、あなたが思っているより、事情はずっと混みいっているの」

「そんなことわかっているさ！　きみもいい加減、ひとりでなんとかしようとするのは諦めて——」

そこでブレンダは吹きだしそうになった。ふたりは公道までやってきていた。並木通り《アーバー》と呼ばれる暗い道で、ここにヒューのかなり古いふたり乗りのモリスが路肩に乗りあげるようにして駐まっていた。空はまだ暗いが、西の家並みのあいだに銀色の縞が走っている。ブレンダは空を見あげ、黄昏《たそがれ》のなかで彼に笑いかけた。

「わたしになにかを諦めさせようとしても無駄よ、ヒュー。世の中は、善悪をはっきり区別できることばかりじゃない。フランクはあの人なりに本気でわたしを好いているのよ。ニックはわたしを大事にしてくれている。わたしが母のようになりはしないかと心配しているうえに、ニコラス・ヤング・ドランスの母になるからでもあるけれど。知らないかもしれないから教えておくと、その子は陸軍士官学校に入れることまで決まっていたの。ねえ、かならずもどってきて。あなたの支えがどうしても必要になるわ。それに、ニックが取りあってくれなかったら、わたしを家から連れだしてもらうかもしれない」

「わかった。何時頃にもどろうか？」

「九時半でどう？」

「九時半だね」ヒューは車のステップに足をかけたところで動きを止めた。喉の奥に感情がこみあげてくる。「いいかい、ブレンダ。自分の望みはわかっているね？　自分のために正しいことをするんだと、わかっているね？」

「よければ、この公道でキスしてもいいわよ」ブレンダは言った。

そうして、彼女は去っていった。

ヒューはずぶ濡れの運転席に座ったが、細かなことを観察できる状態ではなかった。それで濡れた道を二十ヤードほど走ってから、右の前輪がパンクしていると気づいた。

車を降りて調べてみると、頭が六ペンス銀貨ほどの大きさの釘が刺さっていた。頭のなかはブレンダと今後どうするかでいっぱいだったから、しばらくはただその釘を見つめるだけだったが、ようやく、タイヤをなんとかしなければと我に返った。そこで工具箱を取りだし、車のうしろのスペアタイヤを前輪と交換する作業を始めた。あれこれ考え事をしながらだったから時間がかかった。ジャッキをガチャリといわせたり、スパナを力強くひねったりするたびに、考えは取り散らかっていく。作業を終える頃には、ダッシュボードの時計は七時二十五分近くを示していた。タイヤは取り換えたが、空気圧がいまひとつだった。だが、工具箱には空気入れがなかったことを思いだした。

道を振り返った。ヤング博士の車庫で空気入れを見た覚えがあった。壁のフックにぶら下がっていた。空気入れを取りにもどっても、ブレンダとの約束を破ったことにはならないだろう。なんといっても、みんな家のなかにいるはずだ。たしかに、フランクは——キティを送ってもどってくる——あの車庫の前を通って私道をあがるか、高台への階段をあがるしかない。いずれにしろ、とっくにもどって家に入っているはずだ。どうやら、無意識のうちに、ヒューはフランクに出くわすことをなかば期待していたのかもしれない。いまや、彼に対する敵意はなく、一緒にいて笑いあえる相手ぐらいに思うようになっていたから、実際に会ってどう感じるか知りたい気もした。空気入れに本来の価値を上まわる重要性が出てきたのは間違いない。

ヒューは空気入れのために引き返した。

空はすでに明るくなっていた。嵐のあとの澄み切って水分を含んだ輝きが、あたり一面にたゆたっているようで、空気も清々しかった。私道を下るヒュー・ローランドはしあわせそのものだった。はたと気づいたのだが、いまや彼は人生に望むものをすべて手に入れていた。神の恵みのようだった。信じられなかった。

人生がふたたび動きだした。時計がまたカチカチと鳴りはじめ、フランク・ドランスへのひりひりする感情もなくなった。将来がある。ブレンダとの将来、夢を描ける将来。彼女が金をほしがれば、それを与えよう。懸命に働いて——

ヒューは足を止めた。

車庫の扉に手を伸ばそうとしたところで、右をちらりと見た。コートをぐるりとかこむイチイの生垣の門が、閉めた記憶があるのに、大きくひらいていた。近づいて調べた。この自由な意思にもとづく重要な行動が、三カ月後の朝の、ある人物の運命を決したのだ。叫び暴れながら処刑場へ連れていかれる運命を。

ポプラ並木の内側は暗く、雨に濡れて草の強烈な匂いが漂っていた。足を踏み入れると、テニスコートの短いほうのラインが正面にくる。背の高い金網のなかを見やった。灰褐色の四角いコートはなめらかだが、ところどころに水たまりができて仄《ほの》かにきらめいていた。なかばよれたように見えるネットは白くはあるが泥だらけだ。ネットのむこう側、ヒューから遠いほうのエンドのコート中央で古着のようなものが落ちているようだった。

だが、ほかに動いているものがある。

白い人影。むきだしの腕、テニスパンツから伸びたむきだしの脚が、金網のドアから外へ飛びだした。彼の位置からは少し距離がある。四阿《あずまや》のあたりだ。その人影は重みによろけているように見えた。地面にスーツケースのようなものをどさりと置くと、それがガチャガチャと音を立てた。続いて人影は振り返って金網のドアを閉めた。

ヒューは駆けだした。

金網のドアと四阿のあいだに立っているのはブレンダだった。少し前かがみになり、脇腹に片手をあてている。ボブカットの髪が前に垂れた。頬には泥の汚れがついている。隣にはあの傷んだ革のピクニック・ハンパーがあり、彼女はそれに覆いかぶさるようにしていた。

「ヒュー！」

彼はブレンダの両肩をつかんだ。その手は機械油で汚れていた。

「ヒュー」ブレンダがまた言った。「わたし、大変なことに巻きこまれてしまったわ」

フランク・ドランスが絞め殺されていた。顔は青く膨れあがり、くちびるには泡がついている。絹のスカーフが首に食いこむほどきつく絞められたからだ。

だが、最初に見たとき、そんなことまではわからなかった。片目のみが見え、それだけで死んでいるとわかった。まな板に載せられた魚の目のようだったのだ。フランクはコートの中央付近で仰向けになり、頭をネットのほうへむけていた。脚がからまり、片方の肩がやや突きあげられている。白いフランネルのズボン、上着、顔と髪さえも泥にまみれていることから、命を奪われた襲撃で転がったか、殺されてから転がされたとわかる。

わかったのはそれで全部だ。フランクは死んでいる。死んでいる！

「あんなことをしなければよかった」ブレンダが言った。「ああ、あんなことをしなければ」

「落ち着くんだ」

「これでわたしはおしまいよ、ヒュー」

「そんなことにはなりはしない。さあ、慌てないで」

彼は冷静にじっくりと現場を見て、証拠はどうなっているかを推し量った。コートの砂には粘土質がかなり含まれているため、くっきりと足跡が残っている。この小さな金網のドアから始まって、一組の足跡――フランクのものだ――が真っ直ぐに彼が横たわっている場所へ続いている。隣に二組の足跡がある。ブレンダが行って、もどってきたものだ。灰褐色のコートが広がるなかに、ほかの足跡はいっさいなかった。

ブレンダはあそこまでフランクと一緒に歩いた。しかし、もどってきたのはひとりだけだった。

6　不信

「いいか」ヒューは言った。「きみはやっていない。まずそれを確認しておく。わかったね?」

「ええ、もちろんよ」

「よし。次に確認するのは――」

「待って、ヒュー。わかってないわね。わたしは本当にやってないのよ」空の仄暗《ほのぐら》い色がさらに黒ずんでいく。「ええ、そうよ。やってないと誓う! なんて恐ろしい誤解なの。やってないったら」――彼女は最後まで言えず、スカーフの片端をきつく引っ張る仕草をしてみせた――「こんなこと。わたしがそういう意味で言ったとは、思わなかったのね」

「落ち着いてくれ」

「"あんなことをしなければよかった"と言ったのは、彼が倒れている場所まで走っていくんじゃなかったという意味。なにも考えずに、そうしてしまったのよ。そうしたら、あそこへたどり着いたとたん、人からどんなふうに見えるかわかった。なにかをしてしまってからすぐに、それが原因で自分が非難されることになると気づくの。いつだってそうよ。わたしの足跡が残ってるわね。でも、わたしはやってないんだから」

彼女は真実を語っていた。

ヒューは彼女の表情からそう信じたし、さらには、彼女はそんなことをするはずがないとわかっていた。その日の午後にふたりの気持ちはぐっと近づき、ふれあっていた。たがいの感情が、はっきり印刷してあるかのように読めた。ヒューは心からの安堵を態度に出してはいないつもりだったが、ブレンダにもそれは伝わっていた。

「信じてくれたのね」

「ああ、だから大丈夫だよ」

「いえ、大丈夫じゃないわ、ヒュー。大丈夫どころじゃない……わたしがここにやってきたとき、彼はあのとおりに倒れていた。彼の——彼のあの可哀想な顔は泥まみれで、あれが首に巻きついていた。彼は人でなしで、わたしは彼が大嫌いだった。あんなふうに自分で殺してやりたいと考えたくらいよ。でも、抱き起こそうとして、こんなに哀れに見える人は知らないと思った」

「待って。そうだ、彼に背をむけてみてくれ。さあ、なにがあったのか正確に話すんだ」

ブレンダは大型のピクニック・ハンパーにぐいと顎をしゃくった。

「あれがわたしの口実だった」

「口実？」

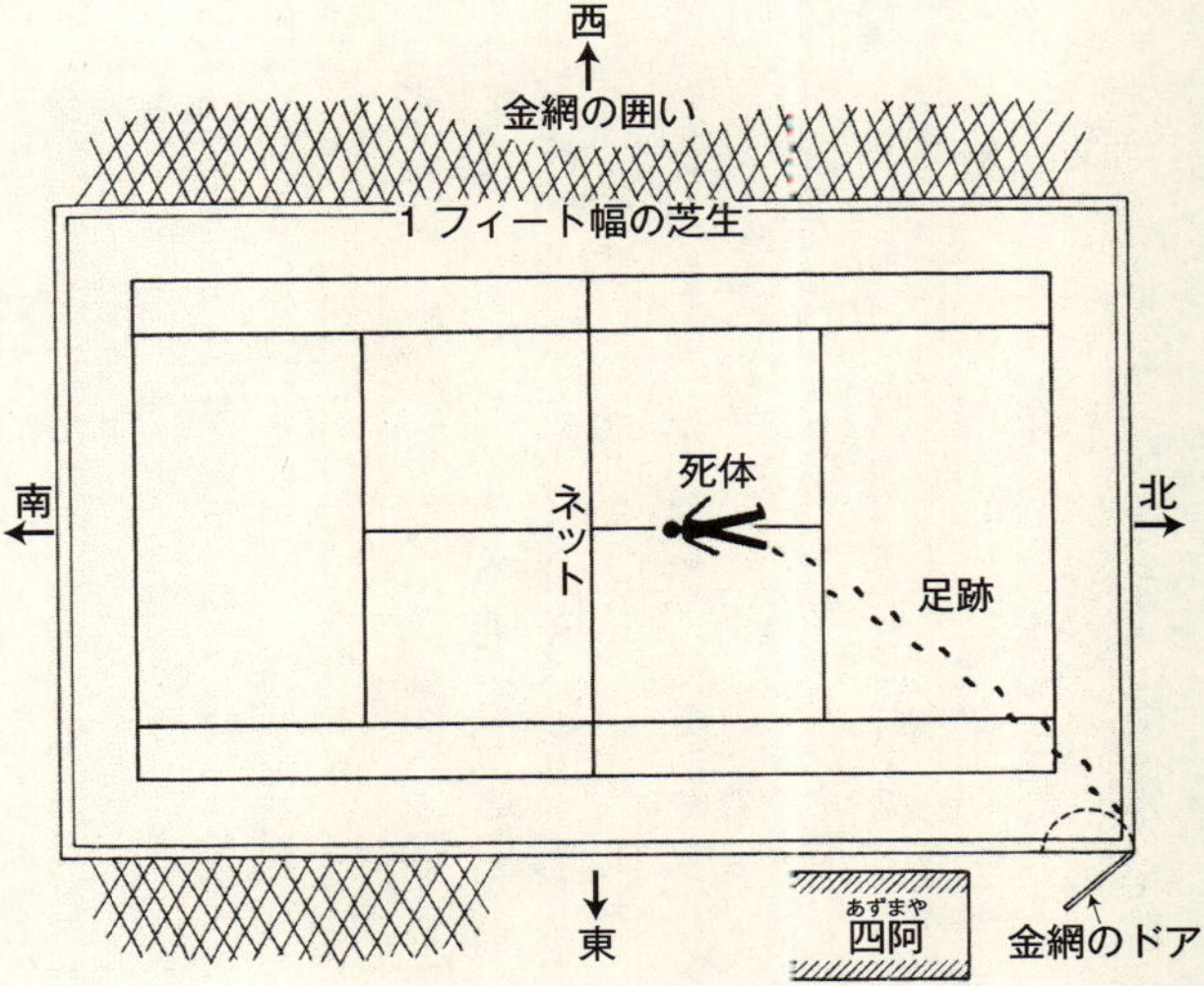
西
金網の囲い
1 フィート幅の芝生
南
北
死体
ネット
足跡
東
四阿《あずまや》
金網のドア

テニスコート

「ひとりで家から抜けだす口実。毎週、土曜日の夕方はマライア以外の使用人がみな休みになるから、わたしはいつもマライアを手伝って冷製の夕食を支度するの。でも、彼女はだいぶ歳を取っていて気むずかしいから、ときどき、相手をするのがとても辛くなるのよ。今夜はとくに機嫌が悪かった。あなたと車の前で別れてから、わたしはマライアのいる台所へもどったのだけれど、とても一緒にいられはしなかった」

「なるほど」

「そんなとき、これのことを思いだしたの。マライアがあのなかに入れたお皿をもちかえれとうるさいっていう話はしたわよね。キティも今日の午後、同じことを話していた。それで、ハンパーのことをマライアに話したら、またひどく文句を言われて、だったらすぐにもちかえってくると言ったの。そういうわけでわたしはここへ来た」

「それが何時頃のことか覚えているか？」だいぶよくなってきた。ブレンダはまだかなりの早口でしゃべっているが、さっきよりは落ち着いてきていた。

「そうね、わたしの腕時計だと、七時二十五分ぐらいだった。あなたと別れたときは、七時十分になっていなかった。これには自信があるわ。ずっと時計を見て、あなたがもどってくるまであと何時間かたしかめていたから。ああヒュー、今夜だったのに。今夜こそあたらしい人生が始まるはずだったのに！」

　ヒューはブレンダを黙らせた。

「つまり、マライアはきみがここに来ることを知っていたわけか。いま、何時だい？　まだ七時半か。よし、話を続けてくれ」

「ヒュー、どうしてそんなふうに話すの？　まるでわたしを告発しているみたいよ」

「きみの供述をはっきりさせたいからだよ。これは殺人だ、ブレンダ。きみがこの件に巻きこまれることのないようにしたい」

「まあ、まだ巻きこまれていないような口ぶりね！　ダーリン、そんなことをしても無駄よ。あなたはすべての事情を知らない。知ればあなたも悟るわ。この件でわたしは捕まるのよ、ヒュー。きっとそうだわ」

「いいや。きみはどんな罪でも逮捕されたりしない。それだけを心に留めていてくれ。さあ、続きを話して」

ブレンダにもヒューのこの気持ちが伝わった。

「そう、そういうふうにしてわたしはここへ来た。急ぎはしなかった。反対に時間をかけたくらい。最初に南からやってきたとき、彼は見えなかった。暗かったのよ。彼はネットの北側にいたし、わたしはほかのことを考えていたから。でも、コートまで来たことだし、本当にピクニック・ハンパーをもちかえろうと思ったの。そこで四阿《あずまや》へ行き、それを運びだした。四阿から出てきたところで、顔をあげたら彼が横たわっているのが見えた。それで駆け寄ったの」

「重いハンパーはもたずに？」

「もっていったわ」

「どうしてだい」

「どうしてかしら。なにも考えてなかったみたい。両手で身体の前にさげて、とにかく走ったのよ」

「金網のドアはひらいていたかい、それとも閉まっていたかい？」

「ひらいてたわ」

「よし！　それから？」

「彼が見えるでしょう。あの格好で倒れていたの。スカーフの結び目は乱れて、一重にしかなっていなかった。まだ息があるかたしかめたくて、スカーフを外そうとした。でも、首にきつく食いこんでいたのよ。ヒュー――わたし、中指の爪の先を折ってしまったわ。毛羽立ったツイードの上着の襟に引っかかって、襟とスカーフのあいだに挟まってしまったの。まるで、スカーフの片端を思い切り引っ張ったときそこに残してきたみたいに」

「次にどうした？」

「それで全部よ。急に自分の足跡のことを思いだして、走ってもどったわ」

「そうか。足跡のことなんだが、彼のところへ駆け寄ってもどってきているもの、あれはきみが残したんだね？」

「もちろんそうよ」

「だが、きみとフランクの足跡のほかに、ほかのものがあるはず
じゃないか」

「でも、なかったわ」

「どんな種類の跡も？」

「ええ、まったくね」

ヒューは優しく語りかけた。「いいかい、ブレンダ。その点が重要だ。彼を見てくれ。そうだ、振り返って。彼が横たわっているのは、金網でできた巨大な檻のような場所のど真ん中だ。砂の地面は軟らかい。きみが彼を殺していないのはわかっているが、となるとほかの誰かがやったことになる。その誰かは彼を殺すために近づく必要があったはずだ。わかるね。

テニスコートは縦が七十八フィート、横が三十六フィートある。でも、それは白線のなかの広さだ。白線の外は四方とも六フィートの余裕があって、歩けるようになっている。フランクがいるのはその中央。そして、彼のまわりはどの方向も最低二十四フィート（七メートル強）はいっさい砂に足跡が残っていない！」

「もちろん変よ。でもそのとおりなの」

かこまれた暗いテニスコートは寒くなってきた。

死という紛れもない事実の衝撃は薄れ、困惑へと変わってきた。濡れてきらめくコートで無残に倒れているフランクの姿に慣れることなどなかったし、これからもそうだと思われた。この事件がニコラス・ヤング博士にどんな影響を与えるか、ふたりともふいに思い至った。だが、ふたりはいまでは考え、疑問を抱けるようになっていた。ヒューの頭には一連の質問が次々に形になっていった。だいたい、フランクはここでなにをしていたのだ？

どうやら、フランクはキティ・バンクロフトの家からもどってきたようだ。そのとき、かこいの門のそばを通ったにちがいない。何者かがコートで待ち伏せしており、こっちに入ってくるようフランクを説得した。だが、その場面を想像しても、そこから先は煙のように消えてしまう。犯人はテニスコートでなにをしていたのか？　足跡も残さずにどうやって出ていけたのか？　それに、フランクのラケットやテニスボールの入った網袋はどこにある？　最後に彼の姿を見たときは、どちらももっていたはずだが。

　ブレンダが手の甲を額にあてた。

「話はそれで終わりじゃないの」彼女が言った。「ほら、話していたでしょう。わたしは自分で自分を死刑にしたようなものだわ。とても簡単な殺人の方法があると言ったのを覚えてる？　すっかり考えてあると話した方法よ」

「ああ、覚えているけれど」

「それってね、絞殺だったのよ、ヒュー」

「絞殺だって？」

　彼女は歯を食いしばった。「もちろん、キティが覚えているはずだから、わたしも嘘はつけない。とても簡単なやりかた。とってもね。ニックに話を聞いたときは信じられなかった。それで自分で医学書を調べてみたの。そういえば、調べているのをマライアに見られたわね。女が医学書を読んでるからってぎょっとして、まるでわたしが十二歳の子供みたいに扱ったのよ。ねえ、ヒュー。人を意識不明にさせるには、頸動脈と迷走神経と呼ばれるものを三、四秒押さえるだけでいいのよ……ほら、こうして両手の手のひらをあなたの頬にもっていって、それぞれ親指を左右の頸動脈にあてるの。そしてぐっと押さえる。たったの三、四秒よ！　たいした力はいらない。すると、なにが起こっているかわからないうちに、意識がなくなるの。わかった？」

ヒューはブレンダの手を引き剝がした。「やめるんだ」鋭い口調で言った。

「でも――」

「死刑になりたいのかい？　そんな話はやめろ、いいね？」

「最後まで言わせて。そうしないとだめなの。これは相手が一重にしか結んでいないスカーフを身につけていると、もっとずっと簡単になるの。うしろからスカーフの端を握り、引っ張るだけよ。殺し屋みたいに。そうすると、勝手に頸動脈が締まるの。被害者は悲鳴もあげられなければ、抵抗もできない。ほんの数秒で意識をなくすから、あとは止《とど》めをさすだけ。今日の午後はその方法のことを考えていた。いえ、本気でやりたかったと言ってるんじゃないのよ。でも嵐で動揺して、そのことを考えたの。どれだけ簡単かわかる？　ニックの話だとそんなわけで、そのつもりはないのに、誤って誰かを殺してしまう人がいるんだって。ニックが言うには――」

「では、人のいいニックもこの件に責任があるのか」ヒューは歯ぎしりして言った。「やれやれ、ニックも自分の手柄と思えるならいいけどね」

ブレンダの声はとてもひそやかになった。

「これで彼の考えていたことはおじゃんよ。まだ実感がないけれど」彼女は口ごもった。「もうフランクとの結婚は絶対にない」そしてまた口をつぐんだ。「いまのわたしは裕福な女ね」

「どういう意味だい、その裕福な女とは」

「ジェリー・ノークスさんの遺言よ。フランクかわたしのいずれかが結婚前に死亡すると、残ったほうが全額相続する」ふたたび長い間が空いた。風が木立を揺らした。ブレンダが先を続ける。「それはあなたが動機と呼ぶものじゃなくて？　警察にどう思われるか、はっきりわかる。フランクがキティの家からもどるところをわたしが待ち伏せして、結婚はしないと伝えたと思われる。きっとみんな、フランクがいつものように癇癪《かんしゃく》を起こしたと考えるでしょうね。フランクの怒りは手に負えないから、わたしが必死に抵抗して、あんなことになったと推理されるんだわ！　襟にわたしの爪が挟まっているのがその証拠。それに彼のもとへ行ってもどってきた足跡はわたしのだけ。ああ、わたしは捕まるわ、ヒュー」

「そうはさせないよ」

「逃げ道があるとでもいうの？」

「そうだ。これは罠だよ。今日、四阿にタブロイド紙が置いてあったのはなぜだい？　どうしてフランクはマッジ・スタージェスという女性の自殺未遂について、あれほど詳しかったんだろう？　それに警視がここを訪れた理由は？」彼はそこでいったん口をつぐんだ。「そうだよ、警視のことをすっかり忘れていた！　もう家にはいないんだね？」

「ええ、そうよ。嵐の直前に帰られたと、マライアから聞いたわ。警視の目的はわからなかったそうよ。車のことだろうと思ったみたい」

「それでも、妙だな」ヒューは考えこんで言った。「だが、これが罠だとしたら――その対策を練らないと」

「つまり、偽の言い訳を用意しておくと？」

「ああ。さあ、教えてくれ。ぼくがこんなふうに言えと細かく教えれば、きみは都合よく嘘をつける自信があるかい？　いや、即答しないでいい。じっくり考えてみてくれ。できないならば、べつの方法を考えるから」

「できるわよ！」

「絶対に？」

「絶対に！　でもヒュー、それでわたしたち、困ったことにはならないの？」

「そうなる可能性は大ありだよ。でも、この状況では仕方がない」

「あなたの言うとおりにするわ」ブレンダが喜びを声に滲《にじ》ませて言った。「どんなことだって、言うとおりにする！　どうしてほしいの？　教えて」

「まず、ぼくに話したことはすべて忘れるんだ。ただし、きみがここにやってきたこと、マライアがそれを知っていることは、否定できない。次に、きみが挙げていた自分に不利な事柄もすべて忘れよう。あれはどうにでもなる。いくらでも反論できるよ。ただし、足跡だけはどうにもならない。あれは紛れもない事実だから。陪審員が納得するただひとつの証拠だ。だから、足跡は消さなければならない。ここに園芸の道具はないかい？」

「四阿の裏にテニスコートの手入れ用の道具があるわ。たいらにならすローラーや木製の熊手が」

「それでいいだろう」彼はブレンダの靴を見おろした。土でまみれて足首近くまで茶色に汚れている。「ここに予備のテニスシューズを置いていると話していたね」

「ええ、ロッカーにあるわ」

「それを履いてきて」

「どうして？」

「とにかく、履いてきてくれ。脱いだ靴はもってくるように。さあ急ぐんだ」

ブレンダは小走りに去った。

知らず知らずのうちに、ふたりは小さいながらも切羽詰まった声でしゃべっていたようで、このコートは一気に静まり返った。湿気の多い空気に射す薄光に細かなところはぼやけているが、輪郭はくっきりと浮きでて、テニスコートのまわりにある十二フィート幅の芝生の遊歩道に足跡はひとつもないことがわかった。小さな四阿はずんぐりとして醜く見えた。頭上ではポプラが優しくざわめいている。雀がまだ眠くないとばかりに鳴いていた。草の上を歩くと、自分自身の足音が驚くほどはっきり響いた。四阿をぐるりとまわりながら、大切なものは時間だけだといまのヒューには思えた。急げ、急げ、急がなければ。

大急ぎで決断しなければならない。ローランド&ガーデスリーヴ法律事務所はこの決断を受け入れまい。父と老エドウィン・ガーデスリーヴ氏は、道徳に厳しくもなければ、くそがつくほど真面目でもないが、これを知ったら、かぶりを振って、くちびるを尖らせるにちがいない。そして「軽はずみだな、ヒュー。ひどく軽はずみだ」と言うのだ。あのふたりならば、もっとさりげない方法を好むだろう。しかしさりげなさなど知ったことか。警察が理解できる種類の証拠はひとつだけだ。もしも足跡を発見されたら、一巻の終わり。見分けがつかないくらいに、すべての足跡を熊手で乱してしまえばどうだ。象の群れが歩きまわったように足跡など判別できなくすれば、さりげない方法についてじっくり語る時間もできるだろう。とにかくいまは、急げ、急げ。そして――

用心しろ！

四阿の裏に大型の鉄製ローラー、熊手が二本、鍬《くわ》がひとつ、白線用のラインローラーが押しこまれていた。大きなぬかるみのなかにあって、ヒューはまさにそこに足を踏み入れようとした。

彼は思わずさっとあとずさった。額に汗が噴きだす。いやな感じだ。すでに犯罪者のような気分になってきた。この気分を克服しないと、ブレンダの役に立てない。それにしても、いまごろ、本物の人殺しはどんな気分でいるだろう。そう考えると、ふたたびヒューは冷静になった。コートをならすたいらな木製の熊手に加えて、鉄の爪がついた普通の園芸用の熊手もあった。こいつはちょっとばかりついている。指紋はどうだろう？　いや、木の表面はざらざらしているから指紋は残りはしない。彼が熊手を取りだし、急いで四阿の表に出ると、血の気を取りもどしたブレンダがドアの前で待っていた。

暗いコートにふたりの話し声が鋭くすばやく響いた。

「ヒュー、あの新聞だけど。なくなっているの」

では、誰かよそ者がいたということだ。

「ぼくたちにちょっと運がまわってきたな。とてもではないけれど、ちょっとついてるね」

「靴は履き替えたわ。さあ、どうするの？」

「あのピクニックの入れ物をなかに入れてくれ」

　彼はテニスコートの金網のドアのかんぬきを外した。一秒ごとに、あの足跡はあきらかに危険だぞと告げる大きな声が呼ばわってくる。あの足跡がどんどん大きな意味をもってきている。あれを消してしまえば、フランクの襟にある折れた爪を回収できる。爪を消せば、彼自身がフランクを発見できて、ブレンダはきれいな靴で草の上に残したままにできる。足跡さえ消せば、足跡さえ消せば……。熊手を金網のドアからコートに入れてすっと動かしたとき、かこいの反対側の暗がりから声がした。

「ローランドさん！」

　辛辣ではあったが、かぼそく、いらついている喧嘩腰の声だった。

「ローランドさん、お夕食なのにいつまでもブレンダさんを引きとめて、どういうつもりです？　いったいその熊手でなにをしているんですか？」

7　疑惑

絶対に老けないと決意しているニックおじさんことニコラス・ヤング博士がカウチで目覚めると、メイドのマライアが覆いかぶさるようにして叫んでいた。

夢は消えた。彼は細長くて天井が低く、涼しい書斎にいた。低い書棚にはエプスタインの銅像がいくつも飾ってあり、贅沢な装丁の本が頭上のランプの光を浴びて輝いていた。壁には版画、炉棚の上にはブレンダの母、ネリー・ホワイトの肖像画がかかっている。窓はひらいていた。習慣から机の時計に目をやると、ちょうど七時四十分だった。身体の力を抜き、目を閉じてマライアの顔を締めだし、最初に身体を動かすときの痛みを和らげた。

だが、ニックの声は怒りっぽくなっていた。

「死んだ?　なにが死んだんだ?」

「フランクさんですよ。ずっとそう言ってるじゃありませんか」

「なにを言うか。あの子はテニスをしているよ」ニックは答えた。

洗濯袋のようにがっしりしたマライアはカウチの横に膝をついた。若い時分でも美しかったことはなかったが――フランクが頻繁に指摘したように――最近は時計も止めそうなご面相をしている。感情がこもっても顔つきはたいして変わらなかった。というのも、あまりにも怯えていたからだ。恐ろしくて、ありのままの感情がむきだしになっていた。彼女はニックに囁いた。

「聞いてくださいよ、ニッ、キ、ー。聞いてもらえなかったら、どうしていいかわかりませんよ。フランクさんなんですよ。死んだんです。誰かに殺されたんですよ。この目で見ました。ガス・オーブンに頭を突っこんだワトソンの爺さんみたいになってましたよ。あなたのブレンダが、テニスコートのあの小屋へピクニック・ハンパーを取りにいきたいと言ったんです。あたしはどうぞ行きなさい、ついでに洗濯ばさみももってきてくれと言いました。それが二十分前のことです。でも、ブレンダはいつまで経ってももどってこない。あたしは、ブレンダにサラダのドレッシングを作らせようと待っていたんですよ。あたしには作りかたがわかりませんからね。それで、ちょっくら様子を見にいったんです。ブレンダはテニスコートにローランドと一緒にいました。そしてフランクさんは完全に息をしていなくて、もうどうしようもなかったんです」

ここで、マライアはしゃべりすぎただろうかと、怖くなった。

ニックは身じろぎもしなかった。『ジュエル夫人裁判』はまだひらいて胸に載せたままだった。相変わらず目は閉じているが、醜く顔をしかめている。マライアが耐えられないのは、ニックの息遣いだった。沈黙が長くなりすぎた。悲しみからか、ニックの言いそうなことを予想してヒステリーを起こしたからか、それとも単純にニックに同情したからか、マライアの目尻に大きな涙が浮かび、ニックの手に落ちた。マライアの涙は純然たる悲しみによるもので、彼女はその悲しみに浸っていた。

ニックがかぶりを振った。

「まさか」

「でも、本当なんです！」

「絶対か？」

「本当でなければよかったんですがね、おまえさん」

「どうやって？」

マライアはきちんと言葉で伝えられるか自信がなかった。それで自分の首を使って説明し、その様子をニックはぼんやりと見ていた。

「誰が？」

この頃には、マライアは思いの丈を吐きだす言い訳を得て喜んでいた。ニックのたたみかけるような質問から逃げだせるなら歓迎だ。一気にまくしたてた。

「ふたりは話そうとしないんですよ。真っ直ぐ家に帰って警察を呼べと言われました。でも、あたしの意見を知りたければ言いますけどね、あのローランドの息子の仕業ですよ。亡くなっているのに、可哀想なフランクさんを熊手でぶとうとしていたんですからね。ええ、そうなんです。この目で見ました。ただ熊手がフランクさんに届くほど長くなかっただけで」

ニックは片肘をついて身体を起こそうとした。

「本当なのか？」

「あたしがいまここにいるのが本当なのと同じくらい本当ですよ。そうでなかったら、天罰を受けてもいいです！」マライアが叫んだ。いまでは感情が渦巻いて、ろくにニックの表情を見ていなかった。「あのふたりは、いちゃついてましたよ、ニッキー・ヤング。いい加減、あなたも気づいていいはずです、あのローランドとブレンダの関係を。なんとも怪しい様子で突っ立っていましたね。男のほうは熊手をもって、女はあの小屋のポーチでうしろになにか隠してました。ブレンダが関係しているとは言いませんよ。でも、テニスコートは濡れていたんですからね。可哀想なフランクさんがいる場所まで続いている足跡がブレンダのものでなければ、いったい誰のものだって言うんですか。あたしはこの目で見たし、あたしが見たことは、あのふたりも知ってます」

「うるさい、がみがみ女め」ニックが叫んだ。ようやくマライアも調子にのってしゃべりすぎたのだと気づいた。ニックの気味の悪い目つきを見るとぞっとした。『ジュエル夫人裁判』が床にどさりと滑り落ちた。

「だが、ブレンダはそこでなにをしていたんだ？　なぜおまえはあの子を行かせた？」

「そんなことを言われたって、ブレンダがしようと思っていることなんか、あたしにわかるものですか」

「そんなこと信じやしないぞ」ニックが言った。「見たものを教えてくれ。話すんだ、さあ」

マライアは見たものを、正確には、見たと思ったことを説明した。

「そうしたら、このローランドが厳しく早口で言ったんですよ。あたしなんか考える暇もなかったですね。こう言われました。〝ここで事故があった。警察に連絡してくれ〟と。あたしは言ってやりました。〝ヤング博士のところへ行きますよ。ほかのことは知りません〟。そう言い返してやったんです」

「それで、あれは本当のことなのか――ローランドのせがれについて言ったことだが」

マライアは口をパクパクさせるばかりで、誓いを立てるように右手をあげただけだった。

「起きるから、手を貸してくれ」ニックは言った。

「わかりましたよ、おまえさん。それから、もうひとつ。あの警官がもどってきましたよ」

髪が逆立ったニックはとても具合が悪く見えたので、マライアはニックを支えながら、その言葉を繰り返した。

「警官？　警官というと？」

「あのなんとかいう警視ですよ。ちょっと前にここに来た」

「なんだって」

「ハドリー、そんな名前でしたね」

「だが、どうしてこんなにすぐにもどってきたのだ？」

「フランクさんが亡くなった件で来たんじゃありません」マライアがふたたび、さめざめと泣きはじめた。「また旦那様に会いに来たんですよ。重要な用件だと言われました。お茶と夕食のあいだのお昼寝を邪魔すると、あたしが叱られると言っておきました。来たのは七時半近く、あたしがあのふたりのところへ行く直前でした。あの警視には、七時半になったら起こすからそれまで待ってくれと伝えたんですよ。客間に待たせて、それきりすっかり忘れてました。きっと」彼女は意地が悪そうに喜んでつけ足した。「まだあそこにいますよ、かんかんになって。でも、会いたくないんでしょう、おまえさん。会いたくなければ、会うことはありませんよ」

「会いたくないだろうって？　その反対だ。このがみがみ女め、わたしは誰よりもあの警視に会いたいのだよ」

「でも、お休みになりたいんじゃないんですかね」

「休むだと！　松葉杖を貸せ」彼は電話のほうへ顎をしゃくった。「警察署に連絡しろ。いや待て、それはわたしがやる。一階へ行って、すぐにハドリー警視をここへ寄越《よこ》してくれ。それから二度とわたしを〝ニッキー〟だの〝おまえさん〟だのと呼ぶんじゃない。とにかく、人前ではな。わかったか？」

　彼は杖を支えにのろのろと立ちあがった。目がほてり、まだ頭がふらついていた。飛び跳ねるように部屋を横切り、西の窓のひとつに身体を預け、テニスコートのほうを見おろして、まばたきした。

　コートが見えないのはいいことだったかもしれない。テニスコートの横では、時間の経過とともに、死体の重みと脅威をますます感じているふたりの人影が、計画がぶち壊しになって立ちつくしていた。ヒュー・ローランドはまだ熊手をもっている。ブレンダは冷静すぎるあまり取り乱すこともできない。

「もうだめね」彼女は指摘した。「マライアに足跡を見られたから、きっと警察に話すわ。もう足跡は消せない。ヒュー、わたしたちはなにを考えていたのかしら。頭に血が上っていたのね」

「いいや。足跡を消すしか、逃れる手段はなかったよ。ただ、それがうまくいかなかっただけで」彼は口をぐっと結んだ。「まあ、仕方ないな。ある作戦がだめになったら、べつの作戦でいくしかない」

「ヒュー、やめて。もう変なことはしないで」

「べつのごまかしをするつもりじゃないよ、残念ながら」彼は苦々しく笑った。「残念ながら、真実を話すという単純かつ受け入れがたい方針に選択肢が狭められたようだ。警察が信じるような事実の解釈を見つけださないと。そう、なんらかの解釈を」

彼は熊手を投げ捨て、幅広の芝生の遊歩道をきびきびと行ったり来たりした。

「腹が立つな。あいつがどうやって、きみの足跡しかない砂のコートの真ん中で絞殺されたのか説明できない。こんな神業の説明なんかできっこないよ。そんなことができそうなのは、ただひとりだ。ギディオン・フェルという人なんだが、彼はここにはいないしな。ああ、きみが足跡さえ残していなければ！　誰かがきみの靴であそこまで歩いてきみに罪をかぶせ、あいつを殺したんだったらなあ！」そこでヒューはひらめいて、いまブレンダが履いているあたらしい真っ白なテニスシューズを見やった。「ところで、古い靴――脱いだばかりの泥だらけの靴はどこにあるんだい？」

ブレンダは慌てて思いだした。「ピクニック・ハンパーのなかよ」

「ピクニック・ハンパーだって？」

「ええ。マライアがやってくるのが見えて、わたしは倒れそうだったわ。四阿《あずまや》のポーチに立っていたのだけど、ピクニック・ハンパーはうしろに置いてあったから。靴が見えはしないかと不安になったのよ。それで、マライアがフランクを見ているあいだに、靴を押しこんだ。陶器のお皿がいっぱいであまり隙間はなかったけれど、なんとか蓋を閉めて、もとにあった場所へもどせたの」

「ふむ。きみの靴のサイズは？」

「サイズ4（二十三センチ）よ。でも――」

「とても小さいサイズだね」

「ええ、かなり。平均はサイズ5だから。なにを考えているの？」

ヒューの頭はある考えをいじくっていたが、投げ捨てた。「だめだ！」彼は荒々しく断言した。「偽りの言い訳としても、これでは機能しない。女ならあの靴を履けるだろうが、男じゃ無理だ。それに、きみは絞殺が簡単だなどと話したが、これをやったのは男だよ。これまで絞殺は女の殺しのやりかたじゃなかったし、これから先もそうだろう。それに、焦って犯人に有利になるようなことをして、どこかで笑われるのもいやだし。この案じゃだめだ。ぼくたちは真実から離れないようにしよう。しかしいずれ真実を負かすんだ」

「あなたの言うとおりでしょうね」ブレンダが生気のない声で答えた。額に落ちかかっていた豊かで色の濃い金髪をかきあげた。瞳までも生気がなくなったように見える。「ヒュー、わたしは家へ行くわ。もうここにはいられない。いつ――いつになったら、警察が来るの」

「十五分から二十分だろうね。どうしてだい？」

「この姿じゃ、誰にも会えないから」彼女は両手を握りしめた。「熱いお風呂に入りたい。汚れをすっかり洗い流したい。このままいろんな人と顔を合わせたら、とんでもない嘘をついてしまいそう。どうしたらいいの！」

「ああ、きみが言ったとおりにするのがいちばんだ。部屋へもどって、ドアに鍵をかけて、横になるといい。ぼくはもう少しだけここに残りたい」

ブレンダはどこか警戒する口調だった。「どうしてここに残りたいの？　なにをするつもり？」

「べつに。なんでもないよ。ただ調べたいことが少しあるだけで――」

彼女は警戒心を強め近づいてきた。

「ヒュー、なにかしようと思ってるわね。お見通しよ。手品みたいに、袖からあっと驚くものを取りだすつもりでしょ」

「袖と言えば」ヒューが口を挟んだ。「きみ、寒いんだろう。震えているよ。袖のない服を着ているんだから、無理もない。さあ、ぼくの上着を肩にかけるといい。タイヤを交換したから、ちょっと機械油のしみがあるが、暖かいよ」ブレンダがいいと言うのを無視して、上着をかけてやった。話をそらしても彼女の知りたがりは無視できそうにないと悟り、正面からむきあった。「ブレンダ、名誉にかけて誓うが、なにかおかしなことをするつもりはない。真実を語るのがいちばんで、これから言うことも真実だ。フランクの襟に挟まったきみの折れた爪を見つけだし、処分するつもりがないとは言わない。これからまさにそうしようと思っているけど、きみは心配しなくていい。でも、それ以外は真実だけを語る。たぶんコートに証拠や手がかりがあるはずだよ。この神業を説明できるなにか、ぼくはそれを探すつもりだ。さあ、きみはもう行って。下をむいたりしないで」

「わかった」ブレンダは言い、ヒューの腕をきつく握りしめてから、走っていった。

しばらくヒューは立ちつくし、テニスコートをじっくりながめた。夕闇で気温が下がってきた。日があるのもあと一時間足らずだ。ズボンのポケットにオイルライターとばらで入れて潰れた煙草が見つかった。火をつけると深々と吸って人心地ついたが、そのあいだも頭ではさまざまな計画が吟味されていた。

この殺人は絶対に濡れ衣を着せようとしたものだ。だが、ブレンダをはめようとしたのではない。急に彼女が四阿へもどってピクニック・ハンパーを回収に行くつもりになるなど、誰にも予測できなかったからだ。だが、ブレンダはどっぷりと罠にはまってしまった。腸《はらわた》が煮えくり返る思いがしているのは、真犯人が陰でヒューを嘲笑《あざわら》っているからだ。そいつがじつに運に恵まれた一方、ヒューとブレンダは馬鹿な真似をしてしまった。真犯人は湿ったコートに足跡のひとつも残さずに入り、そして逃走したのだ。

それが誰なのか、ヒューにはさっぱりわからなかった。ブレンダのことを除けば、フランクの人間関係などまったく知らない。とにかくいまはそのことは考えまい。おこなうべきことがいくつかあるからだ。何度か煙草を深々と吸うと、芝生に投げ捨てた。金網のドアを開け、真っ直ぐにコートを突っ切っていった。

広々とした場所で綱渡りをしているようで、妙に気分が高揚した。

コートは乾きはじめて固くなりつつあったが、彼の足跡はくっきりと残った。ごく浅くついている。ほかのどの足跡も踏みにじったり、横切ったりしないように注意し、大きく迂回してフランクの死体に近づいた。それから事実に目を留めていった。

フランクの足跡は金網のドアからコートを斜めに突っ切る形で真っ直ぐに、ネットから十フィートほど離れたコート中央まで続いている。ここでフランクは倒れた。揉み合いになったのか、何者かが死体の周囲を荒らそうとしたのか、擦って踏みつけた跡がある。コートの表面は大きな円形に乱され、足跡は踵《かかと》を使って何度も踏みにじられている。かなり乱れているので、のちにブレンダが重いピクニック・ハンパーを置いたはずの跡と見分けがつかない。

死体は頭をネットにむけ、片手を伸ばし、片方の肩を曲げて、脚をからませていた。だが、最初に襲われたときに顔がどちらをむいていたか、とてもではないがそれはわからなかった。最低でも一度は転がされていたからだ。頭と肩には軟らかな泥の跡が残っている。絞殺に使われた絹のスカーフの片端はちぎれ、フランク自身の爪で引っかかれていた。人殺しが首を締めつけるそれを引きちぎろうとしたのだ。

爪。

そう考えると、ヒューは背筋が寒くなった。

オイルライターの火をつけて、フランクに近づけた。楽しい作業ではない。じっくり調べたところ、毛羽立ったツイードの上着の襟に、ぎざぎざになった小さな半月形の爪が挟まっていた。ブレンダが折った爪だ。

結局、彼女がやったんだろうか？

そうとは思えなかった。それでも、やはり犯人なのかもしれないと考えてしまう。胸の悪くなる考え、裏切り者の考え、卑劣で軽蔑すべき考えだったが、頭から離れず、ブレンダがいないことで余計に不穏な気持ちになる。彼女がここにいて、姿を見ていられたら、まだ安心できただろう。だが、この耳元で囁いてくるほのめかしはしつこかった。間近で自分の目でフランクの死体を見るまでは、この〝奇跡の〟殺人の救いのなさに完全には気づいていなかったのだ。「ブレンダにも言ったが」ひとりごとをつぶやき、周囲をじっと見た。「ここからコート周辺の固い地面までは、いちばん短い距離でもたっぷり二十四フィートある。コートの端までは約二十フィートあるはずだ」ヒューのまわりはだだっ広く、足跡などない軟らかな砂が広がっている。犯人はここを横切るしかなかったはずだ。そう、あきらかに横切ったと考えるしかない。だが、どうやって？

信じがたい話だ。コートには一フィート幅の芝の縁取りがあり、これをかこむ背の高い金網は等間隔で鉄柱が支えている。犯人は芝の縁取りに立って、この中央の土が乱れた場所までジャンプできたのか？　まさか！　二十四フィートをジャンプするだって？　気づけば、ありとあらゆる荒唐無稽なことを考えていた。たとえば、犯人は綱渡りをするようにネットの上を歩き、十フィートをジャンプして、いまフランクが横たわっている土の乱れた場所に降りたとか？

想像してみると、ますますありそうにないことだ。笑いたくなった。状況がここまで切羽詰まってなければ本当に笑っただろう。とはいえ、ふとした思いつきに確信をもっていた。綱渡りのような軽業をやってみせれば、フランクをコートの中央におびき寄せることはできたのではないだろうか。実際にそういうことがあったのかもしれない。犯人がこう呼びかけたとしたら。〝なあ、あのネットの上を端から端まで渡ってみせよう。十シリング賭けないか〟。そういう賭けや挑戦にフランクは目がなかった。ヒューは強烈な不快感を伴って思いだした。ほんの二週間ほど前、体操の離れ業について、ブレンダとキティの前でフランクと激しく意見を戦わせたのだ。だが、たいした支えもないネットの上を歩いて飛び降り、しかるのちに飛び乗り、バランスを取ってまた歩いて引き返すなど、信じがたい。いや信じがたいどころじゃない！　だが、こうしたまともとはいえない空想に代わって考えられることと言ったら、ブレンダが犯人というものしか残らない。

ヒューには信じられない説だ。拳を振りまわし、絶対に信じないと決めた。それに、ここでフランクに襲いかかり、スカーフの端を断じて離すまいと容赦なく握りしめたならば、かならず全身泥まみれになっている。ではブレンダの脚や膝に泥がついていただろうか？　あるいは白い服は？　懸命に頑張っても、思いだせなかった。思い浮かんだのはブレンダの頬には汚れがあった、ただそれだけだった。

まさか。正直そのものの態度、澄み切った瞳をし、絶望と希望が混ざりあったあの彼女が嘘をついたはずがない。ヒューの内なる声が言う。「騙されるな。嘘かもしれないんだぞ。嘘はいやというほど見てきただろう……」ヒューはその声を罵り、その声がこだまする耳を塞いだ。用心しながら、フランクの襟から爪の破片を丁寧に取り除き、ポケットに入れた。

その行動はなんとか間に合った。尋常ではないほど注意力が高まっていたから、何者かがまだ何ヤードもむこうにいても、近づいてくる音を聞きつけたのだ。濡れた芝に擦れるごくかすかな音。誰かが走っているような音だ。仄《ほの》かな銀色の輝き。丈の長いイブニング・ドレス姿の人物が南側のポプラ並木の隙間から現れた。

キティ・バンクロフトだった。引きずるドレスの裾を足首のあたりまでもちあげ、歩幅の狭い急ぎ足でやってくる。夜の外出姿だった。くちびるは濃い紅に塗られ、なめらかな黒髪はうなじでまとめられ、真珠のイヤリングが走る動作に躍っていた。ヒューは出迎えにいった。遠くからでも、その表情から彼女はすでに知っているのだとわかった。目を大きく見ひらいて、取り乱す一歩手前だった。彼女は立ちどまり、現場を見つめて、銀色のドレスの裾を離した。

「では、本当だったのね」彼女は言った。

「ああ、本当だ」

キティは視線をそらさなかった。「信じていなかったの」そして苦しげなため息を漏らした。「事件を知ったときでも。その、ブレンダに話を聞いたときに」

ヒューは恐怖で完全に凍りついた。

「ブレンダと話した？　どこで？」

「こちらの家で。わたしはそこからやってきたのよ。フランクが最後に言ったの、今夜ブレンダと三人で踊りにいこうって。彼はわたしの車を使いたがったのよ。それでわたしは数分前に車でやってきて、家じゅうが大変な騒ぎになっているのを知ったの。マライアは泣きじゃくっているし、ニックはこの件であなたを吊るし首にしてやると言って、警察にもあなたがやったのだと言い張っているし――」

ヒューはキティに叫んだ。「警察だって？　警察はまだ来てないだろう」

「いいえ、来ているのよ。ニックの書斎に刑事がいたわ。ブレンダはこっそり二階にあがろうとして、刑事と鉢合わせしたの」

「ブレンダは刑事に話したのか？」

「当たり前よ。そうするしかなかったでしょう」

「なにを話したんだろう」

「それは知らないわ。わたしは書斎に残らせてもらえなかったから。でも、その刑事に出くわしたブレンダが、ニックから相手が何者か聞かされたとき、神経がぽっきり折れたように見えた。あの人、泣いていて、あなたに会いたがっていたわ。なにをしゃべっても、まともに話を繋げられない様子だったわね。マライアが鍵穴から盗み聞きしたのよ。ブレンダが逮捕されるのはまず間違いないし、たぶんあなたもそうだって」

8　恐怖

乾いた熾烈な怒りの炎がキティのなかで燃えあがったようだ。両耳を手で塞ぎ、頭痛を和らげるかのように押しつけている。

「あのスコットランド・ヤードの男よ」彼女は話を続けた。「少し前に訪ねてきた男。なにかあってもどってきて、家にいたわけ。あなた、ブレンダのためになにかしたければ、急いで行ったほうがいいわ」

「でも、その男はここではなんの権限もない！　首都警察の犯罪捜査部の人間だよ。今回は地元の警察が扱うべき事件だ。地元警察があとでスコットランド・ヤードの応援を要請することはできるが、それまでは、その犯罪捜査部の人間には、このぼく同様になんの権限もないんだ！」

「そんなこと知らないわよ」キティが冷たく現実的なことを言った。「わたしが知っているのは、その刑事がいくつも質問していることよ。それも意地の悪いものばかり」

「その男のことはすっかり忘れていた」ヒューがつぶやいた。「頭からすっかり抜け落ちていたよ」

キティがあからさまに苦々しい口調で言った。「そうね。あなたときたら、あのときブレンダを口説《くど》くことしか頭になかったんでしょう」

「なんだ、全部ぼくの責任だとでも言うのか？」

「あなたがあんなことをしなければ、事件は起こらなかったのに。あなた、フランクが死んでからも、顔を熊手で殴ろうとしていたんですって？　本当なの？」

「なんてこと言うんだい、ちがうよ！」

「でも、マライアがそう言っていたわ。あなたを見たって。ちがうと言うなら、熊手なんかでなにをしていたの。どうせきっとおぞましいことでしょ」キティは声を張りあげた。「わたしだって想像はつくわ。あなたが熊手でなにをするつもりだったか——警察はそれを知りたがっているのよ」

「いずれ、熊手の説明はするよ。落ち着いてくれ、キティ！　よく聞くんだ。ブレンダがさっきその刑事のことを話したとき、まともに聞いていなかったのは認めるよ。何者だと話していた？　警視と言ったようだったけど。なんという名の警視か覚えてるかい？」

「ハドリーよ……どうしてそんな顔をするの。知っている人？」

「ああ。法廷で会ったことがある」

「つまり——とても——？」

「ああ、きみの想像どおりだ。あの男が〝紳士〟としてみんなに愛されてるのには笑ってしまうな、セイウチのように威張って口髭を生やした見掛け倒しの警官より二十倍も手強いのに。なあ、キティ、正直に答えてくれ。ブレンダやぼくが手を下したと本気で思ってはいないね？」

怒りは消えたようで、キティは肩をすくめた。ふたたび、銀色のドレスの裾をもちあげ、芝生に引きずらないようにした。まるで、装飾をごてごて施した硬く背高の彫像のようだった。中身はからっぽなのに、虚しく飾り立てているかのごとく。

「いやな態度を取ってごめんさい、ヒュー。たしかに、はっきり言えと言われれば、あなたたちが犯人だとは思えないわね。でも、なにもかもが恐ろしくて——それに、あそこに横たわる彼を見ると辛いのよ。ついさっきまで、あんなに生命力にあふれて、冗談を言って、将来の計画を立てていた彼が、土に埋められて、一晩じゅう雨に打たれても、もう何も感じることがないなんて」キティは身震いして、長くて筋張った指を握りしめた。声がまた険しくなっていく。「それに、今日の午後が終わってからは、なにか一騒動があると思ったのよ。ずばり言うとね、ヒュー、あなたが怖くなったときがあった。わたしとフランクを残して去っていくときに、妙な笑いかたをして言ったわね。〝もうきみに煩わされないぞ、ぼうや〟と。あなたはフランクも少し怖がらせたみたいよ。それにブレンダが殺人の話をして、すっかり方法はわかっていると言ったじゃないの。あれは絞殺のことよ」

これは事実無根だと納得させておかねばならないほのめかしだ。

ヒューは淡々と言った。「なるほど。ブレンダは念を入れて、自分がなにをするつもりかぼくたちに説明し、それから実行したと言うんだね」

「それはどうかしら」キティが口ごもった。集中して額に皺を寄せている。「ブレンダは気持ちのいい人よ。それはわたしが誰よりもよくわかっている。でもね、なぜかブレンダはごく普通の人物だとは思えないことがあるの。だって、普通の女が好むものはたいてい嫌いのようだし、例外は——ああ、いまはその話はいいわね。でも彼女は、世間話だとか、社交だというものが大嫌いなのよ。ある殿方が素敵だと話を振っただけで、すぐに機嫌が悪くなるくらい。バッキンガム宮殿やアスコット競馬場に行っても、あの人はちっともわくわくしない。それに本を読みすぎる。読書、読書、そればかり。そんなの自然じゃないわ——」

「それはじつに怪しいね。じつに怪しい」

「わたしをせせら笑う必要はなくてよ、ヒュー・ローランド」

「せせら笑ってなんかいないよ。反対に、きみに助けてほしいと思っている」

「わたしに？　どうやって」

「うん、フランクが殺される前に最後に一緒にいたのはきみだから――」

キティの腕に力が入った。顎をあげて頭をそらす。そのヨ、稲妻のなかで見えたのと同じ姿勢だ。

「それはわかっているわよ」彼女は言った。「でも、彼とは二分しか一緒にいなかった。覚えているでしょう、フランクはできるだけ急いで行ってすぐに帰ってくると話していたのよ。あの人、マントルピースにシガレット・ケースを忘れていたの。時計が組みこまれた高価な品よ。それにわたしが貸すことになっていた本も。彼がうちを出たのは七時五分にもなっていなかった。そういえば、こんなことを言っていたわね。〝急いで帰らないと。あのふたりが人目のつかないところに行って、またいちゃつきだすかもしれないからな〟」

「まったく、あいつらしい最後の言葉だ」

「彼のことをそんなふうに言う必要はないでしょ？」キティがきっぱりと言い、怒りを燃えあがらせた。「彼は死んだのよ」

「死んだのはわかっているさ。気の毒だと思うが、じゃあどう話せばいいと言うんだ？　彼に対して敵意はないんだ。きみは逆だと思っているようだが。でも、きみは彼の魅力があだこうだと話したけど、ぼくはいまでも、性格の悪い冷たい男だったと思っているよ」

「警察にはそう話すんでしょうね」

「ああ。どうしてだい」

「そのあたりの判断は、あなたのお手の物でしょ。でも、警察はフランクが殺された時間にあなたがなにをしていたか、知りたがるはずよ」

「道の真ん中で車のタイヤ交換をしていたよ。取り立てて話すようなことじゃない」

「あら、そうかしら」キティが眉を吊りあげて訊いた。「ブレンダが見え透いた嘘ばかりをあの警視に話したのに。彼女、テニスコートにはまったく入っていないと言ったのよ。あの足跡は自分のものではないって。少しでも観察力のある人が見たらそんなことは――」

ヒューはうなじを鋭く殴られた気がした。脳を砕き視力を歪《ゆが》める反則技のラビット・パンチだ。視界が定まるまで待って、訊き返した。「ブレンダがなんと言ったって？」

「テニスコートにはまったく入っていないと言ったの」キティは繰り返した。「誰かが彼女の靴を履いて歩いたにちがいないって言ったのよ。あの人の靴って、サイズ4よ！　たしかに、わたしには話は全部聞こえなかったわ。書斎にいなかったから。でも、マライアがその部分は聞いていた。そこが肝心要《かなめ》のところなの」

「失礼するよ」ヒューは言った。「すぐに書斎へ行かないと」

「どうぞ」そこでキティは助言してきた。ふたたび気分が変わったようだ。「いや待って。喧嘩なんかやめましょう。これは本当のことだけど、わたしほどブレンダが困ったことに巻きこまれるのを見たくない人間はいないわ。それにわたしほどブレンダに好意をもっている人間も。事件のショックでみんな動揺している。でも、ブレンダが馬鹿なことを言ったら、手遅れになる前に撤回させて」

ヒューは冷静に言った。「彼女が馬鹿なことを言ったと、どうしてわかるんだ？　彼女は真実を話すさ。ほかになにか聞いたことがあるのかい」

「いいえ。でも、もうひとつ忠告するわ。ニックに気をつけて。彼は危険よ」

「ありがとう、キティ。覚えておくよ」

息苦しくなってきたコートの外に出てしまうと、ヒューは高台への階段を三段飛ばしで駆けあがった。

では、今回も真犯人にすべてのツキがまわったのか。そう思う一方で、ヒューは自分に言い聞かせた。これは自分自身の不手際から生まれた過ちだ。あんな考えをブレンダの頭に吹きこんだのはヒューだ。彼がほのめかしたことが、とっさに彼女の口をついて出たらしい。だが、それはいい。ブレンダが正確にはどう話したのかを突きとめなければ。高台のてっぺんまで登り、庭に入ると、こんな言葉が聞こえてきた。「危ない！」どこか下の、右手のほうからだ。

ぴたりと足を止め、どうにか木陰に隠れた。

デイヴィッド・ハドリー警視とニコラス・ヤング博士が私道を下ってくるところだった。車椅子に背を丸めて座った博士が左手を使って物凄いスピードで力強く車輪をまわしたので、コンクリートで横滑りして制御が利かなくなり、土手へ傾いてしまったのだ。

赤く染まる空を背景に、そのすぐ上の土手の木陰にいるヒューは、ハドリーが勢いよく身を乗りだして、椅子を真っ直ぐにするのが見えた。その後はふたりとも見えなくなった。だが、ブツブツいう声と、どさりという音、激しい息遣いが聞こえたと思ったところで、ハドリーの冷たい声が響いた。

「ご自分の首をへし折られたいのでしたら、ヤング博士、お好きにどうぞ。ですが、次回はわたしの足首にご注意願いますよ。ではどうぞ、存分にうしろにひっくり返ってくださいな」

「うっかりしたんだよ」ぜいぜいいう呼吸に混じって、ニックの声が噛みつくようにどなった。「警官の脚はなによりも大事なことを忘れていたよ。脚を失ったりしたら、悲劇このうえない。いやいや、言いすぎた——止まってくれ。息があがったよ」

「そんなことを言わずに、行きますよ」

「無茶なことを言わないでくれ」ニックは自分が無茶を言わない人間であるかのような口ぶりで言った。「せめて、わたしの質問に答えてもいいだろう。予算案を報告してさっさとずらかろうとする大蔵大臣みたいにしないでもらいたい。わたしの意見に異存があれば、そう言ってほしい」

ふたたび間が空いた。警視がニックを見つめているのか。

「あのですね、博士」ハドリーが言った。「ここでのわたしの立場をどう考えてらっしゃるか知りませんし、ここでなにが起こったのかさえ、わたしは知りません。ですから現場を見にいこうとしているのです。あなたが車輪を泥から引っ張りだせたら、現場へむかい、ゲイツ警部が到着するまで見張ります。ですが、あなたが犯人だと考えている人間のために、護送車をすぐにも呼ぶだなどと考えないでください。あなたが副総監のひとりの友人であるというだけの理由で」

「そんなことは頼んでない」

「ではなにが望みなんです」

ニックは冷静だった。「わたしはフェアプレイを望んでいるんだ。まず、ブレンダがこの件には関わっていないことはわかっているだろうね」

ためらいの間が続く。

「わかっているね？」

「それはなんとも。断言するにはまだ早い。ですが、現時点でのわたしの意見を知りたいと言われるのならば――」

「ぜひ知りたいね」

「そう、彼女が関わっているとは思いません」ハドリーは答えた。「極めて率直に筋の通る話をしておられたようです。それに、嘘をつくような人ではないようにも見えました」

上の高台で、ヒューは手近な木に手のひらを押しつけて身を乗りだし、まばたきをして、深深と息を吸った。

「証拠が彼女の言い分を裏付けてくれるでしょう。あの人の話はまったく筋の通るものだった。ただし」――ごく一瞬だが、なんとも言えない間があった――「ただし、ごく小さな点を除いてですが。そこはあとで説明してもらえるでしょう」

「その小さな点とは？」ニックが口早に訊ねた。

「いずれわかります」

「言っておくがね、警視」ニックが穏やかな声で食い下がった。「よりによってブレンダがあの子を殺すはずがない。よし、それは確認されたということだな。だがね、ブレンダはある点で間違っていることを指摘しておこう。ブレンダは犯人が彼女の靴を履いてテニスコートを歩いたにちがいないと言った。だが、ブレンダは靴のサイズのことで思いちがいをしていると指摘しておきたい。真犯人が彼女の靴を履いたはずがないのだ」

「どうしてです？」

「それは、あのローランド青年が犯人だからに決まっているじゃないか」ニックが言った。

「これは明白な事実として言ったはずだが」

「かなり自信がおありのようで」

「もちろんだ」ニックは言った。「あの青年を吊るし首にしてやるよ。余生の一分一秒残らず、銀行にある全財産を一ペニー残らず、この頭にあるささやかとは言えない脳細胞をひとつ残らず捧げて、あの男に、この世に生まれてこなければよかったと思わせてやる。あの男の行動をすべて監視する。あの男の言葉をすべて書き留めて吟味する――そしてほんのひとつでもヘマをしたらだな、警視――きっとあいつはヘマをするだろうが、それがどんなに小さな言葉だろうと、首根っこを捕まえて、あなたになにか言う隙を与えず差しだすよ。なんなら、賭けてもいい。テニスコートに行ったら、あいつが見過ごした証拠を二十は見つけてやろう。あいつが有罪だと証明できる二十の証拠を。二十個見つけられなかったら、一個につき二十ポンドを警察の慈善募金に寄付しよう」

このとき、ヒューは危うく第二の過ちをおかすところだった。

覚悟していたとはいえ、ニックの声からはっきりと窺われる激しい憎悪に驚いていた。ショックを受けたといっていいくらいだ。この何カ月か、薄々はニックがフランクと非常に似ていることは気づいていた。ニックはフランクの師であり、案内役であり、相談役であった。いまの話を聞いていると、フランクの霊が話しているようだった。もっと言えば、フランク・ドランスが年齢を重ね、蛇のようにずる賢く抜け目なくなって話しているようだった。

ヒューの足はふたりの頭上わずか一ヤードほどの草むらにあった。その動きはとっさのものだった。いまにも飛び降りて、老いた卑劣漢とこの場で対決しようとしたのだ。だが、木にあてた手に力を込めて、みずからを押し止めた。いまここで飛び降りたら、ブレンダは終わりだ。自分とブレンダの殺人についての供述を一致させなければならない。だが、ひとつのことを除けば、ブレンダがどう供述したのか、このままではわからないのだ。

落ち着け！

ふたたび、ニックの声がした。

「おわかりかな、警視」

「ええ、おそらくね」

「ええい、お役所仕事はごめんだよ。真の紳士《バカ・サーイブ》を気取るなど、くだらないと思わないかね。気に入らんな」

気に入らんな」ニックは怒っていなかった。陽気な声だった。「まあ、わたしは証拠に目をむけろとしか言ってないだろう。バンクロフト夫人の話は聞いただろうに。あの男はフランクを殺してやりたいよと脅迫したんだぞ」

「そのようですね」ハドリーが言った。「アーサー・チャンドラーもです」

「ええと——なんの話だね。アーサー・チャンドラーとは何者だ?」

「マッジ・スタージェスの恋人ですよ」ハドリーが言った。「その男のことはお話ししたでしょう。お宅の電話が通じないので今夜は特別に、地元の警察署から帰る途中でこちらの家までもどり、チャンドラーがこの界隈で目撃されているから危険かもしれないと、お知らせしたではありませんか」

沈黙が流れ、いらいらと車椅子を引く音がした。

ハドリーの声が少々険しくなって、言い足した。「なのに、その件は気にされていないようですね」

「なにが言いたいのかね」

「あなたが訊かれたことですよ」ハドリーはすらすらと言った。「この事件について、わたしがどんな意見をもっているか。まだなにもわかりません。ここで立ち話はやめて捜査を始めませんと、なにもわからないままです。ですが、ひとつ気づいたことがあります。チャンドラーが脅しをかけたことを、あなたは気にしてらっしゃらないようだ。なおざりに驚いてみせた程度です。もちろん、わたしたちはみな、あなたに同情はしていますよ。フランク・ドランスが亡くなったんですからね。ですが、なによりもあなたが気にしてらっしゃるのは、ローランドがミス・ホワイトに恋していたことのようです」彼はニックの心の傷にふれた。「そしてミス・ホワイトもローランドに恋をした」さらに痛いところを突いた。「少なくとも、ミス・ホワイトから聞いた話から察すると、わたしはそう判断します。もっとも、それはわたしに関係のないことですが。しかしどうしてあなたは、ローランドを排除しようとそこまで躍起になっているのです？」

ニックが喉をひくつかせた。

「警視、あなたは頭がおかしくなったのかね」

「いいえ」

「では、なにが言いたいのだ？　わたしがブレンダになんらかの関心があるとでも言いたいのかね。そういったたぐいの関心があるとでも？　この歳で？」

「とんでもないことです。ただ、今日の午後に、ミス・ホワイトがあなたと同居することがいかに適切かを説明された際、かなり照れてらっしゃると思いましたので。もちろん、他意などはまったくありませんよ」

「遠回しになにを言おうとしているのか、説明してもらいたいものだが」

ハドリーは突然、穏やかな口調になった。

「ご注意しているだけですよ。この結婚はあなたが長年温めてらした計画でした。それはよくわかります。それがドランスの死でご破算になった。それも、よくわかります。けれども、あなたがローランドを嫌っていることを、捜査にもちこまないでいただきたい」

「なるほど、証拠のでっちあげということを言いたいのか」ニックが陽気に言った。「ああ、そんなことはしないとも。その必要はない。そうだろう？」

「でしたら結構です。ローランドが有罪でないとは申しておりません。その可能性はあるでしょう。ですが、彼が嘘をつくのならば、すぐにそうと見抜けるはずです。さあ、その車椅子を引っ張りあげられますか、テニスコートが真っ暗になってなにも見えなくなる前に？　それとも手を貸しましょうか？」

「自分でやれるとも！」ニックが言った。

高台の下では、泥のなかでせわしなく動く音がした。ヒューの視界に、車椅子がさっと後ろ向きに飛びだしてきて、坂になった私道に現れた。ニックは車椅子を固定した。赤い夕焼けにその顔が照らしだされた。果てしない忍耐力を秘めた彼は、偶像のようにうずくまったまま、赤ら顔を空にむけた。

「暗くなる心配はいらない」ニックは言った。「木立のなかに照明灯がある。日が落ちてからテニスができるように設置させたんだ。その気になれば、一晩じゅうでもプレイできる。さあ、いいかな、警視さん。最初にやるべきは――」

声は離れていき、低くなって聞き取れなくなり、そして声自体がしなくなった。

ヒューは音を立てずに、木立の暗がりを家へ急いだ。

つまり、手始めに敵がふたりいるのだ。ニックの表情を見て、少し気分が悪くなった。ニックとハドリーというふたりの敵、そのどちらが危険か見極めがむずかしかった。そしてブレンダはすでにひどい嘘をついてしまっている。ニックが相手なら問題にならないが、警察が相手では由々しき事態になる。

嘘はどの程度のものだ？　詳細はどんなものだ？　もっともらしいものならばいいが。それならば撤回できる。だが、ブレンダの態度から、百戦錬磨のハドリー警視がブレンダは正直な人間だと思いこんだならばどうだろう。次に同じように無邪気に全部が嘘だったと言えば、ただではすまないにちがいない。

「ヒュー！」声が低く囁いた。

家の裏手は白いペンキを塗った細長い煉瓦の壁で暗く、地下の台所の灯りが見えるだけだ。顔をあげると、ブレンダが二階の窓辺から客間のほうを指さしていた。ヒューはひらいたガラス扉から入り、すぐにブレンダも合流した。

「あのふたりに会ってないわね？」彼女が暗がりで囁いた。「あなたに警告したかったけれど、どうにもならなかった。話をした？」

「いやなにも。ところで、あの折れた爪は回収したからね」

「それは間違いなくやってくれると思っていたわ」ブレンダは緊張していた。「自分で言いだしたんだもの。でも、聞いて！　あなたもコートに足跡を残したわけよね？」

「ああ、だが、あれはどうでもいいよ。コートはもうほぼ乾いていた。ぼくの足跡はとても浅いから、事件のかなりあとで残ったものだと、警察は簡単にわかるはずだ」

「声が大きいったら」ブレンダが低い声で言う。「マライアが地下にいるのよ。警告したいことがあるの。わたし、あの人たちに話をして――」

「ああ、わかっているよ。きみなりに弁明をしたんだろう。きみは自分が履いていたきれいな靴を見せて、コートにはまったく入っていないと言った。何者かがきみの靴を履いてコートに入ってフランクを殺し、自分に罪をなすりつけるつもりだったと言ったんだね。それはもうどうでもいいんだ。問題は、きみがどんな話を作りあげたかだ。ほかに、どんなことをしゃべった？」

9 決　意

「わかっているんだよ」ヒューは話を続けた。「気が動転して、頭に真っ先に浮かんだことを口走ったんだろう。きみを責めはしない。でも――」

「そうじゃないの」ブレンダが厳しい口調で言い返した。「そんなことしていない。たしかに動転したわ、ダーリン。でも、あの話は意図したもので、あれで押しとおすつもり」

彼女はもう、テニスコートにいたときの怯えた小娘ではなかった。暗がりでしゃべりだす前からヒューにはそれがわかった。人には声が大きいと注意したにもかかわらず、自分は考えをはっきりさせるために普通の声で話している。服は着替えていた。風呂からあがったばかりで香水をつけている。それで戦う気力を復活させたように思えた。

「ニックと警視にはあの話をするしかなかった」ブレンダは言った。「理由がわかって？　ふいにひらめいたのよ。あなたがすべての罪を背負わされそうになっているって。わたしのほうはちっとも疑われていないのに——あなたのおかげで」

「だが——」

「本当に下劣な人たちね」ブレンダが言った。「思い知らせてやるわ。ねえ、どんな経緯だったかざっと教えるわね。そうしたら灯りをつけて旗を掲げ、こちらの砦に攻めてくるのを待ちましょう。わたしはテニスコートへ七時二十分にむかったと話した。それは真実よ。そしてピクニック・ハンパーを取りにいったと説明した。それも本当よ。でも、実際に動かしたとは言わなかった。あれをもって歩いたと教えたら、それを開けられて泥だらけのシューズが見つかると思ったから、言えなかったの」

「たしかに」

「そんなふうに言っても困る点はなかった。あなたには教えたわね。わたし、ハンパーはもとあったのと同じ場所に置いたと。だから動かした証拠はなにもない。四阿《あずまや》に入って取りだすところまではいかなかったとだけ伝えた。四阿にむかってコートの縁を歩いていこうとして、コートのなかをふと見たら、フランクの姿があったと説明したの……あなた、なにか言った？」

「いや。続けて」

ブレンダの瞳は不思議な輝きを帯びた。

「そこまで話したところで」彼女は話を続けながら、ヒューの腕に手を伸ばして揺さぶった。「ひらめいたわ。そうなの、ヒュー。わたしがハンパーに近づいたという証拠はなにもないと。ねえ、あれがどれほど重いか知ってる？　陶器の食器がいっぱいに詰まって、そりゃあ重いのよ。正確には四十ポンドぐらいある。それでひらめいたの。わたしはあれをもってテニスコートに入って出ていったわけだから――」

ヒューは額に片手をあてた。

彼は注意してはっきりと言った。「それできみはハドリー警視に、砂についた足跡の深さを確認しろと言ったのか。きみは自分の足跡にしては深すぎると言った。自分の体重は七ストーン（約四十四キロ）だと披露し、一方で、あの足跡を残した人物は体重が十ストーン（約六十四キロ）にちがいないと。そうだね？」

「どうしてそれがわかったの」

「以心伝心ってやつだね」ヒューは言い切った。「ぼくたちは、むかしの伝奇小説がソウルメイトと呼んだ仲なんだよ。なにを隠そう、まったく同じ反論を考えていたんだから。でも、いくらぼくでもその反論を使うには図々しい気がしていた。なんとまあ、いくら内心では挫けそうになっていても、きみのような女性がそんなふうに大胆な嘘を言ってのけて、それで押しとおすとは！」

「あの人たち、わたしの話を信じてる。とくにあの警視は絶対に信じたわね」

「そうかもしれないが、それは警視が証拠を見るまでの話だ。でも、希望はもてるか。真実はぼくたちにはあきらかだ。なぜって、自分たちは犯人じゃないと知っているんだから。たしかに、口裏を合わせているというやましさはあるから、この気持ちが人にも露見しているかもしれないと思える。でも、傍《はた》から見たら本当にそこまでわかるかな。どうだろう。迷うな。とにかく、話の続きを聞かせてくれ」

「いまので話は全部よ。こう話しただけだもの。自分はコートに入らなかった、フランクが死んでいるのが見えたけど、警察がやってくるまでは現場を荒らさないものだと知っていたからと」

「それで」

「でも、そのとき、足跡がおかしいと気づいたと言った。端っこの足跡に自分の足をあてると、まったく同じサイズだったと話したわ。その靴はグレー・グースの靴で、ゴムの靴底にガチョウ《グース》の模様が入っていた。それに、四阿に置いていたスペアの靴がロッカーからなくなっていたと言ったの」彼女はそこでいったん呼吸を整えた。「それで全部。恐ろしくて、どうしたらいいかわからなかったと言ったわ。そして七時三十分近くになって——これは本当のことね——あなたがやってきたと。これでいいでしょう？　どう思う？」

　ヒューは考えこんだ。上着は脱いでいるが、スカーフはまだ首に巻いていて、ふたたび暑く感じはじめていた。二歩前に進んで、また二歩後退した。

「正直に言うと、その話を熱烈には支持できないな」

「でも、もう話してしまったのよ！　どこ？　どこがいけないの」

「うん、いちばんまずいのは、きみとピクニック・ハンパーの結びつきを突きとめられた場合だよ。三対一の確率で、見破られるだろうけどね。あれを取りにいったのだときみは認めている。調べられたら、ぼくたちはおしまいだ。捜査の一環として、四阿が捜索され、あの入れ物が開けられ、靴が発見される。ここで具体的に考えていこう。きみはフランクの横たわっている場所まで運んだとき、ピクニック・ハンパーを下に置いた、そうだろう？　とすると四角い跡が残らなかったかい」

こうして質問しながらも、彼はそんな跡などなかったと思いだした。自分でその跡がないかと探したではないか。

「いいえ、ヒュー。わたしは残ったとは思わない。なんの気なしにハンパーを置いたとき前後に動かしたから」

「でも、そうすると底に砂がついたんじゃないか？」

「いいえ。砂はついたけれど、気がついたから濡れた芝生で擦りとったの」

「握り手にきみの指紋が残ったんじゃないか？」

「ざらざらした革だから指紋は残らないわよ。そうでしょ」

ヒューは行きつもどりつした。「かの高名なるフランケンシュタイン博士も、ぼくにはかなわないな。素晴らしい出来だ。よし、いいかい。この計画の強みは心理面だよ。きみがコートまでフランクを殺しにいったのか、それともただ死体を確認しにいったのか、そのどちらにしても、重さ四十ポンドの入れ物を抱えていったとは誰も思わない。ああ、ぼくはまさにきみがそうしたのだと知っているが、誰もそうだとは思わない。だから、警察はあのハンパーと深すぎる足跡を結びつけて考えないだろう。もうひとつ、ぼくが考えついた強力な主張もあるんだが、それも心理的なものだ。ハドリーはきみを信じているようだ。そうだよ、すべてを考えあわせると、ぼくたちに戦えるチャンスはありそうだ。ただ——」

「待って、ヒュー。戦えるチャンスはありそうだ、と言ったわね」

「まあそういうことだ」

「言い換えると、わたしの証言をそのまま支持するつもりはないってこと？」

ヒューは両手を挙げた。

「ブレンダ、これはきみの証言を支持するしないの話じゃない。きみがどうしても自分の説を押しとおすというのなら、もちろんぼくもそうするさ。だが、事がどれだけ重大か、きみは気づいていないらしい。きみが大嫌いだった学校に舞いもどって、担任の女教師に作り話をしているのとはわけがちがう。これは殺人なんだ。きみが対決しているのはスコットランド・ヤードだよ。まずそこをきちんと把握してから、次に——」

「事がどれだけ重大かわたしが気づいてないですって？」ブレンダは言った。「それはあなたのほうじゃないの。それに、わたしが対決するのが誰であっても、あなたは逮捕されないわ。わたしが助けられたらだけど」

「いいかい。こんなことを言うなんてぼくはひどいヘッポコかもしれないが、この一連の大嘘がどうしてぼくを助けることになるのか、どうしてもわからないな。それに、警察はぼくを逮捕するつもりはないよ」

ヒューのこの説得のしかたは大失敗だった。ブレンダは冷静な表情を浮かべているが、怒っていた。それも頭から湯気が出そうなほどで、傷ついてもいた。彼女がにらみつけた。

「あなたを逮捕するつもりはない？　マライアが証言したのを知ってる？　あなたがフランクの死体を見おろして、あの熊手で叩いていたのを目撃したって」

「でも、そんなものはありもしない戯言《たわごと》じゃないか。事件には関係ないことだ」

「関係ないわよ。わたしの足跡が事件とは関係ないように。でも、足跡のせいでわたしは事件にすっかり巻きこまれたわ」

しばしの間に続いて、ブレンダが険しくて張り詰めた声で抑え気味に言った。

「ここでわたしがどんな目に遭ったか知らないんだものね。あなたは訊ねもしなかった。わたし、家にもどったとき、あなたのことをとても——とても愛していたから、まともに考えられなかったのよ。ほら、あなたはすぐにわたしを助けてくれようとしたでしょ。なにも質問しないで、一瞬だって、わたしが犯人かもしれないと考えもしなかった。そんなとき、ここに帰ってきたら、なにが待っていたと思う？　ニックとマライアとあのハドリーという人が、階段のてっぺんでわたしを待っていたのよ。最初に聞いたのは、あなたが犯人だということ。ニックとマライアが、すっかり話を組み立てていたわ。

心配していたとおりだった。マライアがあることないこと言うだろうと思っていたの。わたしはなんと言えばよかったのよ？　本当のことを――コートにはわたしが歩くまでは足跡ひとつなかったと言っても、信じてもらえるはずがない。あなたもわたしを信じなかったでしょう。でも、真犯人がわたしの靴で足跡を残したと言えば、あなたが疑われることはない。あなたがわたしの靴を履くのは月のうさぎよりもありえないことだから。だからあんな話をしたのよ」

ブレンダの声はさらに険しく、さらに抑えたものになった。

「あなたには愚かに思えることを言ったのなら、謝るわ。あなたのリーガルマインドを満足させられなかったのなら、それも悪かったわね。〝すべての要素を吟味〟するために立ちどまらなかった、といったところかしら。でも、もしあなたがニックの顔を見て、彼がどんなことを言っているか聞いていれば、あなたも同じ行動を取ったでしょうよ。あなたがあれだけわたしのために頑張ってくれたのに、あそこであなたから疑いをそらすことができなければ死んでしまいたいと思った。あなたと再会できたとき、そんな気持ちを理解してくれると期待していたわ。ありがとうの一言もあると期待していたかもね。でも、あなたったら、苦心した証言に穴を探して、まるでわたしがあなたを裏切ったみたいに話を進めてる。あなただってテニスコートでは、偽の証拠を緻密に組み立てようとはしてなかったじゃない。もういいわ。あなたは好きなように動いて好きなように証言すればいい。でも、わたしの証言はこのとおりだし、これで押しとおすから」

耐えがたいほど沈黙が続いた。ブレンダはハイヒールを履いていた。彼女が窓辺へ歩くと、磨きあげた床にコツコツと響いた。

「ブレンダ、許してほしい。ぼくはわかっていなかった」

「いいの。たいしたことじゃないわ」

「いいや、言うまでもなく大事なことさ。誰かを愛しすぎて、まともに考えられない人間と言えば――」

「もうその話はいいの」

するべきことはひとつだけで、ヒューはそれを実行した。気分が一変したのかブレンダはヒューに身体を預け、首に腕をまわした。そのとき、私道から車のブレーキの音がした。黄昏《たそがれ》が色濃くなったところに話し声がして、ぼんやりとした人影がいくつも庭にやってきた。

「踏ん張りどきだよ」ヒューは言った。「警察がやってきた。ぼくたちの証言は決まってる。それでいこう」

「灯りをつけましょうか」

「ああ、そのほうがいい」

ブレンダは急いで部屋を横切り、スイッチにふれた。羊皮紙のシェードのなかで壁付けの照明が灯り、奥行きのある部屋の薄緑の壁に反射した。上品な年代物の銀器が灯りに浮かびあがる。グランドピアノには白いカーネーションを生けた花瓶。白いチンツで覆われた座面の深い椅子。そしてぼさぼさ頭にシャツ姿の青年。茶色のスカートにセーター姿のブレンダが緊張した不安な目つきで、その青年にほほえみかけていた。

同時に――照明のスイッチで作動したように――白い光が庭の奥でぱっと瞬《また》いた。何者かがテニスコート近くの木立の照明灯のスイッチを入れたのだ。ぼんやりした後光が射した。まるで作り物のような緑色で、葉の一枚までもが浮かびあがる。ポプラ並木の隙間まで光が入っていく。こうして照らされながら、いくつもの人影が動きまわった。全部で六人。ほとんどが鞄やカメラを手にしている。そのうちのひとりは、途方もない巨体で大型のテントのような黒いマント姿、白髪交じりのもじゃもじゃ頭にはちきれそうなシャベル帽をかぶった男だった。この非常に目立つ男をヒューは指さした。

「ごらん」彼は暗い口調で言った。

「ええ、あの人がどうかしたの？　あれは誰？」

「ここに誰よりも来てほしくなかった人さ」ヒューは言った。「ギディオン・フェルだ」

自分の名が聞こえたかのように、フェル博士が巨大ガリオン船のように方向転換し、灯りの点いた家を見てまばたきした。ヒューたちから、幅広の黒いリボンで留められた眼鏡が見えた。サンタクロースのように満面の笑みをたたえた丸いピンクの顔。そして山賊そっくりの口髭。博士はとびきりのにこやかな表情で庭を歩いてきたが、ぼんやりしていて、立木めがけて真っ直ぐ歩いたものだからぶつかりそうになり、制服警官がさっと腕にふれて私道へむきを変えさせた。フェル博士は礼儀正しくシャベル帽の縁をもちあげてみせた。それは制服警官に対してなのか、窓辺にいるふたりに対してなのか、結局はっきりしないまま、案内された方向へ行った。

ブレンダは緊張のあまり、笑い声もひきつったようになっていた。

「全然危険には見えない。とても人がよさそう」

「そのとおりだ。そして多くの殺人犯も同じように思った」

沈黙が流れた。

「どういう意味なの、ヒュー」

「厳しい戦いになるということだよ。よりによって、あの博士が相手だとは」

「あの警視よりも鋭いの？」

「いや。だが、博士のほうが想像力がある。ハドリーと仲がよくてね、悪の天敵さ。ぼくたちが準備したトリックは博士のお得意のジャンルだろう。深すぎる足跡と陶器でいっぱいのピクニック・ハンパーの繋がりを突きとめられないように、ひたすら祈るしかない。それにブレンダ、証言の欠点を洗いださないとだめだ」

「欠点って？」

「失礼しますよ」いきなり窓から声がして、ふたりは飛びあがった。この話は中断しないとまずいとヒューは判断した。「ゲイツといいます。ゲイツ警部です」新顔が話を続けた。「ヤング博士とハドリー警視を探しているんですがね」

「テニスコートにいらっしゃいますよ。照明灯が見えるところです」

「ああ、どうも」ゲイツ警部がにこやかに言った。「それから、お名前をお聞かせ願えますかね」

ヒューが名乗ると、新顔はうなずいた。「わかりました、あなたがローランドさんですね。

では、すぐにおふたりからお話を聞くことになると思います。どうかこの家から出ないように」

警部は会釈して去っていった。残されたふたりは不吉な予感でいっぱいになった。

「いよいよね！」ブレンダが言う。

「うん。これからが本番だ」

「あの人に、わたしたちの話は聞かれてないわね？」

「ああ、もちろん聞かれていないさ。家具が軋むたびに、幽霊を見たと騒ぎたくはないね。警察だって、ぼくたちと同じ人間だ。でも、きみの証言の欠点を洗いだして修正しなければ」彼は家にもどる途中で立ち聞きした会話を急いで教えた。「ハドリーはきみが、極めて率直に筋の通る話をしていたと言っていたよ。ただし、あとで説明してもらいたいごく小さな点を除いてとも。それはなんだ？　きみはどこでうっかりをしたのかな？　欠点とはなんだろう？」

「なにも思いつかない」

ヒューは考えこんだ。

「ちょっと待てよ」彼はぼそりと言った。「きみが履き替えた靴はきれいすぎたとかかな。きみの証言では、同じ靴を午後のあいだずっと履いていたことになっている。でも、思いだしてほしい。とても埃《ほこり》っぽいテニスコートでテニスをしていたんだよ。ずっと履いていたにしては、あの靴はきれいすぎたんじゃないか？」

「いえ、大丈夫。あの予備の靴は最後に洗ってから二回はテニスで使ったから」

「二足に違いがあるんじゃないかい？　誰かが、たとえばキティが、きみは六時と八時ではちがう靴を履いていたと証言できるんじゃないか」

「いいえ。まったく同じものよ。ねえ、どうしていまキティの名を出したの」

もし爪がもっと長ければ、ヒューは噛んでいただろう。「不可解なんだよ。キティがとっさの判断で、きみは真相を語っていないとあれほど確信できた理由が。彼女はテニスコートに残ったぼくのところに近づいてきて、きみの証言は馬鹿げていると言った。でもね、あの証言は筋の通る話だよ。ぼくも最初はびっくりしたが、筋は通る。考えれば考えるほど、ますますそうだと思えてくる。それなのに、彼女はどうしてあんなことを言ったんだろう」

「キティは頼もしい味方ね」ブレンダが棒読みで言った。「ものすごく味方をしてくれてる——わたしの評判をガタ落ちさせるために。もちろん、あの人は、わたしがなにを言っても嘘をついていると言うでしょう。あの人、フランクを愛してたのよ」

ヒューはブレンダを見つめた。「フランクを愛していた?」

「あれを愛と呼べるならね。気づかなかったの? 彼女はしばらく前から、フランクにぞっこんだった。フランクが死んだと知ったら、当然、考えかたも変わってくるでしょう。あんなふうに大柄な女は——」

「欠点がわかった」ヒューがはっとして言った。

「どういうこと?」

「大柄な女」彼はブレンダの言葉を繰り返した。「きみはハドリーにきみの靴を履いて歩いた人物は、体重が十ストーンあるはずだと指摘した。だが、十ストーンある人物はかなり大柄だよ。サイズ4の靴を履けたはずがない」

ふたたびブレンダがヒューを訂正した。「いえ、履けるわ。体重があってもサイズ4を履ける女は大勢いるし、実際に履いている。背が高くて逞《たくま》しい身体なのに小さなサイズの靴を履く人もいる。たとえば、キティね。キティは履きやすいからサイズ5と½を履いているけれど、4も履けるはずよ」

「おいおい、待ってくれよ。キティに罪をかぶせることはできないよ！」ヒューは反論した。「偽の証拠で無実の人間から疑いを晴らしても、その証拠でべつの無実の人間が疑われるようにしてはだめだ」彼はゆっくりとしゃべった。「このとんでもない計画のまずい点は、まさしくそこにあるんだよ。ぼくたちはこの事件が女の犯罪であるように仕立てようとしている。男の犯罪だとよくわかっているのに。またぼくたちは真犯人の思う壺になっている」

果たしてそうだろうか。

ヒューの理性はこう告げていた。馬鹿なことをするな。まだできるうちに引き返せ。それでも頭の奥で引き返せはしないこと、そしてその理由もわかっていた。意識の奥底から現れたのは、その本当の理由だった。

老ニックがせせら笑っている図。

ヒューがブレンダを裏切れば、これほどニックを嬉しがらせることもないだろう。それに警察に出頭し（なんと徳の高いことだ！）ブレンダが証拠を捏造したと言えば、これほどニックを喜ばせることもないにちがいない。ニックの言葉が聞こえるようだ。「ブレンダ、こんな男と結婚するつもりだったとはな」いまさら真実を話せば、ブレンダはますます不利な立場に追いこまれる。もう誰もブレンダの話を信じまい。このでっちあげが、ただひとつの解決策だ。ニックは喧嘩を売るつもりなのか？　いいだろう、買ってやろうじゃないか。ニックはこのぼくを簡単にはめられると思ったわけか。よし、やってみればいい。

　ヒューは暗くどんよりした気分から解放された思いだったが、妙な目で彼を見ているブレンダに気づき、くすくす笑った。

「もう欠点は見つけたかい？」彼は訊いた。

「いいえ。つまり、わたしの証言は間違いないということでしょ」

「もちろんそういうことだ。この証言を押しとおす。それだけだ」

　庭の端の高台から、黒い人影がテニスコートの煌々《こうこう》とした光を背に現れた。人影はゆっくり歩いているが、あきらかに目的をもっている。ガラス扉に近づくにつれ、どんどん大きくなり重々しく見えてくる。そして顔を室内に突きだした。

「ハドリー警視がすぐにおふたりに会いたいそうです」ゲイツ警部だった。「質問をしたいそうで」

10　過失

青みを帯びて見えるほど真っ白な照明灯の下、テニスコートではハドリー警視が事件について自分の正直な考えをフェル博士に説明していた。

「――そういうわけで」彼は締めくくった。「ゲイツがヤードに連絡して、わたしに事件を引き継ぐよう依頼してきました。それで、あなたを迎えにいってくれと伝えたんですよ。あなたはこの近くに住んでるんですから、即座に捜査してもらえばいい。ところで、この事件は少しばかり気に入らないですね。そもそも関わりにならなければよかったとも思えます。とはいえ、なにがあったかは明白だと思いませんか」

警視は声を落とした。

ふたりはちっぽけな四阿《あずまや》の隣に立っていた。鮮やかな緑の屋根の上は見事な星空になっていた。だが、芝生の縁取りのある広々としたテニスコートは、競技場に射す強烈な光のように、まぶしく冷たいライトに煌々と照らされていた。コートで忙しく動きまわる警官たちの帽子や上着がくすんで見える。フランク・ドランスの写真が十数枚、撮影されていた。フランクも虚栄心が満たされて警察に感謝したことだろう。警察医が遺体にかがみこんだところだった。ほかにふたりが足跡に石膏を流して型を取っていた。

石膏は照明灯に照らされ、やはり青みがかった色に見える。照明はポプラ並木から斜めに射すから、背の高い金網を支える鉄柱の黒々とした影がコート中央に縞をつけ、網目のビスケットのような影がびっしりと連なって見えた。白線はぼやけ、ネットは弧を描いてたるんでいた。ブツブツと囁く声がいくつも――なかにはうっかり、〈鎮まれ、暴れ馬《ジーバーズ・クリーバーズ》〉を口笛で吹いた者もいた――あったが、こうした現場に慣れない者には不快に思えるかもしれない。

小さな四阿では、オイルランプが灯されていた。窓は黄色く照らされ、ドアは開け放したまだ。ポーチには、コートの縁取りの芝を徹底的に捜索して発見された品が三つ置いてあった。フランク・ドランスのテニスラケット、テニスボール入りの小さな網袋、派手な表紙の『完璧な夫になる百の方法』というタイトルの本。

ハドリーは一段と声を低くした。「すでに供述は取っています」彼は話を続けた。「バンクロフト夫人と、マライア・マーテンという女性から。いや、本当なんですよ、貂《マーテン》という名前なのです！　それにこの〝ニック〟という男からも。これから重要な目撃者二名に話を訊きます。ホワイトという娘とローランドという青年です。娘とは先ほど八時に五分ほど会っているんですが、あまりに取り乱してまともに話せなかったもので。ですが――」ハドリーは振り返った。「ゲイツ警部！」

「なんでしょう、警視」

「家にいるホワイト嬢とローランド氏のところへ、きみを使いにやらなかったか？」

「ええ、連れてきました。ここへ呼びますか？」

ハドリーはためらった。

「いや、いい。あと少しだけかこいの外で待たせておけ」

そして、ふたたびフェル博士にむきなおった。「ですが、あの娘は本当のことをしゃべっているようです。そう思われませんか」

「ううむ……」フェル博士がうなった。

「おや？　なにか怪しいところでも？」

フェル博士は混乱している素振りを見せた。マントとシャベル帽を身につけた山賊のような巨軀が、四阿の隣にそびえたっていた。幅広の黒いリボンで留めた眼鏡が照明できらりと光る。照明は博士の突きだした下唇も浮かびあがらせた。困り果てた表情で左右に目を凝らしている。

「怪しいとは言っておらんよ」博士は切りだした。野太い声はこのポプラでかこまれた空間に響き渡った。そこで、しまったとばかりに抑え気味にした。「わしはまだ、そのご婦人に会う栄誉に与《あずか》っておらんから、人柄を判断するのは適当ではなかろう。わしを悩ませておるのはその点じゃないんだ、ハドリー。あれこれ想像してみたんだがな」

「だめです！　絶対にそれはだめです！　それこそ、避けたいと思っていたことですよ。大切なことは事実で――」

「まあそうだが、想像はするさ」フェル博士は言い返して、頭をそらすと、目を細めた。

「いいですか」ハドリーが言った。「今回の問題は単純です。事実もまたしかり。あの足跡を残したのは誰かという問いに、すべてがかかっています。あそこを見てください」彼は指さした。「ご覧のように、コートには足跡が三組あります。
（一）被害者が残した足跡がコート中央へむかっている。（二）ブレンダ・ホワイトの靴で残された足跡が、コート中央へむかったのち、引き返している。（三）ローランド青年が残したと思われる足跡が、コート中央へむかってから、引き返している。死者とローランドが残した足跡に頭を悩ませる必要はありません。コートに入ったローランドはこっぴどく叱りつけてやるつもりですが、足跡はとても浅く、殺人のずっとあとでついたものであることはあきらかです。

となると、ただひとつの疑問はこれです。ブレンダ・ホワイトはあの中央まで続く足跡を残したのか、それとも何者かが彼女の靴を履いて残したのか。彼女が残したのであれば、殺人で有罪です。残していなければ、ほかの者が有罪。そこまで絞ることができる。それ以外の選肢はありません」

「そうともかぎらんな」フェル博士が言った。

ハドリーがにらみつけた。

「どういう意味です、そうともかぎらないとは？　あの娘は有罪か、そうでないかの二択でしょう」

「もうちょっとそっとしておいてくれ」フェル博士が言った。「ここの上空をイカロスのように飛びまわっていたい。きみは状況をどう見ておるのかね」

「あの娘は有罪ではありませんよ。あの足跡に近づいて観察してご覧なさい！　あの娘のものにしては深すぎる。わたしはこのように考えています。

ドランスが最後に目撃されたのは七時五分です。雨があがるまで、あの四人はこの小屋のなかで座っていた」ハドリーは手を伸ばし、四阿を拳でノックした。「ここで起こった奇妙なことについては、すぐにお話しします。これはこの小屋にいた誰かが犯人だと示すものではありませんので、あとまわしということです。雨がやみ、四人は解散しました。ローランドとホワイト嬢は私道を登っていった。ローランドは帰宅しようとしました。ドランスはバンクロフト夫人と彼女の家へ。すぐ近くでして、忘れ物の本とシガレット・ケースを取りにいったのです。七時五分に、ドランスはバンクロフト夫人の家を出た。手にはこのポーチにある品々がありました。テニスラケット、テニスボール、そして本。そうして車庫とテニスコートのあいだの小道を引き返してきたのです。

ここからは推測です。わたしのにらんだところではあきらかに何者かが、ブレンダ・ホワイトの靴を履いて、ドランスをここで待ち構えていたのでしょう。犯人はなにか口実をつけてドランスをコートへおびき寄せ、絞殺し、ホワイト嬢を陥れる足跡を残した。犯人が見落としたのは、今年いちばんの土砂降りで、誰も予測ができなかったほどコートの表面が軟らかくなっていたことです。足跡はブレンダ・ホワイトのものとするには深すぎた」

ハドリーは強調のために指を一本あげて続けた。

「次はこうです！　七時二十五分に、ホワイト嬢がここへやってきた。ドランスの遺体を見て、自分が罠にかけられたと気づく。そこにローランドがやってきて、ふたりは相談する。警察がどう考えるか想像し、不安になった。そのためローランドは熊手で、足跡の見分けがつかないほどめちゃくちゃにしてやろうと決断した」

ハドリーはいったん口をつぐんだ。

ハドリーはふたたび芝の上を行ったり来たりしはじめた。時折、四阿の横手の窓からなかを覗く。彼の鋭く懐疑的な声がフェル博士にむけられた。

「もちろん、あの青年はそうするつもりだったんですよ！　足跡を消そうとね。熊手にまつわるけしからん仮説——ニックとあのマライアという意地悪女が作りあげたあの話です——は突拍子もないものだ。ふたりはどうしてもローランドを犯人にしようとしている。ですが、あんな話は通用しやしません。ローランドはドランスの命を奪うと脅したと言われています。どんな脅しでしょうね。バンクロフト夫人によると、〝注意しないと、今日が終わるまでに人殺しでも起こりそうじゃないか〟とローランドが言うのを耳にしたそうです。これに娘のほうも賛成したとか。その後、ローランドは〝その鼻先に拳をぶちこんでやりたい〟とドランスを脅し、そのさらにあとには、〝もうきみに煩わされないぞ、ぼうや〟とも言ったとのことです。

どれも疑わしい言葉であることは認めますが、前後の流れがわからないとなんとも言えません。まだローランドに事情聴取はしておりませんから、結論は出ませんよ。娘が有罪ならば、彼は共犯ということになるでしょう。ただし、彼はドランスを殺しておりません。それはあの足跡からもわかる。となると、また最初の疑問にもどるわけです。ブレンダ・ホワイトはあの足跡を残したのか、残さなかったのか？　わたしは残さなかったと思っています。あなたはどうです？」

フェル博士は鼻を鳴らした。相手に挑むかのように、いつまでも響く音だった。

よたよたと歩いていってポーチを覗くと、象牙の握りの杖で芝をピシャリと打った。まばたきしながらテニスコートを見やる。警察医がフランク・ドランスの遺体を座位にさせたところだった。博士はふたたびハドリーにむきなおった。

「わしは」博士は先ほどと同じことを繰り返した。「まだ想像しておる」

「ではもうやめてください。事実は――」

「それに、本当のところ」フェル博士は象牙の握りの杖を振りあげ、まるで呪文をかけるようにハドリーを指した。「きみもそうだ」

「わたしが？」

「想像しておる。自分が口にすることを信じたがっておる。口にすることをほぼ信じておるんじゃないのか。だが、内心ではとんでもなく激しい疑いをもっておるのさ。さて、それはなぜかな？」

「なにを言っているんですか！」

「ああ、チッチッ」フェル博士は舌打ちした。「きみなあ、わしときみとは二十五年のつきあいだ。きみが我慢の限界に達すればすぐわかる。いまがまさにそうだな。そもそも、わしが呼ばれた理由はなんだね？　喜んで認めるが、警察の仕事でわしにできることはかぎられておる。アイザック・ゴールドバウムの金庫を破ったのが片目のアイクなのか蜥蜴《とかげ》のルイなのかは、わしにはわからん。誰かを尾行しようとすれば、相手がアルバート記念碑に尾行されながらピカデリーを歩く気分になるくらい目立ってしまう。足跡をひと目見て、誰が残したものかあてることも無理だ。そうだよ、わしは――オッホン――きみのへんてこりんな助言者にすぎない。もっとわかりやすく言えば、妙な話を楽しむ老いぼれだ。きみが言うほど問題が単純ならば、なんでわしはここにいる？　妙な話はどこにあるんだ？　そもそも、そんなものがいささかなりともあるのかね？」

　ハドリーはすぐには言い返さなかった。きっちりした服装で、身体を硬くして背筋をピンと伸ばし、いかつい顎に髪と口髭は鈍鉄色《にびてつ》。目の色は動揺すると灰色から黒になるのだが、いまは真っ黒だった。一瞬、身じろぎもせず立ちつくし、両手を擦りあわせた。それから山高帽をぐいと引きおろした。

「ええ、じつはあるんです」彼は認めた。「ホワイト嬢にあの足跡を残すことはできませんでした。ですが、不運なことに、ほかの誰にも残せなかったのです」

「よし、楽しくなってきたぞ。ほかに怪しい者は？」

「アーサー・チャンドラーという男ですよ」ハドリーはほとんど叫んだ。「怪しいというだけではありません。彼こそ容疑者です。マッジ・スタージェスという娘に絡んだいざこざがありまして、こいつこそ本星《ほんぼし》ではないかとわたしはにらんでいます。動機と機会があり、そのうえ激しやすい性格ときている」ハドリーはマッジ・スタージェス事件のあらましを簡単に説明した。「チャンドラーは変わり者です。些細なことであっても、大袈裟にしてしまう。いわば、冷静な短気者とでもいいますか。わたしはこの男を知っています、前にも厄介事を起こしたことがあるからです。オーフィウムで仲間のひとりにつかみかかり——」

　フェル博士がまばたきをした。

「オーフィウム劇場のことかね？　彼はそこでなにをしているんだ？」

「曲芸です。高所での綱渡りをしたり、ブランコに乗ったりですよ。それに数人で逆立ち、回転、宙返り。さほど有名な男ではありません。〈空飛ぶメフィスト〉という演目に出るひとりにすぎません。チャンドラーはきちんとした教育を受けた男なのですが、運に恵まれなかったのです。シニカルなユーモアの持ち主で、面白い人間ではありますが。このスタージェスという娘にのぼせていますから、こんな手口でドランスを殺したのでしょう」

ハドリーは肩をすくめた。心から悔やんでいることが表に出はじめた。

「どうやら、わたし自身にも非があると感じてきています。あのご老体に――ヤング博士に――チャンドラーのことを警告したのですよ。あそこまで笑い事のように扱われなければ、わたしも警察の保護を勧めたでしょうに。ですが、話にならなかった。わたしはカッとなり、帰ってしまいました。そのあとで今日の午後にチャンドラーがこの近辺で目撃されたと知り、急いでここへもどってきたのです。ところが、すでにこうなっていました」

彼は遺体を指さした。

「さて、フェル博士。チャンドラーがこのテニスコートにいたことも、わたしはほぼ確信しています。バンクロフト夫人から、何者かがこの小屋に入り、マッジ・スタージェス事件の見出しがでかでかと書かれた新聞を置いていったと聞きました。そんなことを考えつくのは、チャンドラーしかいませんよ。もっとも、その新聞はもうありませんが。他人の靴を履いてドランスを殺害する手口を考えるような者がいるとしたら、それはチャンドラーです。まさにこの小屋にいたんですよ。殺人のことを聞いたとたんに、やったのは彼だと思いましたね。いまでも、誰よりも容疑が濃いと思っています。ただし」

「ただし？」

「あれです」ハドリーはそう言い、足跡にむかってうなずいて強調した。「ローランド青年以上に、サイズ4の靴であの足跡を残せたはずはない。チャンドラーは上背があって、がっしりした男です。足なんか運河のはしけぐらいの大きさですよ。とても無理です。

それから、ひとつの可能性としてですが、マッジ・スタージェス自身ということもなくはない。あまり真剣に検討してはいない可能性ですが。ある夜自殺しようとした女性が翌日に人を殺すというのはありそうにない。とはいえ、自殺未遂に終わって、どれだけ気持ちが荒れたことでしょう。あの娘の遺書には、どんなことでもやってのけそうなほどに、ドランスに対する恨みが綴られています。しかし、またしてもあのいまいましい障害にぶちあたるんですよ！彼女はそれほど背は高くありません。おそらく、サイズ4の靴は履けるでしょう。ですが、体重は八ストーン足らずで、あの足跡を残すのは無理です。ブレンダ・ホワイトが不可能なように」

ふたたび、ハドリーは一息ついた。

熱心そうに彼は身を乗りだし、右手の指先に左の手のひらを乗せた。「おわかりですか。この事件は単純であると同時に悪夢であることが」

「ああ」フェル博士が言う。

「よかったです。その一方で」ハドリーは左の手のひらを上にむけた。「ブレンダ・ホワイトとヒュー・ローランドがいます。どちらかが殺したのかもしれませんが、どちらもそれは無理だった。ブレンダ・ホワイトはあの小さな靴を履けるが、あの深い足跡を残せない。ヒュー・ローランドは深い足跡を残せただろうが、小さな靴を履けなかった。彼らに対して」彼は右の手のひらを上にむけた。「アーサー・チャンドラーとマッジ・スタージェスがいます。まったく同じことが、こちらにもあてはまる。深い足跡と小さな靴の対立です。つまり――」

彼は口をつぐんだ。

副業として、ほかの医師たちと持ち回りで警察医としても働いているハイゲートの開業医が、テニスコートからやってきたのだ。フランク・ドランス絞殺に使われたスカーフを手にしている。二つ折りにして厚みを出し、首に巻くのに手頃な幅にされた厚手のボリュームのある絹で、端のほうはちぎれている。

「いかがです、先生」ハドリーが訊ねた。

「本来ならば」警察医が言った。「形式的に検死をしてからでなければ答えられないが、凶器はこの場で言い当てられる。これだよ」医師はスカーフを振った。「いま、被害者から外した。きみに預かり依頼書を出してもらって遺体は検死にまわすが、このスカーフはそちらで必要だろうと思ってね。端に爪で引っかいた跡がある」

ハドリーは低くうめいた。「それは気づいていましたよ。さあ、遺体は引き取っていただいて結構です。ポケットに入っていたものは、すでに取りだしました」彼は声を張りあげた。「みんな、運んでくれ！」

遺体が運びだされるあいだ、一同は無言で待っていた。警察医はためらいがちに言った。

「それからもうひとつ言っておくことがある。何者かが、証拠をいじっているね」

ハドリーもフェル博士もさっと振りむいた。

「何者かが」警察医が話を続ける。「スカーフを外そうとしている。被害者が絶命したあとでだ。わたしが口を出すことではないが、伝えておくよ」

「犯人がということですか？」

「どうだろうね。可能性はなくはないだろう。だが、絞殺犯は普通そんなことはしないね。通常は、自分がなにをしてしまったか気づくと、動揺して一目散に逃げるものだ。以上だよ、警視。それでは」

ハドリーは警察医の後ろ姿を見つめた。「〝動揺して一目散に逃げる〟か」彼はスカーフをにらんだ。「だが、この犯人が動揺したとは思えませんね。いいですか、フェル博士。この事件の問題点は話しましたね。たとえば……ちょっと、フェル博士！　起きてください！」

そう言われても仕方がないほど、この数分のフェル博士は話を聞いていない様子だった。まずは、テニスコートの端からむかいの端をじっと見ていた。続いて、背の高い金網を見あげ、内側の幅の狭い芝生の縁取りを見おろした。ハドリーが曲芸という話をしたことで興味を引かれたらしい。丸々とした赤ら顔に納得できないような疑いの表情を浮かべていたのが、ほんのりとにやけ顔に変わった。ついには、なにか考え詰めて心ここにあらずの表情となり、葉巻を取りだして口の端にくわえた。まるで渋い映画に登場する新聞記者の真似でもしているようだ。

「起きとるよ」博士は答えた。「考えておったのさ——まあ、はっきり言えば、ある人物の心の動きについて考えておった」

「ほう？　誰のです」

「ブレンダ・ホワイトのさ」

「どういうことか話を聞かせてくださいよ」ハドリーがとても静かな声で言う。

フェル博士が葉巻をぐっと噛んだ。「それでは」博士は途方もなく大儀そうに言った。「ちょっと、ミス・ホワイトによる遺体発見を再現しよう。その娘さんが真実を語っていると仮定する。七時二十分、ミス・ホワイトはここを目指して家を出た」博士は一度口をつぐんでから、先を続けた。「ところで、わしは聞いた覚えがないな。娘さんがここへ来た理由はなにかな？」

ハドリーは苛立った。

「そんなのはどうでもいいのではないですか。ピクニック・バスケットかなにかを取りに来たということでしたが」

「ピクニック・バスケット？　なんでまた、ピクニック・バスケットが必要だったのかな？」

「マライアが取りにいかせたんですよ」警視は説明した。「意味のない使いのようですが、博士はマライアをご存じないですからね。それに洗濯ばさみを取りにいく必要もあった。マライアはテニスコートに洗濯物を干していたんです。それで思いだしました——この家でマライアがどんな立場なのか、よくわからないんですよ。あの女は興奮するとこの家の主人の名を呼び捨てにするんです。それなのに、家の者たちの洗濯やアイロンがけをすべてこなしている。あのホワイト嬢にさえ指図するかと思えば、ほかの使用人からは指図されている。いったい、どんな立場なんですかね」

　フェル博士は聞いていないようだ。

「ピクニック・バスケット」博士は反芻《はんすう》している。四阿の窓からなかを覗きこんだ。視線はぼんやりとふたつのベンチから、ロッカーの並びへ、そして大型のスーツケースのような古ぼけた品に漂った。「ここには籐籠らしきものはないな。娘さんがもっていったのか？」

「いいえ。彼女はドランスの遺体を発見し、そして――」

「そして、もしや息がないかとコートへ走ることはなかった」フェル博士が言った。

　ふたりは正面から見つめあった。

「ハドリー」博士はいたって真面目に話を続けた。「なにもあの若い娘さんに難癖つけようとしてるんじゃない。きみはあきらかにあの美貌《ボー・ジュー》に目を奪われておるな。わしの見たかぎりでは、フローレンス・ナイチンゲールとデイム・アリス・リール（十七世紀、反逆罪で死刑になった婦人）を足して二で割ったようなご婦人かもしれん。だが、人間らしさのない冷たさにちょっとびっくりせんか」

「そう言われればそうですが――」

「まあ聞きなさい。その娘さんになったつもりで想像してみるんだ。ピクニック・バスケットを取りにここまでやってくる。嵐のあとでまだ暗く、このポプラ並木の内側はさらに暗い。なんたることか、結婚するつもりだった男の遺体に出くわす。視界に飛びこんできたものは、砂の上の足跡の先に首を絞められた男が横たわっているというぎょっとするような光景だ。たいていの者ならどうするか、わかるだろう。どんな人間でも、駆け寄って何事かをたしかめるというのが自然な反応じゃないかな?」

「それはわかりますが――」

「では、娘さんを引きとめたものはなんだろうな? 金網のドアまでしか近づかなかった理由は? ショックかね? 恐怖? あるいは嫌悪か? それならば、わからんこともない。だが、娘さんはそうしたことはなにも言っとらん。わしがきみの話を正確に把握しとるならば、彼女は動揺したと考えられるがその一方でコートの足跡には気づいておる。足跡を観察しておかしいと見てとり、また自分の靴のサイズとまったく同じだとも勘づいた。自分の靴と比べ、この小屋に予備の靴を置いていたことを思いだす。そして自分に濡れ衣を着せようとするたくらみだと悟り、芝で立ちどまったと」

ふたたび、フェル博士は幅広の黒いリボンで留めた眼鏡の奥で、目を細めた。そして穏やかな口調になり、つけ足した。

「あり得ない話じゃない。ただ、信じがたいだけで」

ハドリーはむっつりとしてうなずいた。

「ええ、わかっていますよ、そんなことは全部」彼は嚙みつくように言った。「わたしだって、それは考えました。ミス・ホワイトにまず訊きたいことは、テニスコートをひと目見て、それが自分の足跡だと気づいた理由です。ですが、わかりませんかねえ、あれは証拠ではない。あんな痩せた娘にあれだけの深い足跡を残せた証拠を見せてくださいよ」そう言いながら自信なさげなハドリーの視線が、四阿の横手の窓へ漂っていった。そこではっと視線をとめ、ふいに言った。

「ねえ、フェル博士。あのなかには、なにがあるんでしょうね」

「あのなかとは？」

「あの古いスーツケースですよ。むこうの隅にある」

「さあな。調べておらんのかね？」

「ええ、ですが――」

「警視！」テニスコートのほうから鋭い声が呼びかけた。

足跡の型を取っていたひとり、平服の部長刑事が立膝から急いで身体を起こした。

「ここにご興味のありそうなものを発見しました」続けてそう言い、すでに乾いたコートの上を慎重に歩いてくるとドアを開け、四阿へやってきてハドリーに手のひらを差しだした。

「爪のかけらです」彼は言った。「欠けたか、折れたかしたものです。女のもののようです。ピンクに塗られていますから。マニュキアが照明灯に反射したんです」

「発見場所は？　遺体の近くかね？」

「いいえ、警視。二組の足跡のあいだです。自分たちは被害者の足跡をA、女の足跡をB、もうひとりの男の足跡をCと呼んでおります。爪はBとCのあいだ、Cに近い位置にありました。金網のドアから十二フィートほどのところです」

ハドリーは爪を調べた。フェル博士を見やったが、博士はひとりでなにかをつぶやいて、視線を返すこともない。

「セロファンの証拠袋に入れろ」ハドリーがぞんざいに言った。「証拠物件名を記して、おまえたちが作成している平面図にも発見場所の印をつけるんだ」そしてフェル博士をにらんだ。

整えた白髪交じりの口髭に、同じく白髪交じりの黒い眉の顔は険しく、血の気が引いているようだが、目元には赤みが差して見えた。「ホワイト嬢の爪が折れていたかどうか気づきませんでしたが、爪がこの色に塗ってあったのは覚えていますよ。まあ、すぐにたしかめる機会が訪れますがね。こんちくしょうめ、あの若いご婦人がわたしに嘘を並べていたのなら――」

「まあ、落ち着くんだ」

「何度でも言わせてもらいますが――」

「聞きなさい」フェル博士がやんわりと黙らせた。「二十五年のあいだ、わしはきみに、精神的に穏やかでぶれないことの大切さを教えこもうとしてきた。それなのに、きみはいっこうに習得しようとせん。きみはいつも、ひとつの方向へ強く傾きがちだ。激しくとまでは言わんがね。だが、もともとの考えがちょっとでも揺さぶられることがあろうものなら、その反動でかならず反対方向へ直進する。そしてこの場合には激しくなる。爪のかけらには、極めて他愛のない説明がつくかもしれんじゃないか」

「それならいいんですがね」

「その上きみは」フェル博士は自分まで熱くなってきて追及した。「基本的な疵《きず》があっても自分の推理を容認しおる。そこを指摘しようとしたら、きみはわしの想像力に文句を言った。まあ目下のところはそれはよかろう。それでは、どうするつもりだね？」

「どうする？」ハドリーが鼻を鳴らした。「どうするですかって？」彼は胸ポケットから手帳を取りだし、四阿のポーチに置いた。隣に青と白のスカーフも置く。鉛筆と懐中ナイフを取りだし、ナイフの刃をひらいた。「折れた爪！　それにスカーフに残った爪の引っかき跡ですよ！　どうするか？　すぐにあの若いカップルをここへ呼ぶ、それしかないでしょう！　あのふたりが真っ正直に話そうとしなかったら、そのときは……！　よし、警部。ふたりを呼んでくれ」

ハドリーは鉛筆を削りだした。ナイフがまだ鋭く耳障りな音を立てて芯を削っているとき、ヒューとブレンダがやってきた。

「見ていてください」ハドリーが言った。

11　困惑

門のすぐ外で待たされていても、ヒューの気持ちは静まらなかった。だが、ハドリーがわざと待たせているのだと思い、気を強くもとうとした。彼とブレンダは話そうとしない巡査に付き添われて待った。ふたりは星空を見あげた。ほとんど話はしなかった。最悪だったのはフランクの遺体が横を運ばれていったときで、それは私道の車のライトにくっきりと浮かびあがっていた。

「こちらへ」巡査が言った。

「ふたりで――ふたりで一緒に行っていいんですか」ブレンダがまるで歯科医の診察室の前にいるかのように訊ねた。

「そうです。こちらへ」

照明灯の青くまぶしい光が隅々まで照らす場所にやってくると、ヒューは歯科医の診察室よりも、むしろ競技場やボクシングのリングを連想した。そう、国立スポーツ・クラブのような大きな会場だ。ふたたび、落ち着いているぞと自分に言い聞かせたが、胸に穴が開いたように心もとないし、脚はちゃんと地面を踏めていないようで震えていた。

周囲の視線を集めながら、ふたりはコートの横手を歩いて四阿《あずまや》へむかった。ふたりの一挙一動が監視されていた。ハドリー警視が片足を低いポーチにあげ、膝を支えにして鉛筆を削っていた。ハドリーは慇懃に物腰柔らかく身体を起こした。あまりに物腰が柔らかすぎるとヒューは思った。異様なほどに神経が研ぎ澄まされていたから、火種があることを嗅ぎつけた。ハドリーの黒く見える目は、こちらを捉え、あたりにあるものもろとも、吸いこんでしまいそうだった。警視は愛想のよい笑顔でふたりに挨拶し、ヒューと握手した。

「こんばんは、ローランドさん。久しぶりですね。最後にお会いしたのはいつだったか――ジュエル夫人裁判以来ではないですか」

「そのとおりですね、警視さん。あの裁判でした。ぼくは事務弁護士席にいましたよ」

自分の声がこれほど遠くから聞こえるとは。

「ええ、そうでしたね。あなたは事務弁護士席にいらした」ハドリーは一部を強調するように言った。「ふたたびお手間を取らせて申し訳ございません、ミス・ホワイト」ブレンダは冷静にうなずいた。「ですが、はっきりさせたい点がいくつかございまして。こちらが終わりましたら、もうご面倒をおかけすることはありません。どちらもフェル博士とは初めてですね？」

いつもならば、博士の目がきらりと光る場面だとヒューにはわかっていた。その表情は老コール王（イギリス童謡の音楽好きの王）のように輝いただろう。何重にもなった顎の肉から胴着の裾までくすくす笑いでぶるぶると震えが伝わったにちがいない。そしてシャベル帽をさっと脱ぎ、ブレンダに深々とお辞儀をするのだ。だがこのとき、博士は帽子を浮かせて、片耳の上でもつれた白髪交じりのもじゃもじゃ頭をちらりと見せて挨拶しただけだった。どこか居心地悪そうに、手にした火をつけていない葉巻を見つめていた。そこでヒューの異様なほどに高まった注意力は、あることに気づいた。

ハドリーもフェル博士も、さりげなくブレンダの右手を一瞥した。

「できればお座りくださいと言いたいところですが、残念ながら――ああ、いい考えがあります。ベンチをひとつ運びだしましょう」彼は頭をかがめて小さなドアから四阿に入った。「これを使いましょう」そう言い、派手な音をあげてポーチの上を押しだしてきた。「おふたりが座ってください。わたしは立っています」

ふたりは腰を下ろした。ふたたびハドリーがブレンダの右手を見た。

大丈夫だとヒューは自分に言い聞かせた。いまいましい爪のかけらはしっかりとズボンの右ポケットに入れた。だが、この人たちはなにを疑っているんだ?

「まず」ハドリーが鉛筆の先端を光に照らして具合を見つめながら、話を続けた。「バンクロフト夫人から供述を取ったことをお伝えしましょう。ですから、おふたりにお訊ねすることは主に――その裏付けになることとでも言いましょうか」彼はにこやかにほほえみ、鉛筆から視線をそらした。

「どんな質問でも構いません」ブレンダが言う。

「それはよかった! では、今日の午後の早い時間に」ハドリーはふたたび鉛筆の具合を調べた。「ローランドさんはあなたに、ドランス氏との婚約を破棄するよう言われたとか。これはドランス氏とバンクロフト夫人も聞いていたそうですね。そしてあなたは申し出を拒絶されたと。それで合っておりますか?」

ブレンダはその方向から攻撃が来るとは予測していなかった。顔が徐々に赤く染まっていった。「はい。そのときは」

「なるほど。それはのちに考えを変えられたという意味ですか」

「正直に言いますと、いつでも考えを変えたいと思っていたようです」

「とにかく直後に、本当に考えを変えられたのですね」

「ええ」

「どうしてですか、ミス・ホワイト」

ブレンダは少し顔をそらし、ヒューに訴えるような視線を投げた。だが、そのとき、ヒューは話を聞いていなかった。ごくさりげなく、右手をズボンのポケットに入れて爪がちゃんとあることをたしかめようとしたのだ。だが、爪のかけらはなかった。

全身がこわばり、頭が真っ白になった。爪がない。探る指先がオイルライターにふれ、ポケットの縫い目沿いに詰まった煙草の粉にふれたが、ほかにはなにもなかった。

落としたのだ。いったい、どこで落とした？　テニスコートで、キティがふいに現れて驚いたときだろうか。ライターをポケットへもどしたときに、落ちてしまったのか？　この人たちは知っている。間違いない。ヒューは視線をわずかにコートへむけた。すると、ハドリーの黒く、人を吸いこむような目がふたたびヒューにむけられた。

「ポケットを探ってらっしゃいますね、ローランドさん。煙草ですか？」ハドリーは自分の煙草を差しだした。「一本どうぞ」

「いえ、お気遣いなく」

「あなたはいかがですか、ミス・ホワイト」

「いえ、結構です。いまは」ブレンダは答えて咳払いをした。

「よろしいでしょう。では、あなたが考えを変えられた質問にもどり――」

ヒューが口を挟んだ。「ちょっといいですか、警視さん」自分の冷静な声に自分でも驚いた。「そこを蒸し返してもたいして得にはなりませんよ。ミス・ホワイトはあの男を嫌っていたわけじゃない。結婚したくなかっただけです。このぼくは、はっきり言って、あいつは卑劣だと思っていましたが」そして思い切って矢を放ってみた。「マッジ・スタージェスの兄弟はあいつをどう思ったでしょうね」

矢は真っ直ぐに的の中心を射抜いた、それをヒューは見てとった。だが、ハドリーは引きずられなかった。「ドランス氏のことは、あまり好きではなかったのですね、ミス・ホワイト？　五万ポンドから分け前がもらえるというのに、彼と結婚するつもりはなかったと？」

「ええ、そのつもりはなくなりました。それに、どちらにしても分け前などもらえたはずがないんです」

気をつけろよ！　ヒューの内なる声がブレンダに叫んだ。要注意だ！　気をつけろ——

「どちらにしても分け前などもらえたはずがない？」ハドリーが繰り返した。「どういうことですか、ミス・ホワイト」

「お金はすべてフランクの名義になっていました」

「ですが、共同で相続されるのでは？」

「いえいえ、そうじゃないんです」ブレンダが熱を込めて言った。「弁護士に遺言書を見せてもらってください。ジェリーおじさんがそうやって、離婚も別居もできないように締めつけたんです。一週間だけ結婚して遺産を相続し、次の週には離婚というのはできないようになっています。

五万ポンドというのは資本金なのです。年利六パーセントから八パーセントで運用され、年間に四千ポンドほどの利子がつきます。わたしたちが離婚や別居をしなければ、フランクがその利子をもらうことになっていました。もちろん、形としては共同相続です。わたしも適切な手当をもらいはするからです。でも、実情はちがっていた。フランクは全額をナイトクラブの経営に注ぎこむ計画を立てていたんですよ。そして、わたしたちのどちらも資本金には手をつけられないことになっていました。でも、ふたりのどちらかが――」

　彼女は口をつぐんだ。

「なるほど」ハドリーが言い、鉛筆の先端をたしかめた。「どちらかが死ねば話はちがってくる。となると、いまのあなたはなんの条件もなしに全額を手にしたことになる。それで合っていますか?」

　ブレンダの落ち着き、あるいは落ち着いて見える態度には感心するほかなかった。顎をつんとあげ、機械のような仕草で首を振り、顔の髪を払った。組んでいた脚の片方の爪先が鋭く、すばやく、ぴくりと動いた。それだけだった。

　ヒューはすべてのものをまざまざと意識していた。ふたりが学童のように座っているベンチ。ふたりの足元近くに転がるフランクのラケット。オイルランプが煌々《こうこう》と照らす四阿のなか。ひらいたドア越しにピクニック・ハンパーの端まで見える。あれを見つめないようにするにはありったけの意思の力が必要だった。爪のかけらをどこで落としたんだ?

「そんなことが言いたかったんじゃありません」ブレンダが答えた。「そんなことをほのめかしてなんになるのですか?」

「べつに、なにもほのめかしてはおりませんよ、ミス・ホワイト。あなたの言われたことを繰り返したまでで。この条件についてはご存じでしたか、ローランドさん」

「ええ」

「ご存じだったと、なるほど」鉛筆の先端の状態に、ようやくハドリーは満足したらしい。「しばらく、その話からは離れて、みなさんがここへテニスをしにいらしたときのことを聞かせてください。ローランドさん、あなたはこう言われたそうですね。〝注意しないと、今日が終わるまでに人殺しでも起こりそうじゃないか〟。そしてその言葉にミス・ホワイトが同意されたわけです」

「ええ」

「その発言はどのような意図だったので？」

ヒューは声をあげて笑った。「意図なんかないですよ、警視さん。あなたの情報屋が前後の話までこっそり聞いたならば、嵐の前の暑さで気分がおかしくなっていたからだと、ぼくたちが同意しあったことまで知っているはずです。おわかりでしょう？　暑かったですよね？　警視さんもあまりの暑さに適切ではないことを言ったり、いけないことをしたりする気分になりませんでしたか」

ハドリーがさっと振りむいた。

「なにをおっしゃりたいのです、ローランドさん」

それはヒューどころか誰にもわかるものではない。しかし、矢はまたもや的の中心を射抜いていた。

「深い意味などありませんよ、警視さん。本当に」

「そして、あなたたちはテニスを始められた」ハドリーが先を続けた。「この点は、はっきりさせておきたいのです。あなたとバンクロフト夫人が組み、ミス・ホワイトとドランス氏のペアと対戦されたのですね」

「ええ」

「ミス・ホワイトとドランス氏はコートの南側で、あなたとバンクロフト夫人は北側——あとにドランス氏の遺体が発見された側だった。そうですね？」

ヒューは警視の視線をたどり、コートを見た。「ええ、そうです」

「テニスをされたのは——何時までです？」

「土砂降りになった、六時十五分ぐらいまでですね」

「ゲームのあいだに、あなたはドランス氏をふたたび脅したそうですね」

「正確にはちがいます。殴ってやると脅したんです」

「ですが、あなたはこうも言われた。〝殺してやりたい〟と」

「言ったかもしれませんが、覚えていないですね」

「なるほど」ハドリーの視線が揺らぐことは一度としてなかった。「ゲーム中にほかになにか起こりましたか」

ヒューは決意を固め、まっしぐらにハリケーンへ飛びこんだ。「とくには思いだせませんね。なにも重要なことは」彼は一度言葉を切ってから続けた。「ただ、最後のゲームでブレンダがサーブするとき、中指の爪の先が折れましたね。それもあって、彼女はゲームを続けたがらなかったんです」

沈黙。

事実、文字どおりの沈黙だったから、ヒューは四阿のランプの周囲を飛ぶ蛾の羽音までも聞いた。その閉鎖された空間にいる者全員が彼を見つめていた。ふたたび、ヒューはあの入れ物から視線を引き剝がさないとならなかった。

「なぜか、信じていらっしゃらないようですが」ヒューは言った。「いまのが重要な話だとは知りませんでした。でも、本当のことですよ。そうだね、ブレンダ?」

「もちろん、本当のことです」ブレンダが答え、笑い声らしきものをあげた。「ほら!」彼女は手を差しだした。「テニスをなさったことがあれば、ハドリーさん、ラケットを緩く握ると中指が衝撃を受けることはおわかりになるはずです。初めて折れたとき、痛いったらなかったわ。すっかり忘れてましたけど。どうして、こんなことを気にされるんでしょう」

ふたたび沈黙。

ハドリーは芝生を歩いて、ヒューたちの背後へまわった。ポーチのその場所から彼が拾いあげたものはフランク・ドランスのスカーフだと、ふたりとも気づいた。ハドリーはスカーフを揉むようにしながら、ふたりとむかいあう位置へもどった。

「そういうことですか」ハドリーはかなり満足して言った。「ゲーム中に爪を折られたのですね」

「ええ、そのとおりです」

「コートでですか」

「ええ」

「じつを言えば、その点をお訊ねするつもりだったのです。折れた爪が見つかったようですので。部長刑事！」

「なんでしょうか」

「あの袋を頼む。ああ、この爪がそうだと思いますよ。手を見せていただいてよろしいでしょうか、ミス・ホワイト。ありがとうございます……さて、ミス・ホワイト、あなたはドランス氏とネットの南側でプレイしていらした。では、この爪のかけらが北側で発見されたことをどう説明されますか？　ドランス氏の遺体からさほど離れていない場所でです」

「それは」ヒューがすぐさま言った。「彼女は最後のゲームでは北側でプレイしていたからですよ」

「北側で？」

ヒューは苦労してハドリーを見つめた。

「ええ。第四ゲームが終わるとコートチェンジしましたからね。信用できないと思われるのならば、キティ・バンクロフトに訊かれるといい」

ふたたびヒューは口をつぐんでから、また話を始めた。

「いいですか、位置を考えてください。スコアはブレンダとフランクが優勢で5対2だった。

ふたりはネットのこちら側にいました。ブレンダがサーブしていて、第八ゲームでは一ポイントが入っていた。ぼくたちがプレイした最後のポイントで、ブレンダがキティにサーブしました。つまり、東側のコート、いまぼくたちのいる四阿の近くからサーブしていたんです。爪のかけらは足跡の残っているあたりで見つかったんじゃないですか。金網のドアから十フィートから十二フィートあたりで」

またもや続いた沈黙の最後に、ヒューはつけ足した。

「そこで発見されたから、なにか悪く受け取ったんじゃないですか？　警視さん、いやだなあ！　早く訊いてくれたらよかったのに」

ヒューは深く腰かけた。

さりげなく薄笑いを浮かべ、ヒューはブレンダの手を握った。氷のように冷たかったが、ブレンダも彼と一緒に笑った。うしろでは巨体のギディオン・フェル博士が眠たげにしていたが、やはり薄笑いを浮かべてハドリーを見やり、チェスの駒を置くような仕草をしてみせた。

「チェックメイト」フェル博士は言った。

ハドリーはセロファンの袋をポケットに入れた。上機嫌だった。

「いやはや、ローランドさん！　本気でその話をわたしが信じると思っていらっしゃるんですか？」

「当然です。本当なんですから」

「そうであることを祈ります」ハドリーはひどく険しい目でヒューを見た。「バンクロフト夫人にこの件でなにかご存じのことはないか、たしかめませんと。部長刑事！　バンクロフト夫人を訪ねてご足労願え。ヤング博士も呼ぶように」警視はふたたびてきぱきと物事を進めはじめた。「土砂降りになって、四人全員がこの小屋で雨宿りなさったんですね」

ヒューはうなずいた。「そうです。そしてマッジ・スタージェスの自殺未遂を見出しにした新聞を見つけた。どこかのよそ者が直前に置いていったらしいのです。そのため、フランク・ドランスはひどく動揺しましたが、本人はそれを認めようとしませんでした」

マッジ・スタージェスの名を出して、彼らからこれほど強い反応を引きだせるなんて興味深いとヒューは考えた。理由はさっぱり見当がつかないが、いざとなれば何度でも利用するつもりだったほのめかし。それを実際にいまのように利用することになるとは。

ハドリーが手帳をひらいた。

「では、あなたはドランス氏が動揺したという印象をもたれたのですね」

「はい。でも、それはぼくだけの印象ではありませんよ。キティ・バンクロフトもそう思って話題にし、どうしたのかと本人に訊ねていました」

「理由を話しましたか？」

「いえ、残念ながら」

「それでは、あなたは動揺の原因をどうお考えになりました？」

「それでしたら、わたしがお答えできます」ブレンダが口を挟んだ。彼女はわずかに首を巡らし、戸口からの光が目元や半開きのくちびるや、この話題に激しく反応したようにひどく紅潮した頰を照らした。「フランクの態度を見ればわかりました。あの人を知っていれば、どういうことなのか誤解しようのないことです。それにわたしたちがしゃべっていた話題からも、それは伝わりました。そうそう、お知らせしたほうがいいでしょうね、ハドリーさん。わたしたち、そのあと人を殺す方法について、話しはじめたんです」

表情には出すまいとしていたが、これはあきらかにハドリーには初耳だった。彼はさっと顔をあげた。

「人を殺す――？　ちょっと待ってください！　そのようなこと、バンクロフト夫人は一言も口にしなかったですよ」

「そうでしょうね」ブレンダはポーチの屋根の隅を見ていた。「キティがまず、ご主人を殺した罪で告発されたと口火を切ったんですもの。それに、今日の午後にあなたがこちらにいらしたと知って、警察があたらしい証拠を見つけたのかもしれないとひどく怯えていました」

効果てきめんだった。ハドリーはちらりとフェル博士を見やった。

「ミス・ホワイト、それは冗談ですか？」

「あら、そうは思いません」ブレンダはむくれた調子で答えた。「あとからあの人は冗談だったと言いましたが。わたしはそれはどうかしらと思ってますけど」ここでブレンダは四阿で語られた詳細を伝えた。

「今回のように、わたしは人を殺すならば絞殺がいいと考えてました」彼女はそう説明した。見ひらいた青い目が説得力を帯びる。「だから、あそこでフランクが横たわっているのを見ても、コートへ走っていかなかったんです。ただあの人が横たわっているだけだったら、駆けつけないはずがありません。わたしは自分に疑いがかけられるからそんなことはやめておこうと思うような、そんな計算高い人でなしじゃないんですよ。コートに入らなかったのは、彼が絞殺されていたから。悪夢が現実になったようでした。とにかく、身体が動かなくて」

「そうでしたか」ハドリーがつぶやいた。

ここでまたハドリーがフェル博士を見やると、博士はうめき声をあげた。目には見えないほどだが、秤《はかり》はブレンダたちにとって有利に傾きかけてきた。ハドリーの表情はほとんど変わらなかったものの、ヒューには風向きが変わったことがじゅうぶん読みとれた。

「なにかおかしいことは、はっきりわかりました」ブレンダが言う。「誰だってわかります。絹のスカーフで絞め殺す話をほのめかしたあとで、誰かが本当に絹のスカーフで絞め殺されたら……普通はそんなことあり得ない、恐ろしいことですもの！」

ハドリーがなだめた。

「それはよくわかりますよ、ミス・ホワイト。ですが、あの足跡がご自分の靴で残されたものだと、どうしてわかったのですか」

「わかったからわかったんです。最初はわかりませんでした。〝なにがあったのかしら〟そう思っていました。そのとき、足跡が見えて、頭のなかはテニスのことでいっぱいになりました。テニスシューズが残したようなたいらな足跡だったんです。そしてあれほど小さなサイズを履いているのは、このあたりではわたししかいません」

「それで、罠だと気づかれた？」

「まさか、そんなはずありません！　罠だなんて思いもしませんでした。少なくとも、そのときは」ブレンダが目を丸くした。「ただ、誰かがわたしの靴を履いたと考えただけです。そしたらすくみあがってしまって、あの人の近くに行けなかった。あの——あの可哀想な顔をご覧になったでしょ」

ハドリーはうなずいた。だいぶ納得した表情だ。もっとも、だいぶではあるが、完全にではない。ヒューはためらい、ブレンダを観察した。

「じつは、そのあたりについてもお話を伺いたかったのです」話を続けるハドリーの口調がふたたび慇懃なものになり、ヒューの頭に警鐘を鳴らした。「整理したほうがよさそうですね。先刻、あなたから供述を取りましたが、はっきりしない点がいくつかありまして」

「と言われますと？」

「それはですね、あなたはこう話してらっしゃるのです」ハドリーは眉をひそめた。「雨があがってから七時に、ドランス氏はバンクロフト夫人と夫人の自宅へむかい、あなたはローランドさんと私道を歩いていった。あなたはローランドさんが〝帰宅した〟と言われました」

「それがなにか？」

「ええ、ローランドさんが帰宅していないことは、あきらかではないですか。このとき、どこへ行かれたのでしょうね」

「さあ」ブレンダはさっとヒューを見て言った。「この人は車に乗り、走り去ったので」

「〝車に乗り〟」ハドリーは細かいところにまで集中して繰り返しながら、鉛筆を動かした。「〝走り去った〟。なるほど。ブレンダさん、あなたは真っ直ぐに家へ帰られたのですね。そして台所へもどられた。さあ、はっきりしないというのはこの点です。つまり、その後にテニスコートへ行かれた理由です」

ヒューの声なき声が語りかけてきた。ブレンダ・ホワイト、ここが肝心だぞ、乗り切るんだ、とにかく気をつけろ！　テレパシーで警告を送るかのように集中したので、ヒューの頭皮は痺れてきた。一同に緊張が走っていることはあきらかだった。フェル博士が喘息のようにぜいぜいという息遣いが聞こえた。

ブレンダは身じろぎせずに座ったまま、スカートの皺を伸ばした。

「使用人のマライアから、ここにあるピクニック・バスケットを運ぶように頼まれたのですよね。合っていますか？」

「いえ、ピクニック・バスケットじゃありません。ピクニック・ハンパーです」

「ピクニック・ハンパー？」

「ええ」

「どうちがうんです」ハドリーがまるで浮かれたような口調で訊ねた。「同じものでしょう？うちの女房がわたしを田舎へ引っ張りだすとき、いつももっていくものです」

「いえ、別物です」ブレンダはそう言ったきり、口をつぐんだ。

「では、それはどのようなものなのですか、ミス・ホワイト。どこにあるのです？」

それは一目瞭然だった。四阿の揺れるオイルランプの炎の下、目と鼻の先にある。

「そこに」ブレンダはさっと振りむいて言った。「隅にあります。警視さんからも見えますよ」

「あのスーツケースですか？　あなたがこの十五分間、ちらちらと見ていたあれですね？」ブレンダは言い返そうとしたが、ハドリーが先に行動した。低いポーチに一歩あがり、ドアからなかを覗いた。「それほど重要な代物には見えませんが。マライアはどうして必要だったんでしょう？　なかにはなにがあったのです？」

ブレンダはぴくりとも動かなかった。

「たしか陶器のお皿が一、二枚、それに魔法瓶がひとつです」

「陶器」ハドリーがつぶやいた。ドアの枠に手をかけたまま、首を巡らせてテニスコートのほうを見つめ、ぶれのある足跡を観察した。そしてふたたびブレンダのほうを見た。

「ですから」ブレンダは早口にしゃべって、ハドリーの気をそらそうとするように続けた。「マライアがもってくるように言ったのです。それに、キティにも約束しましたし。今日のうちに家へもちかえると、しっかり約束したんです。キティから、上等の革なのに分解しそうだって言われて」

ハドリーは警戒したようだった。

「バンクロフト夫人に今日のうちに家へもちかえると約束されたのですね？」

「ええ、そうです。だったわよね、ヒュー？」

「たしかに」

「でも、実際にはもちかえっていませんね」

「ええ。キティには、上等の革なのに、このまま置いておけば本当に分解しそうだと言われて――」

「それはわかりました。これは重いのでしょうか、ミス・ホワイト?」

「それほどでは――」

失礼とつぶやき、ハドリーは頭をかがめて戸口を通り、四阿に身体を押しこめた。バスケットにかがむ背中が一同から見えた。彼が身体を起こした。「おっしゃるとおりですね」そう言うハドリーの声は虚ろに響いた。振り返った拍子に彼はオイルランプにぶつかった。ふたたび身体を押しだすように表に出てきた警視をヒューは呆然として見つめた。ハドリーはその入れ物を二本指で運んでいたのだ。

箱のように抱えて、ハドリーは蓋を開けた。そこにはテニスシューズなど入っていなかった。そもそもたいしてものが入っていなかった。カップが二個とヒビの入った皿が一枚あるだけだったのだ。

12 悪意

角を曲がったところにあるキティ・バンクロフトのこぢんまりした家へ、部長刑事が呼びにいったとき、キティもニックも表の庭にいた。

小さな庭は高さ八フィートの白漆喰の塀でかこまれ、門のアーチには小さな箱形のランプが吊るされている。夏の終わりでみすぼらしくなったバラが、芝生を横切る形の敷石を乱張りした歩道の両側に植えられている。家の前面はフランス窓の日除けがいくつもあってにぎやかだ。窓から漏れる室内の明かりは、門をちらちらと照らす箱形ランプと同じように薄暗い。

ニックは車椅子に座っていた。折りたたみナイフを歯で開け、この暗くなりかけたなかで、しかも片手でリンゴの皮を器用にすばやくむくというコツのいる作業に取りかかっていた。キティは玄関の階段に座っていた。しっかりと抱えた膝につきそうなほど、頭《こうべ》を垂れている。ニックが静かに悪態をつく声は単調だった。

キティが顔をあげた。

「疲れたでしょう、お気の毒に」彼女は言った。「食事も済ませたことだし、家に帰って横になったらどうです」

「横になるだと！」ニックは言った。「誰も彼もそんなことを考えるらしいな――横になれと！　わたしが何歳だと思っているんだ。足さえ使えたら、ロンドン北部の誰が相手でも一マイルは差をつけて走ってやれるというのに。それにフェンシングでは七点取ってみせる」

キティは彼に視線を投げ、ぶるっと震え、ふたたび腕に隠れるように顔を伏せた。

「許さんぞ」ニックが言った。「わたしの家で、わたしのテニスコートで、あんなふうに、警察から命じられるなど。まだ、このわたしの影響力が残っているうちは」そしてしばらく黙りこんだ。やがて、キティははっとした。ニックの含み笑いが聞こえたのだ。「とはいえ、あれがいちばんだったのかもしれないな。ゆっくりとしたアプローチ――劇的なアプローチが」

ふたたびキティは顔をあげた。

「ニック」

「なんだ？」

「誰がフランクを殺したと思います？」

「生意気なローランドさ」

キティが苛立ちを顔に出した。「ええ、そうですとも。彼がやったとわたしたちは主張していますけど。でも、本当のところ誰が犯人だと思いますか」

「生意気なローランドだ」ニックはそう言い、リンゴに齧《かじ》りついた。

この日は六回目になるだろうか、キティはふたたび着替えていた。亡き夫は、こんなにすばやく服を替える女はいなかったと言ったものだ。亡き夫の経験とてかぎられたものだったが、これはおそらく真実だった。いまはイブニング・ドレスから黒い服に着替えていた。特徴のない黒い服で、浅黒い肌に白目がずいぶんと目立った。

「あなたがどう思っているか知りませんけど」キティが口元をこわばらせて言った。「わたしたちでしなくちゃいけないことがひとつあります。ブレンダにもう嘘を言わせないようにするということです」

「ブレンダが嘘をついていると思うのか」

「もちろん、ついてますよ。わたしはどこかの誰かさんみたいに利口じゃありません。むしろそんなふうに利口な人たちは信用しません。あなたも、わたしを笑うのはやめてくださいな。でも、わたしが思うに――」

「うむ?」

「わかりきっていると思うんですけど。可哀想なフランクが殺されたとき、コートには足跡なんかなかったんですよ。彼が死んでからブレンダが発見し、足跡を残した。そのあとで、警察に自分が犯人だと思われやしないかと、ずっとびくびくしているんですよ」

「そんなはずはない」ニックがリンゴを口いっぱいに頬張って言った。

「どうして? どうしてです」

「足跡が深すぎる。それに、何者かがフランクを殺したことにも間違いはないが、犯人が足跡を残さずにコートを横切って、またもどってくることができるかね?」

「あなたったら、本当に、本当にお馬鹿さんですね」キティは言った。「こんなことを言うのは失礼だけど、本当だから仕方ないわ。いったいどうやれば、可哀想なフランクをコートにおびき寄せられたと思います? フランクがどれだけきれい好きか知っているでしょう。靴を不必要に汚すのをどれだけ嫌っていたことか」彼女の語りに情熱がこもってきた。「きっと賭けですよ。それだわ。先日、フランクがヒュー・ローランドとひどい口論をしたことを覚えてませんか。体操のことで。フランクが賭けて――」

ニックが口を挟んだ。

「覚えているとも」ひどく低い声でそう言った。「一時間前に思いだした。ずっと考えていたよ、ローランドは覚えているだろうかと。きみにも覚えていてほしいものだが」

「わたしが言いたかったのはまさにそのことなんですよ。フランクはあんな子供ですからね。どこかの意地悪男が〝自分はこれこれができる〟と言えば、フランクは〝あんたにできるか〟と言うでしょう。それで賭けを実行したんじゃないかしら。それはコートに足跡を残さない方法だったのかもしれない。走り幅跳びだとか。ひょっとしたら、棒高跳び《ポール・ジャンプ》だったのかもしれない――こっちではジャンプと言うのですかね？　カナダでは棒高跳び《ポール・ヴォールト》と言いましたけど」

ふたたび、ニックが遮った。

「走り幅跳びの世界記録は」彼は言う。「二十五フィートちょっとだ。少なくとも、十年前はそうだったし、いまもたいして変わらないだろう。きみの説だと、犯人が二十四フィート飛んだことになる。いや、それは絶対にないな。絶好調のオリンピック・チャンピオンが、長い距離を助走して勢いをつければ、まあ無理だとは思うが、ひょっとしたらあのくらいの距離は跳べるかもしれない。だが、テニスコートのなかへ跳ぶには、金網にぴたりと背をつけて立ち、助走なしでやるしかない。だめだな。話にならないね。絶対に不可能だ」

ニックは早口になり、犯罪を共謀でもしている口調になった。ふたたびリンゴに齧りつく。

「きみの棒高跳び説はいいね。大変よろしい！　だが、完璧だとは言えない。どうやら、ローランドが熊手をもっていたと聞いて、そう考えたんじゃないか」

「そんなことは、全然考えつきませんでしたよ」キティは叫んだ。

「ふふ、だがわたしは考えたよ」ニックは彼女をなだめ、声を落とした。「繰り返すが、それはいい考えだ。熊手、あるいは物干しの支柱のほうがいいが、これがあればちょっとした距離は跳べる。だが、長い距離は無理だ。先ほどと同じ欠点がある。助走する距離がない。だめだな、キティ。あれだけの距離をらくらくと跳べる犯人はいないよ」

沈黙が流れた。

キティが震えそうになったのは、ニックがいつもの元気を取りもどしたことに気づいたからだった。一時間前は嘆き悲しんでいたというのに、あっという間に別人になったように思える。キティだけが、その一時的に落ちこんだニックを目撃していた。ニックは身体の具合が悪いかのように頭を支えており、キティはかたわらに力強く立ち、無言で付き添っていた。

その日、機嫌のいいニックを見た者はいなかった。なのにその彼がふたたび愛想のよい人間に、冗談交じりの話し相手になっている。客人を精一杯にもてなすのが大好きな主《あるじ》。話し上手でみんなの楽しみの源の人物。彼は以前のような魅力を取りもどしていた。その彼がつけ足した。

「いいや。ブレンダは真実を語っているとも。わたしに嘘をつくはずがない」

「でも、どうしてそんなに自信があるんです?」

「わたしに嘘をついたことがないからだよ」ニックは真顔で答えた。「ブレンダは自分が足跡を残したのではないと話している、それに間違いはない。ほかの何者かがあの子の靴を履いて足跡を残しただけだろう。それなのに、きみがそこまで反対する理由がわからないね」

キティは厳しい口調で言った。

「理由はお話しできます。そうしないと、このわたしが足跡を残したと言われるからですよ」

ニックは笑い飛ばした。

「ええ、笑い話でしょうね」キティはさっと彼に顔をむけた。「でも、ご存じないかもしれないけれど、わたしも履こうと思えばサイズ4の靴を履けるんですよ。それに今日はくだらない冗談を言ってしまって、それからずっと気が気じゃない。そういうことです」

「誰が」ニックがつぶやいた。「誰があの決まり文句を作ったんだったかな。良心で我々人間は臆病になるというあれだ。聖書かシェイクスピアかだな。そこがきみの問題だ、キティ。よりによってきみがフランクを殺しただと？　あり得ないね！　いいか、きみとフランクのことは知っているんだ」

キティの語気はさらに鋭くなった。

「どういう意味です」

ニックが忍び笑いを漏らした。車椅子に体重をかけ、ギーと軋ませて、ゆったりと頭を背もたれに預けた。キティには彼が星を見あげているのがぼんやりと見えた。暗い井戸のような庭の上では、暮れかけの明るい空に星が数えきれないほど瞬《またた》いている。

「あの子はいまどこにいるのか」ニックが言った。「ああ、あの子は個性的だったな！　個性的な若者を見ているのはじつにいい！　なあ、キティ、わたしは気にしていなかったよ。あの子がきみの家から四時か五時になってやっと帰る夜があることは知っていた。年上の女性から学ぶのは、あの子にはとても有意義だった。そうだろう？」

ニックは視線をキティにむけてまばたきした。

「いい経験だったよ、あの子には。ただし、結婚の差し障りにならないかぎりではあったが。もっともそんなことにはなりそうになかった。そうじゃないか、キティ。うん？　きみもわたしもいい歳をした大人だからな。ちょっとした火遊びはのめりこみさえしなければ、べつに構わない。きみはあの子には歳がいきすぎていたしな」

キティは目を見ひらいた。まだ両手でしっかりと膝を抱え、そこに顔を埋めていた。それから、城壁越しに覗くように彼を見やった。

「それを言うのなら、あなただって、ブレンダよりずっと歳じゃないですか。わたしとフランクの年齢差なんか及ばないくらい離れているわ」

車椅子が軋んだ。

「あなたの言うとおり」キティが追及する声は、感情むきだしで棘があり、静かな庭に響いた。「あなたとわたしはいい歳をした大人です。このあたりで大人と言えば、わたしたちだけでしょう。だから、おたがい正直になれるんじゃないでしょうか」

「いやはや──」

「あなたがどんな目でブレンダを見ているか知っているんですよ、ニック。むかし、彼女の母親をものにしたことがあるんですってね。娘もほしいんですか？」

ニックは暗がりでキティを見た。「あけすけな嫌味女だね」

「必要とあらば」キティはうなずいた。「あけすけな嫌味女にだってなれますよ、なりたくはないけれど。できれば品のいいものでまわりを固めたいわ。服、花、しあわせそうな人たち。でも、こんなふうになってしまった。はっきりさせましょうか。わたしはあなたが出会ってきたどんな人間より、いくらでもあけすけになれる経験をしてきたんですよ。教えてください、ブレンダを追い詰めたくて、フランクを消したんですか？」

「わたしがフランクを殺したと言いたいのかね」

「さあ」キティはふいにそう答え、震えて空を見あげた。

ニックは怒りはしなかった。左手でリンゴの芯をぎこちなく投げた。それが家の窓にあたって跳ね返り、くるりとまわってバラにあたった。それからキティに話しかけたが、あまりの紳士的な口ぶりに、キティは彼のほうをむいた。

「今日、それを言われたのは二度目だ」ニックが語った。「いいかね。わたしを誰だと思っている？　ブレンダとフランクを結婚させるため、これだけ骨を折って計画してきて、成功寸前までこぎつけさせたのは、結婚式のひと月前にフランクを殺すためだったと思うのかね。わたしが我が子をもつことはないだろう。だからといって、子供などほしくないと思うのか？　よりによってフランクを殺すなどと思うのかね」

キティはさっと肩を動かした。「いいえ、本気じゃありませんよ。ただ――ひどくおかしいと思うんですよ、その――その――」

自分でも言いたいことがわからなくなったようだった。ニックの包帯を指さしている。

「わかるよ。〝怠け者よ、小説を読んで知恵を得よ〟(箴言六章六節のもじり)。車椅子に乗った歩けない者をつねに疑えということだな。これが探偵小説ならば、わたしがとっくのむかしに容疑者になっていただろう。しかし、こんなありさまのわたしがテニスコートを飛び跳ねたと思うかね。怪我をしていないほうの手で支えないと真っ直ぐ立つことさえできないというのに。わたしは本当に歩けないんだ。この骨折はどれも本物だよ。痛んでしょうがない」

彼は深呼吸をした。

「信じられないんだな、キティ。だが、思い違いだ。打ち明けると、ブレンダに対しては、ごくたまに感傷的な老いぼれになることはある。だが、それだけだ」

ふたたび沈黙が流れた。ニックは感極まってハンカチを取りだし、洟《はな》をかんだ。

「あの……」キティが言った。

「ああ。フランクのことではきみを怒らせてしまった」

「でもニック、誰かがフランクを殺したという事実は変わらないわよ。それで誰がやったんです」

「生意気なローランドさ」ニックが言った。「どうやったかも、わかっている。シーッ!」

どうやらふたりとも、思ったよりも熱くなっていたと気づいた。表の門のかんぬきを何者かが開けようとしている音を聞きつけ、うしろめたい視線を交換した。そこへ部長刑事がアーチをくぐり抜けてきた。犬のやかましい声に迎えられたが、鳴き声はすぐにやんだ。白いワイヤーヘアードフォックステリアが懸命に身体をくねらせて半開きのドアから飛びだし、まっしぐらに芝生を駆けていく。続いて、やはりワイヤーヘアードフォックステリアが現れ、最初の犬にぶつかった。その勢いで二匹は目標を行きすぎてしまい、くるりと振り返った。どちらも輝く情熱的な目に政治家のような小さな山羊《やぎ》鬚を生やし、浮かれて息があがっていた。飛びあがり、愛想よくキャンキャン吠え、中東の踊り子顔負けに腰をくねらせたものだから、マクドゥーガル部長刑事は十匹の犬にかこまれたような風情《ふぜい》となった。彼は鳴き声に負けじと呼びかけた。「バンクロフト夫人ですか？　ハドリー警視がテニスコートでお会いしたいとのことなのですが、差し支えはありませんか。それから、ご都合がよろしければヤング博士、あなたにもです」

「ああ！」誰かがため息をついた。

マクドゥーガル部長刑事は真面目な男だった。時間を見積もったうえで、テニスコートからバンクロフト夫人宅までほんの二分で歩いてきた。だが彼は好奇心旺盛な男でもあった。そのためテニスコートでいまなにが起こっているか見たかったので、自分の目でたしかめようと、急いでもどろうとしたのだが、とくに犬たちに好かれていたこともあって、さほどうまくいかなかった。そして証人たちを連れて帰ったとき、なにか見逃したという確信を抱いた。

ハドリー警視は四阿のポーチに立っていた。大型の革のスーツケースをゆすり、開けようとしていた。マクドゥーガル部長刑事は遠すぎてなにが入っているか見えなかったが、たいしたものが入っていないことはわかった。

青っぽい照明灯の下で、遠くからハドリーの声が響いた。

「おっしゃるとおりですね——ミス・ホワイト、これはからっぽと言っていい」

ブレンダ・ホワイトの声がかすかに聞こえる。

「当然です。それがなにか？」

「なんでもないですよ！」部長刑事たちはハドリーがピクニック・バスケットを四阿にもどしてどさりと置く音を耳にした。「いろいろと考えていましたもので。なるほど。勘違いしておりました」

彼は両手の埃《ほこり》を払った。ブレンダが執拗に言う。

「どんなお考えですか。どういう意味なんです？」

「想像がつきませんか、ミス・ホワイト」

「ええ」

「この入れ物に陶器がぎっしり入っていれば」ハドリーが言う。「大変な重さだったことでしょう。二十、三十ポンド、あるいはもっとだったかもしれない。あの足跡の様子がどうもしっくりこなかったのですが、どこがどうおかしいのか、考えつかなかった。そこで、もしかすると、あなたが陶器の詰まったバスケットを抱えて、少しよろけながら歩けば、あの深さの足跡が残ると思い至ったのです。そういうことですよ」

ヒュー・ローランドの声があいだに入った。「でも、警視さん——」

「ええ、よくわかっていますよ」ハドリーが素っ気なく遮った。「答えはこうです——そうではなかった。重い陶器を抱えてコートへ入っていくような人はいないでしょう。だから一応調べる必要のある仮説というくらいのことでした」

「ニック、聞きまして?」キティ・バンクロフトが囁いた。

ふたりはコートの南端で待ちながら、金網越しに四阿を見ていた。ポーチにいる人々は照明灯の光で滲《にじ》んで見える。マクドゥーガル部長刑事は証人たちを連れてきたことを知らせるために前をずんずん歩いていた。キティはニックの腕をつかんだ。

「そういうことだったのよ」彼女は息を弾ませた。「ニック、いったいどうなっているんですか。あの入れ物には陶器がぎっしり詰まっていたのに」

「そうだったのか?」

「もちろんです。覚えていないんですか。運んだのはあなた——」キティは絶句した。「ニック、あなたはなにを狙っているの」

「あれにもっとたくさんの陶器が入っていたことは警察に言わないだろうね」

キティは彼からあとずさって金網にぶつかり、ぎょっとして背筋を伸ばした。背後に金網を感じながらも、視線はニックから離さなかった。そこでキティは威厳さえ感じさせる態度を取った。高慢だったが、甲高く不自然な声だった。

「なにを考えているんです。もちろん、警察に話しますとも」

ニックは車椅子に座り、首を振りつづけている。

「真犯人が捕まるのを見たいかね?」

「当たり前でしょう!」

「いまここで、真犯人が捕まるのを見たいかね。この数分のうちに?」

「当然です」

「本当に見たいかね」ニックがさらに訊ねる。思わずキティが金網をきつく握ってしまうほど、言外に意味を込めた声だった。

「では、わたしの話をじっくり聞いてくれ。ブレンダの話は本当だ。ブレンダの……話は……本当なんだ。ごまかしなどはない。あの子はコー、にはまったく入っていないと言ったし、事実入ってはいない。大量にあった陶器がどうなったのかは知らない。わたしは盗んでいない。きみはそう思っているかもしれないが、いつそんなことができたと言うんだね? わたしはフランクの遺体が発見されてから、きみかハドリー警視かのどちらかと、つねに一緒だった。そうだろう?」

「ええ、それはそうですね」

「この陶器の件はなんの関係もない。だが、ブレンダの疑いはもう晴れた、そうだろう。だから、きみもバスケットの件でなにか言いだして、またあの子を巻きこむようなことはしないでくれ。わかってもらえるかな」

彼は震えていた。

「ニック、わたしは正しいことをするつもりですよ! ブレンダを助けたい。でも、見え透いた嘘で彼女が助かると思っているならば——」

「それがなんだね? 嘘だと? あのバスケットに陶器が入っていたとどうしてわかる?」

「わかりきったことを言わないでください。もちろん、わたしは陶器が入っていたことを知っていますよ」

「どうしてだね？　さあ、立派な女傑よ、教えてほしい！　さあ、わたしの南海の真珠よ！　どうしてわかる？　実際にバスケットのなかの陶器を見たのはいつのことだね」

「一年ほど前ですよ」

「一年ほど前！　なんとまあ！」

「こんなふうにごまかすことはないですよ、ヤング博士。わたしは知っているんです。少なくとも、わたしは――」

「わたしなら言わないがね、キティ。確信のもてないことを警察にしゃべるのは大変危険だ。言わない褒美に、十五分以内に真犯人に手錠をかけて、ここへ連れてくると約束しよう。さあ、それでも話すのかね」

「いえ、話しません」キティが告げた。

彼女は顔をそむけ、四阿のほうを見た。丁寧だがせっかちなハドリーの声が、そちらから呼びかけてきた。

13　皮　肉

「では、あなたのお話を伺いましょうか、ローランドさん」ハドリーが促した。

あまりにたくさん驚きが続くと完全に動じなくなってしまい、関心さえもてなくなってしまうものだが、ヒューがまさにその状態だった。自分にどんな罠が用意されているかわからない。だが、ブレンダからすべての疑いが晴れたのだから、自分のことなどどうでもよくなっていた。

しかし、ブレンダに不利な証拠はどうなったのか。頭のなかではその疑問がまだ大声をあげていた。重さ四十ポンドもある陶器が、魔法瓶やテニスシューズ一足とともにあのハンパーから忽然と消えた。ほんの二時間前はこれらの品がぎっしり詰まっていたというのに。ヒューとブレンダがかわした視線で同じ質問、同じ答えがやりとりされた。〝きみがやったのか？〟〝いいえ。あなたがやったの？〟〝いいや〟そしてお手上げだと伝える肩をすくめる仕草の代わりに、同じくお手上げだと伝える視線がかわされた。

だが、のほほんとはしていられない。キティ・バンクロフトが、ハンパーの本当の重さを警察に話せば、このささやかな幸運などあっという間に吹き飛んでしまう。だから、テニスコートの角を曲がって堂々と歩いてくるキティの姿を見ると、身体がすくんだようになった。キティの怒りにくすぶる目が見え、ハドリーに質問されてキティが答える声が聞こえた――半年前からあの入れ物には陶器など詰まっていなかったと誓っている声が。

世界はおかしくなったのか。

そうじゃないのか？　キティはただ良心的な密偵になっただけか。

感謝の気持ちが湧きあがり、彼のキティを見る目が変わった。この気持ちを本人に伝えようとしたが、キティはやけに熱心に地面を見たり、コートを見たりして、ハドリーの質問に答えつづけている。ヒューがベンチから立ちあがり、ブレンダの隣の席を譲ると、キティはためらいがちに腰かけた。その場の注目を浴びるのが気に入らない様子だった。そこでヒューが振りむくと、車椅子の老ニックがいた。とたんに、疑問が氷解したと思った。

では、老ニックが陶器を隠すことに成功したのか？　もちろんそうだ。疑問の余地もない！ニックは観察し、理解し、行動したのだ。いいぞ！　じつにいい！　ヒューはニコラス・ヤング博士が自分をどう思っているか、幻想など抱いていなかった。けれど、ニックが陶器を隠してくれたのならば、それはありがたいことだ。ニックに対して親しみを覚えるほどになっていた。

ブレンダはどうかと言えば、すっかり立ち直っていた。あの瞬間、ピクニック・ハンパーが目の前で開けられたとき、彼女の緊張が頂点に達し、ばたりと倒れそうになったのは気づいていた。肩をがっくりと落とし、目をむいたのだ。そのときヒューが彼女の腕を握りしめたところはアザになったにちがいない。そんな彼女もいまはだいぶ落ち着いていた。ただし、胸は激しく上下しているが。

ハドリーが歯切れよく言った。

「ありがとうございます、バンクロフト夫人。すべて辻褄が合っているようです。しかし、先ほどの供述ではっきりさせたい点がいくつかありますから、ここに残ってください。さて、あなたのお話を伺いましょうか、ローランドさん」

「よろしいですよ、警視さん」

その言葉の裏でヒューは、最悪の事態は終わったと思っていた。しかしこれまでの人生でこれほどの思い違いをしたことはなかった。ハドリーの険しい表情から悟るべきだったのだ。

「あなたは今日ここでなさったことで大変な面倒に巻きこまれたかもしれない、それはわかってらっしゃるとお察ししますが」

その言葉にヒューはさっと背筋を伸ばした。「いいえ、話についていけませんね。面倒とはなんです？」

「では、あなたが話についていけるようにしましょう」ハドリーが愛想よく言った。「ミス・ホワイトから、七時を少しまわった頃、あなたはひとり車で帰られたと伺いました。どこへむかわれました？」

「二、三十ヤード進んだだけですよ。車道の突き当たりまで。そこで車を止めました」

「なぜですか」

「右の前輪がパンクしていたんです。運転するまでパンクには気づいてなかった。それで車を降りてタイヤを交換しました」

「つまり、パンクしていることに気づかず、車道の突き当たりまで運転できたということですか？」

「いや、どの時点でパンクしたかわかりません。とにかく、突き当たりまで行って気づいたんですよ。それで、繰り返しになりますが、車を降りてタイヤを交換しました」

「それは何時頃ですか。交換にはどのくらいかかりましたか」

「二十分ぐらいですね。交換が終わったところでダッシュボードの時計を見たら、七時二十五分近くになっていた。ここへもどった理由を知りたければお話ししますが、空気入れを借りようと思ってもどったのです。車の工具箱には空気入れがなかったものですから。ここの車庫にあったのを覚えていました。それでもどってきたのです」

「おかしいな」ニックがつぶやいた。

ヒューの背筋にかすかな寒気が走った。足を置いたら、そこに階段がなかった程度のかすかなショック。そのくらいのものだったが、不吉ではあった。ニックが鼻で笑うように言ったのであれば、気に留めなかっただろう。かえって、ニックを目の前にして暮らせていた後ろめたさ――彼からブレンダもフランクも奪ったことになったのは、なにもかも自分に責任があるという後ろめたさ――を払いのける助けになったことだろう。

だが、ニックは嘲笑《あざわら》っていなかった。蜘蛛のようにじっと車椅子に座り、つぶやいただけだった。

ハドリーがさっと振り返った。

「なにがおかしいのですか、ヤング博士」

「空気入れだよ」ニックが答えた。「車庫にはたしかに空気入れがある。専門の修理工場にあるような固定式の空気入れだよ。ローランド君が車道の突き当たりで使うのは少々むずかしかったただったろうね」

ハドリーが眉間に皺を寄せた。

「以前この家で」ヒューは冷静な口調で言った。「車庫に携帯式の空気入れがあったのを覚えていますよ」

ブレンダがポーチから話しかけた。「ヒューの言うとおりです。わたしもその空気入れを見た記憶があります」

ニックは無言で、ただ首を振りつづけるだけだった。

「お話の続きをどうぞ」ハドリーが無表情で言った。「この都合のいいパンクのお話をね。あなたは空気入れを取りに車庫へやってきた。それで、空気入れを使ったのですか」

「いえ、車庫には入らなかったので。ここに差しかかると、生垣の門がひらいているのに気づいたんです。それでなかに入りました」

「なぜですか」

沈黙が続いた。

「正直言うと、自分でもわかりません」

「ですが、ここへ来るには理由があったはずですよ、ちがいますか？　車が走れるようにするため、空気入れを探しておられた。あなたが自分でそうおっしゃったのです。なぜそれをやめて、ここへ入ってきたのですか」

ヒューは考えこんだ。「生垣の門がひらいていましたが、ぼくたちがここを去るときは閉まっていたのを覚えていました。たぶん、誰かここにいるのかと思ったような気がします。それとできませんね」彼は身構えた。ここから嘘の部分に差しかかるからだ。

「それからどうされました」ハドリーが先を促した。

「門から入りました。暗くなっていましたが、ものの輪郭ははっきり見えました。ミス・ホワイトが見えた。いまぼくがいるあたりに立っていました。テニスコートの金網のドアの近くで、外側からコートを見ていた。彼女は動揺している様子でした。ぼくは彼女のもとまでコートの周囲を走った。そして、警視さんも聞かれた話を知らされたのです。フランクの遺体を見つけたが、コートには入っていないと、そして足跡は誰かほかの人のものであると」

「それは何時頃です?」

「七時三十分近くです。正確にはわかりませんが」

「なるほど。それからどうされました」

この場でヒューをなによりも救うのは、飾りのない真実だけだろう。

「ぼくたちは話しあいました。ミス・ホワイトは当然ですが、焦っていました。真実はかならずしも信じてもらえるとはかぎらない。警察があの足跡についてどんな推理を組み立てるか心配でした。いくら足跡がミス・ホワイトが残したものではなくてもです。それでぼくは四阿《あずまや》の裏から熊手を取りだし、見分けがつかないよう足跡を消すことにしました」

集中砲火を浴びる覚悟をしたが、自分はまさにやるべきことをやったのだと気づいた。ハドリーはフェル博士がたたずんで大きな影になっている暗がりへ、意味ありげな視線とうなずきを送ったのだ。ハドリーの顔に勝ち誇った笑みが浮かんだ。

「では、それを認めるのですね、ローランドさん」

「ええ」

「立派な法律事務所の立派な事務弁護士であるはずのあなたが、重大な法律違反をされるおつもりだったと認めるのですね？　そしてそれは、マライアの邪魔によって、成し遂げられなかっただけだ。それで合っていますか」

「いいえ」

「ちがうとおっしゃる？」

「ええ、ちがいます。あれは愚かで危険な考えでした。それははっきり認めますし、謝罪します。でも、やらないことにしたのは、ふたつの理由からです。まず、ミス・ホワイトがそのようなことに関与するのを拒否したから。この人は真実を話すつもりだと言いました。第二の理由は、実際に態手をもつまで、足跡をじっくり見ておらず、ミス・ホワイトがあまりに焦って気づいていなかったことを、ふたりともやっと発見したからですよ。彼女が残したものにしては深すぎた。この人の無実が証明されたのがわかりましたから、足跡を消す必要などない。それで、ミス・ホワイトを家へ帰しました」

この話に説得力がないとしたら、どんなものにも説得力はないさと、ヒューは暗い気持ちになった。告白と否定をちょうどよく混ぜ、心理状態にうまく説明もついている。ハドリーは小憎らしいほど満足気にうなずいた。

「正直に話してくださってじつに賢明でしたね、ローランドさん。さて、もうひとつのあなたの奇怪な行動についても、真実をお話しいただきたい」ハドリーはテニスコートのほうへ顎をしゃくった。「あそこの第三の足跡を残したのはあなたですね」

「ええ」

「いつの足跡ですか」

「ミス・ホワイトを家に帰したあとで、七時五十分から八時のあいだです」

「どうしてまた、なかに入られたのです」

ヒューは両腕を広げた。

「どうなっているのか、どうしても知りたかったからです。あなたならおわかりになるでしょう、警視さん。不可能に思える状況で起こった事件ですよ。なんでもいいから手がかりがないか知りたかった。それに、そもそもフランクがコートでなにをしていたかも、彼のラケットやボールがどうなったのか謎だった。それに……」

「ちょっと待って！」ハドリーが鋭く口を挟み、視線をさっともどした。「ポーチにあるラケットのことですか？　そのときはこのコートをじっくり見ても、ラケットが見えなかったとおっしゃりたいので？」

「ええ。たしかに見ていません」

「ではボールは？　あるいは、被害者がバンクロフト夫人から借りた本はどうです」

「見ませんでしたね」

ヒューは心底、困っていた。自分やブレンダが作りだしたわけではない思いがけぬつまずきで、転びそうになっている。いま挙げられた品はすべて目立つものだった。フランクのラケットは光沢のある白い木枠に濃い緑のガットだ。ボールは比較的あたらしく、緑の網袋のなかでまだ白く見える。本は赤い表紙に白くタイトルが書かれている。それらはまばゆいほどの照明灯の下で、いやになるほどくっきりと浮かびあがっている。何ヤード離れていても、目を引いたことだろう。だが、ヒューはいくら記憶を探っても、フランクの死後にこれらを見た覚えがなかった。

「わたしも気づきませんでした」ブレンダがヒューと目を合わせて言った。「ひとりでここにしばらくいましたが、まったく気づきませんでした」彼女は神経質な笑い声をあげた。「覚えているはずですよ、『完璧な夫になる百の方法』なんてタイトルの本だったら。どこにあったんですか?」

ハドリーはためらった。

「部長刑事」

「なんでしょうか」

「おふたりがわかるよう、それがあった場所に立ってくれ。コートのなかにあったのですよ。芝生の縁取りの上に重ねてありました。東側、一部は金網の下に押しこまれていましたね。いま部長刑事が立っている場所です。こちらサイドの金網のドアに近いほうですね。それなのに、あなたがたが先ほどここにいらしたとき、これらの品はなかったとおっしゃるんですか」

「絶対にありませんでした」ブレンダがきっぱりと答えた。

「何者かがあとから置いたとおっしゃりたいので？」

「なんとも言えません」

「あなたはいかがですか、ローランドさん」

「なかったと断言はできませんが、警視さん、見えなかったことはたしかです」

「おかしいな」ニックがつぶやいた。

ハドリーは険しく疑り深い目で一同を観察した。「いいでしょう。あとで詳しく調べます。さて、ローランドさん、あなたは手がかりとやらを探しにテニスコートへ入られた。遺体に手をふれましたか」

「いや、はい」ヒューは言った。

彼はうっかり答えそうになって口ごもったが、すぐに注意力を取りもどしたから、ふたつの言葉は重なりあってぼやけた。この返事をした一瞬のうちに、ブレンダが遺体にふれたことを思いだしたのだ。さらにフランクの首に巻きつけられたスカーフを緩めてもいる。本当に息をしていないか、たしかめるためだ。警察はそうしたことに気づいているだろう。ヒューの立ち直りは早かったが、ハドリーは追及した。

「〝いや、はい〟とはどういう意味ですか。遺体にさわったのですか、さわらなかったのですか」

「すみません。忘れていて。さわって、じつは首のスカーフを緩めました」

「なぜそんなことを？」

「ひょっとして息がないかたしかめるためです」

ハドリーは眉をあげた。

「そうなのですか？　七時半に、彼は息絶えているとわかっていたはずですよ。どうして八時になって、息があるかもしれないと考えたのですか」

これは困った。

ヒューの脳のなかで目覚めていて活発な部分が語りかけてきた。おい、このボンクラ、いつになったら口をひらく前に考えることを学ぶんだ。思いついたましゃべるんじゃない。脳のべつの部分は必死になって答えを手探りしていた。だが、気づけば彼はすらすらと答えてしまっていた。

「言いかたがまずかったですね。もちろん、彼が亡くなっているのはわかっていました。でも、暴力による死の場合、その人物が死亡しているのがわかっていても、それをたしかめるために医師を呼ぶものです。そんなふうにぼくは思ったんですよ。一重に巻かれたスカーフの結び目は乱れていた。息がないのはわかっていましたが、それでもたしかめるべきだと思ったんです」

「おかしいな」ニックがつぶやいた。

車椅子が少し近づいていて、ニックのつぶやきは次第に催眠術のような効果をあげはじめていた。

「警視」ニックが穏やかに、悩みぬき悲痛とも言える口調で語りかけた。「口を挟みたくはないんですが。今日はすでにくだらぬことをたくさんしゃべったので、自分が恥ずかしくなってきております。だがちょっとよろしいかな」

ハドリーは疑り深い目で彼をにらんだ。「お話が重要かどうかによります。どうですか？」

「どうやら」ニックはいつものようにあけすけに話そうとした。「老いぼれニックはこのところ、誰に対しても手厳しいようでね。フランクの死はもちろん、大変な衝撃だった。だが同時に、ここにいるローランド君に敵意をもっているなどとは思ってほしくない。そんなものはないからな。わたしは今日、まともに考えられなくなっていたときに、くだらないことをしゃべったかもしれない。けれど敵意などはない。それはわたしが広い心の持ち主だからではなく——そのような人間ではないのでね——ひとえに、ブレンダをしあわせにしたいと思うがためだ」

「なるほど。それで？」

「ジェリー・ノークスとわたしは」ニックはハンカチを取りだして洟《はな》をかみ、さらに話を続けた。「いつもブレンダのためにいちばんだと思えることをしようとしてきた。ああ、微力ながらできることを精一杯な。もしも、ブレンダがわたしのもとへやってきて、率直に〝ニック、わたしはフランクと結婚したくない、このローランドと結婚したい〟と言えば、わたしはこう答えただろう。〝そうかい、本気でそうしたいのならば、そうするがいい。このニックがおまえの邪魔をすると思わないでくれよ〟」

「ニック、やめて！」ブレンダが叫んだ。

彼女はポーチから飛び降り、ニックのもとへ走った。

「おやおや」ニックはブレンダの手をなでて言った。「わたしが同情を引こうとしていると思ってほしくないね。わかってくれるだろう！　わたしたちのなかにはもう望むほど若くはない者もいるだろうし、物事が望むほどいつもたやすく運ばないことだってあるだろう。だが、警視さんにお話しししているのはそんなことが理由じゃない。話をしている理由は……ポケットにマッチと煙草があるんだがね、一本取りだして火をつけてもらえないか」

ブレンダは言われたとおりにした。おぼつかない手つきでマッチを擦る。ヒューはマッチの火に照らされたその顔を見た。頬を赤らめ、同情し、罪悪感を覚え、恥じてさえいる。その表情に、彼とブレンダが抱えるものすべてに対する、切迫した危険性を見いだした。

ニックはさらに彼女を味方につけるだろう。

「そうではないのだ！」ニックが強調し、煙草を吸いながら車椅子にもたれると、紫煙が照明灯の下にたちのぼった。「なあ警視、わたしはいわゆる理論派なんだ。犯罪については本に書かれていることしかわからない。ただ、いつもフランクとブレンダに教えていたんだよ。緊急時にどのように手早く、正しく考えればいいか。わたしはふたりの教師のようなものだった」

「そうですね、おじさま」ブレンダが奇妙な口調で言った。

「なるほど。それがどうしました？」

「体重が十か十一ストーンある、足の大きな男が、サイズ4の靴で歩く方法を知りたいだろう。わたしならそれを教えてやれる」ニックは苦悩の色をありありと押しだして言った。「ただしそれがむずかしい。ローランド君に敵意はないのでね。非難していると思われては心外だ。そんなことはしていないからな。ただ――」

「ちょっと待ってください、ヤング博士」ハドリーが口を挟んだ。「言いたいことがあるのなら、はっきり言ってください」

「そうするつもりだったよ。自分で思いついたのか、どこかで読んだことなのかは覚えていない。だがとにかく、曲芸のことを考えていてね。ローランド君がフランクに自分はできると言って賭けをしたようなたぐいのものだ。あれをとっかかりにして、わたしは考えた。あれはふたりが二週間前にやった賭けだった」ニックは煙草をもった手を額にあてた。「警視さん、あの足跡の妙な見た目には釈然としないものがあるんじゃないか。このわたしもそうだよ。跡が乱れているのがわかるだろう。自分で言っていたことだ」

ハドリーの忍耐力は切れる寸前だった。「わたしがそんなことを言ったか言わないかはどうでもいいんですがね。いったいなにを言いたいんですか。そのローランドさんとドランス氏の賭けがどうしたんです」

「彼はフランクに」ニックがつぶやいた。「うちの庭を端から端まで逆立ちで歩けると言って賭けをしたんだよ」

ヒューの頭で窓がひらいたように、この話がどこへ繋がるのかわかった。庭での夜のことを思いだした。実験する前に賭けがどんなふうに邪魔されたかも思いだした。まさに、逆立ちして彼を押しつぶそうとしている。

「こんなことを言わねばならんのはいやなんだが」ニックはむくれて言い放った。「そこそこのスポーツ愛好家ならば、誰だってできることだ。体重が十か十一ストーンの男はサイズ４の靴を足には履けない。だが、手にならは履ける。

可哀想なフランクがどうやって殺されたか、思うと無念だよ。フランクに手を出した奴がこう言ったのだろう。〝ぼくがサイズ４の靴は小さすぎてテニスコートを歩けないことに賭けるか？〟と。これに対してフランクが言う。〝できないさ〟

そこで犯人は小さな靴を取りだし、手にはめ、逆立ちしてコートを歩いていく。だから、足跡は蛇行していたわけだよ。それを隠すため、犯人は地面をひっかきまわし、フランクの遺体のまわりを乱したんだな。なぜなら、あの場所まで行くと足で立つ必要があったからだ。哀れなフランクを捕まえ、息の根を止め――」

「ニック！」キティ・バンクロフトが叫んだ。

「――逆立ちでコートの外にもどった。無念だと言ったが、本気でそう思っている。なぜか？理由は、なにがあろうと、わたしはブレンダにしあわせになってほしいからだ。彼女をしあわせにするためならば、わたしはどんなことでもする」

テニスコート周辺にいる者は、この説明をそれぞれに受け取った。キティは真相がわかってきたらしい表情で一点を見つめている。ブレンダは緊張に負けたか、いまにも大声で笑いだしそうだ。だが、誰よりも奇妙な反応を見せたのはハドリー警視だった。長い沈黙を経て、ハドリーは口笛を吹いてから、思案顔で切りだした。

「ヤング博士。心から感謝します」

「いまのとおりだと思うかね」

「ええ」ハドリーは真面目そのもので同意した。「その可能性はきわめて高いと考えます。ええ、そうですよ、きっとそうです！　すでに犯人の動機、機会、性状はわかっていましたが、これで手口もわかった」

「安心してくれ、ブレンダ」ニックが安心させた。「こんな仕打ち、必要がなければしなかったとも！　それはともかく、警視、彼がブレンダの靴でこんなことをした理由まではわからないんだ。もちろん、まずブレンダに疑いがむけられるようにしてから、凛々しくその疑いを晴らしてやるという意図がなければだが。それはおおいにあり得ることだ。心理学的に同じタイプの人間を知っているよ。だが、なんと言っても、ローランド君もいくらかはブレンダに愛情をもっているだろうから――」

ハドリー警視ははっとして夢から覚めた。

「ローランドさんですって？」彼は繰り返した。信じられない思いが滲《にじ》みでている声だ。「誰がローランドさんの話をしました？　あなた、まさかローランドさんの話などしていませんよね？」

ニックは立ちあがろうとしていたが、また腰を下ろした。

「いやいや、警視さん、もちろん、そんなことは――。だが、その――」

ハドリーは無愛想に言った。

「わたしの頭にある人物をご想像できないのであれば、こちらから申しあげる必要はないでしょう。ただ、あなたはわかってらっしゃると思っていましたよ。ローランドさんほど、ミス・ホワイトに嫌疑がかかるような犯罪をしそうにない人はいません。それに素人のスポーツ愛好家ならそのようなトリックに挑戦しようとはしませんよ。ローランドさんにはそぐわない。この人ならばもっと頭を使うでしょう。あまりにリスクの高い手口ですからね。

そうではないのです。わたしが考えている人物は曲芸師です。まさしく、逆立ちして歩いているのを見ましたよ。一日に二十回でも逆立ちする人物。足と同じように手も使える人物。今日、この四阿《あずまや》にいた人物。そのような離れ業をやり、ミス・ホワイトに濡れ衣を着せ、マッジ・スタージェスの仕返しをしようと考える人物。ドランス氏を殺すと言った人物。わたしの頭に浮かんだ犯人はそいつです。どうもありがとうございました。あの足跡とミス・ホワイト、そしてローランドさんの証言があれば、そいつを有罪にできますよ。確信をもっています」

ブレンダとヒューは口を揃えて反論しようとした。

「でも――」

「ねえ、警視、そんなことはできません！　あなたはわかっていらっしゃらない。すっかり誤解して――」

「今夜はもうお引きとめしなくてもいいでしょう」ハドリーが満足そうに手帳を閉じながら言った。「フェル博士！　少しふたりだけで話をしたいのですが」

二十四時間もしないうちのことだった。アーサー・チャンドラー、あの足跡に関係のないこと月の住人並みの男が、フランク・ドランス殺害の罪で告発、逮捕される運びとなった。

14 実験

日曜日。

暖かく、空の暗い、雨降りの日曜日で、のんびり過ごすのにいい日だったが、ヒュー・ローランドやブレンダ・ホワイトはそんな気分になれなかった。ヒューはすでに抱えている以上の面倒に巻きこまれるとは思ってもいなかったのだが、朝食を終えたとたんに、あらたな問題が山積みになってしまった。ゆうべ、帰り際にブレンダと相談する時間はほんの少ししかなかった。

「問題は」彼は声を荒らげた。「誰ひとりとしてこの男のことを知らないことだよ――ところで、なんて名前だったかな」

「チャンドラーよ。警視がそう言ってたわ」

「チャンドラーか。待てよ！ よく考えると、私道でハドリーがニックと話しているときその名を出していたのを聞いたよ。でも、自分たちの問題で頭がいっぱいになってすっかり忘れてしまっていた。どちらにしても、何者か知らなかったが。よりにもよって曲芸とはね！ まさか逮捕はされないだろう。アリバイを証明できるにちがいないから。でも、まったく無実の男を、ぼくたちの偽りの証言のせいで絞首刑にはさせられないよ」

「もちろん、そんなことできないわ」ブレンダは大声で泣きだしそうだった。「どうしたらい い?」

「できることはひとつだけだ。父に相談するよ。父とガーデスリーヴ氏はどちらも古狸だ。きっと解決策を見つけてくれるさ。おやすみ、愛しい人。明日の朝に電話するよ」

「夜は忙しいからわたしもそれがいいわ」ブレンダは震えながらも言った。「ニックのお世話でね。明日、できるだけ早く電話して」

ヒューの激しいキスは、思い悩むふたりの気持ちを代弁するものだった。使えない車の修理をいまからする気にはなれず、タクシーで帰宅し、一晩じゅう不愉快で生々しい夢を見て、遅い時間の朝食を経て、父と会う覚悟を決めた。

ローランド家の父、母、息子はスイス・コテージ近くのイートン・アベニューで暮らしている。背の高い、素晴らしいヴィクトリア様式の家が立ち並ぶ通りで、ローランド家はとくに背が高く、とくに目を惹くものだった。父は日曜の午前中にアジトたる私室でオブザーバー紙とサンデー・タイムズ紙を読むことを習慣にしており、そのあいだは邪魔してはならなかったが、ヒューはそれを破った。

父は小柄で大きな眼鏡をかけ、口をひらけば、うんざりすることこの上ない格言やことわざをこれでもかと詰めこんでくる男だった。この癖のせいで、父を前に勇気を振り絞るために酒を飲まずにはいられない相手もいる。また、この癖のために相手が父を見くびることがある。それらが彼の狙いだった。親切なのだが抜け目のない、できる男だった。ヒューが想像したほどの驚愕の色は見せずに、最後まで話を聞いてくれたが、何度も立ちあがって窓辺へむかい、ローランド夫人がちゃんと庭にいることをたしかめた。

それから、意見を口にしはじめた。ヒューは、そらおいでなすったと身構えた。

「〝ああ、初めてだというのに、我々はいかに複雑な機《はた》を織るものか〟（ウォルター・スコット『マーミオン』の一節）」

父は引用し、やれやれと首を振った。

「お父さん、正確には」ヒューは言った。「初めてというわけではないでしょう。だって、ぼくたちはジュエル夫人の弁護のときも偽の証拠をでっちあげて——」

父は渋い顔になり、息子を黙らせた。そういうことはしても構わないが、あとからけっして口にしてはいけない、というのが彼の持論だった。父はそれから考えこんだ。

「母さんをスコットランドへやろう。旅券なしで行かせるならあそこがいちばん遠い」父は説明した。「旅券を取る時間もないからな。これは騒ぎになるぞ、ヒュー。ああ、いまからその騒ぎが目に浮かぶな」

「どうしたらいいでしょう、お父さん」

「ふうむ、ヒュー。おまえにお祝いの言葉をかけるべきか、お悔やみの言葉にするべきか、なんとも言えないな。おまえはいくつもの方向に同時に踏みだしたらしい。まだあの若いご婦人と結婚するつもりはあるようだな」

「彼女がまだその気ならば。そこが心配なんですが」

「その件については、反対する理由もないようだ」父がじっくり考えて言う。「その娘さんはお茶に来たことがあるんじゃないかな。そう、覚えているよ。背が高くて髪は黒く、とてもおしとやかで」

「小柄で金髪ですよ。おしとやかっていうのは、どうですか」

「それはどうでもいい」父は平然と言う。「とても好感をもったことは覚えているよ、ヒュー。とてもな。個性的だった。おまえにはよく言ってきかせているが、それこそが世の中では大事なんだ。優れた自己という芯があればこそ、波瀾万丈の人生にむきあい、乗り越えていける。そうだ——その若いご婦人はかなりの大金を相続するという話だったな」

「その金に手をつける気はありません」ヒューはむっつりとして言った。「あれはフランク・ドランスのものです。墓へもっていってもらっていい。ぼくにはもう、ふたりで生活していけるだけの蓄えはありますから」

父は咳払いをした。

「たしかに」父は賛成した。「見あげた心構えだ。立派だぞ。とはいえ——」眼鏡を外し、これを振って言いたいことを伝えた。

「でも、いいですか、お父さん！ そこが問題じゃないのです。相談したかったのはそこじゃない。わかりませんか、ぼくたちがとんでもないことになっていると。教えてくださいよ、この糞いまいましい——」

「悪態をついてはならんぞ、ヒュー。〝彼は言うべき言葉を知らず、悪態をついた〟。バイロンだったかな（詩人バイロン『島』の一節）」

ヒューのバイロンに対する評価がたいして高かったことはないが、また一段下がった。

「わかりましたよ。でも、問題はこのいかんともしがたい状況です。すべてはぼくの責任だと認めますが、助言していただけませんか。ぼくはどうしたらいいでしょう」

「おまえはどうするつもりだね、息子よ」

「夜通し考えました。ごく普通に常識を働かせれば、やるべきことはただひとつ。チャンドラーが逮捕されたらブレンダとぼくでハドリーのもとへ行き、真実を話すということです」

父は咳払いした。椅子にもたれ、眼鏡を揺らす。「真実を話せば、警視が信じてくれるという確証があるかね」そう穏やかに訊ねた。

ヒューは父を見つめた。

「でも、この男は無実なんですよ！」

「たしかに無実なのかね」

「でも――」

「まあ聞きなさい。歳を重ねれば重ねるほど、人生には悲劇めいた皮肉なことが起こるものだという思いは強まる一方だよ」いくら引用好きの父だとしても、ずば抜けて陳腐なことを言った。「目下のところ助言できることはなにもない。おまえはせっかちになりがちだな、ヒュー。ひどくせっかちになってしまう。何事も慌ててはいけない。〝縁と月日の末を待て〟というが、焦って失敗するのは結婚だけではない。そもそも、わたしの経験では警察というのは、いつでもちゃんと仕事をしているものだぞ。その男の件でも、ええと――」

「チャンドラーです。アーサー・チャンドラー」

「ああそう、チャンドラーだった。その男の容疑はかなり濃厚のようだ。警察が偽の証拠にもとづいてこの男の有罪を確信したというのは――」父は細かいことはいいと仕草で伝えた。「事実ではあるんだろうが。だからといって、本当に無実なのか？　わたしにはそこが怪しいと思えてきたぞ。仮にチャンドラーが卑劣極まるこの殺しの犯人だとしてみよう。だが、この卑劣極まる、奇妙で不自然な殺しを、チャンドラーはわたしたちに理解できない方法でおこなった。彼は安全圏にいる。不利な証拠がないのだから。だが、偽の証拠によって結局は真犯人が逮捕されるわけだよ。それがわたしの言う、人生の悲劇めいた皮肉だ。それとも、天の摂理による報いというべきかな。正義は勝つものだ。そしてわたしたちはその正義のために働かなければならん、ヒュー」

ヒューは父を見つめて、言われたことを嚙みしめた。それから椅子を引きずり、父のむかいに腰かけた。

「わたしはべつに、よからぬことをほのめかしているわけではないよ」父は言い足し、視線をそらした。「だが、わかっているだろうな。まあ、その、真実があきらかになれば、おまえの弁護士人生は終わりだと」

沈黙が流れた。

「そうなっても構いません」

「それでも、わたしのために少しは構ってくれ。おまえはせっかちだ、とてもな」

「でもいいですか、お父さん。まさかぼくにあくまでも自説を押し通し、証言台で偽証して、その結果チャンドラーを絞首刑にしろと、本気でほのめかしているわけではないですよね」

「とんでもない」

「では、どういうつもりなんです」

「いいか、わたしはただ、〝急《せ》いてはことを仕損じる〟または〝急がば回れ〟だと言っているんだよ。チャンドラーが有罪ならば――そしてその可能性はありそうだが――」父は穏やかに話を続ける。「ありとあらゆる手口を検証してみないとならないな。この悪魔のような犯罪がどうやって実行されたのか調べ、それを証拠という形でわたしたちの主張を裏付ける準備をしなければ。さあ、考えられる手口はなんだ?」

ヒューは腕を振りまわして鬱屈した気持ちを伝えた。

「そこが悩みどころなんですよ。見た目は単純そのものなんです。テニスコートの真ん中で男が死んでいる。そこにたどり着く足跡はない。ただそれだけで。ブレンダが彼のもとまで歩いた足跡しかないのですから。その上、次々に嘘を重ねたために、いまや事は非常に複雑になってしまって、本当はなにがあったのか誰にもわからない始末ですよ。まったく、ぼくも整理できません。それに、チャンドラーが真犯人だとしても、どうやったのか皆目見当がつきません」

「その男は曲芸師なんだろう」

「ええ。でも、いくら曲芸師でも地面から浮く能力はありません。空中は歩けませんよ」

父は眼鏡を前後に振った。「そうだな」極めて真面目に賛成する。「その線を考えるのはやめておこうか。だが同時に、おまえがコートを調べて考えついたらしい仮説はかなり有力じゃないかと思ったんだが」眼光鋭い小さな目が皺の寄ったリンゴのような小ぶりな顔できらめき、さっとヒューにむけられた。「おまえは犯人がネットの上を歩いたかもしれないと考えたんだな。綱渡りのように」

ヒューは心強さと不安が入り混じる希望めいたものを感じた。「ええ、そうです」

「通常の状況であれば、無論、そんな考えは馬鹿げている。だが、訓練を受けた曲芸師が犯人ならば、さほど馬鹿げてはいないのではないかね」父はそう言い、さらに乗り気になってきた。「かなり高い可能性があるんじゃないか?」

「どうでしょう――」

「もちろん、ネットにじゅうぶんな強度があると仮定したらだが。これは実験しないとならないな。常日頃、言い聞かせてきたが、そして人生を通じて学んでもらいたいことだが、こうした事柄では準備が戦いの半分を占めるんだ。この仮説は実験しなければならない。よし、これから実験しよう。シェピがいる。彼を呼ぼう」

シェピはローランド&ガーデスリーヴ法律事務所に勤めて十八年になる信頼できる主任助手だ。日曜日ごとに決まって、交互にローランド家とガーデスリーヴ家の午餐に招かれている。いつも十一時きっかりに到着し、雇い主がアジトでオブザーバー紙とサンデー・タイムズ紙を読むあいだ、書斎で同じものを読んでいた。十八年のあいだに若干老けて、若干雇い主たちとしゃべりかたが似てきたが、ほかはなにも変わらない。父は眉間に皺を寄せ、彼に挨拶した。

「おはよう、シェピ。わたしたちは、テニスコートのネットの上を歩けるものかどうか、知りたいと思ってるんだ」

「かしこまりました」シェピはこのような頼み事にも動じずに言った。

「イングランズ・レーン・ローンテニス・クラブにはなじみがあるかね?」

「場所はわかります」

「よろしい、そこへ行ってもらいたい。一緒に——」父はヒューを見やった。「チャンドラーの体重がどのくらいかわかるかね」

「いいえ。ですが、警視の口ぶりから、かなりがっしりした体格と思われます」

「なるほど。では、シェピ。一緒にアンガス・マクワーターを連れていきなさい」アンガス・マクワーターは臨時雇いの男だ。「脚立も用意するんだ。アンガスを脚立に登らせ、ネットに下ろして、歩かせてみなさい。なにも無理してそのままうまく歩いてみろとは言わないよ。関心があるのは、ネットがどうなるかだけなんだ。今日は雨だから、誰もコートにはいないだろう」

「かしこまりました」シェピが言った。「実験はひとつのコートだけでよろしいですか、それとも何面かで試しますか。そこには六面あると思いましたが」

「ネットの強度と弾性について」父は言う。「できるだけ多くデータを取りたい。最初のコートから始めて、係の者に見つかってやめさせられるまで続けるように。以上だ」

　シェピが去っていくと、父はふたたびヒューにむきなおった。「しばらくひとりにしてもらいたい。考える時間が必要だ。〝考えること、それは心配事のもつれた袖《スリーブ》をほぐして編むことであり……〟いや、あれは糸玉《スリーブ》か……」（『マクベス』から〝眠り、それは心配事のもつれた糸玉をほぐして編むことであり〟をもじろうとした）――これは父の心配が漏れようとする最初のきざしだった――「取り越し苦労をするな。わたしの見たところ、おまえが警察にした話は瑕がない。バンクロフト夫人もヤング博士も、からっぽのピクニック・バスケットの話を支持したからね。いまさら撤回するはずがないし、ヤング博士はあの娘さんを必死で守ろうとしている。わたしが悩んでいるのは、チャンドラー自身が間の悪い時間にテニスコートの近くにいたかもしれないということだよ。殺人犯なら、どこかの時点で近くにいたことは確実だからね。そのとき、こちらに罪をなすりつけられるような、思いもよらないことを目撃しているかもしれないよ」

　これはヒューが思いつかなかった切り口だった。あたらしい困難と落とし穴が口を開けはじめた。

「だがなによりも」父は言った。「面倒になりそうなのは、おまえの母さんだよ」

「どうしてですか。どうして母さんがこの件に関係してくるんです」

「関係は大ありじゃないか。事件が解決するまで、すべての責任はわたしにあるということになりそうな予感がするね。母さんは可能であれば、ボイン川の戦いでジェイムズ二世が敗れた責任まで押しつけてきかねない（十七世紀の名誉革命後、王位奪回を狙うジェイムズ二世がアイルランドでウィリアム三世と戦った）。この娘さんの件も同様だよ。好ましいお嬢さんだったと記憶しているから、あの娘さんならきっとおまえの立派な妻になってくれるだろう。ところで……その……血縁関係についても当然、満足のいくものなんだろうね」

「父親はピストル自殺し、母親は酒が原因で亡くなりました」

父は顎をなでた。

「まあ、その程度ならいいさ」彼は言う。「目下、ワームウッド・スクラブ刑務所に入っているような縁者はいないね？」

「いません」

「それは安心だ。だが、母さんを休暇に送りこむのに、スコットランド北部ではじゅうぶんな距離があるとは言えないかもしれんね。よくよく考えると、タンガニーカ（現在のタンザニアの一部）か北極圏を薦めたほうがよさそうだ。それはともかく、わたしたちにできることを考えてみなければ。おまえはこれからどうするつもりだね」

「朝のうちにブレンダに電話するつもりでした」

父は考えこんだ。「では、すぐに電話したほうがいい。事態がどう進行しているのか、つねに最新の情報を追わねばならん。だが――」

父は鋭い声を出し、立ちあがった。

「ヒュー、なにが起ころうと、おまえが醜聞や悪評に巻きこまれることはない。それはわかっているな」

「お父さん、こんなによくしてもらって、感謝しきれないくらいです。でも、これだけは言わせてください。チャンドラーがいよいよ重い罪に問われるようなことになれば、ぼくはハドリーに真相を話します」

ふたりは見つめあった。

「本気なのか」

「ええ」

「たとえ」父が穏やかに言った。「チャンドラーの代わりにミス・ホワイトが被告人席に座ることになってもかね」

沈黙が流れた。

「とはいえ」父はもっと陽気な口調になって話を続けた。「物事をいいほうに捉えることにしよう。そんなふうに、おまえが真実を話すことにこだわるとはな。そんな一面があることに気づいていなかったからまごついたが、案外その線はいけるかもしれん。しかしおまえの主張にはひとつ見過ごしている点がある。警察に嘘をつくのは、かならずしも致命的ではないということだよ。宣誓したわけではないから、いつでも前言を撤回できる——もしもだ、ほかの誰かが犯人だというそれなりの証拠を握ればな。チャンドラーがネットの上を歩いて本当にドランス青年を殺害したと証明できれば——そしてわたしはできると信じているが——そのときおまえとミス・ホワイトは真実を打ち明けて心の重荷を下ろすことができる。しかもなんの害も生じない。だが、証明できないのであれば、ずばり言って、おまえはあの娘さんを殺人罪で告発することになる。わたしと同じように、おまえもそれはわかっているはずだ。そうはできないだろう。さあ、電話をかけてくるといい。そしてシェピがネットの件でいい知らせをもちかえってくれることを祈ろう」

ヒューは思い悩んで部屋をあとにした。悩みはさらに膨らんでくる。父の言ったとおりだとわかっていたからだ。もちろん、ブレンダにどんなに小さな危険でも降りかかるくらいならば、夜明けにチャンドラーがずらりと十人吊るし首になるほうがいい。だが、ある思いが頭《こうべ》をもたげて彼のなかで暴れていた。やはり真犯人がつくづく運に恵まれていると思えてならない。こちらはごまかしてはぐらかし、嘘をつき、びくびくしながら進路の調整をしなければならないのに、真犯人は高笑いしている。

真犯人は何者だ？　やはりチャンドラーか？　この点でも、父の言うことは正しい。これだけ良心の呵責《かしやく》に苛《さいな》まれているのに、結局チャンドラーが有罪だったならば、ますます頭にくることだろう。考えれば考えるほど、ネットの上を歩くという手口こそ真相にちがいないと思えてくる。それしかない。どうにかして、それを証明しなければ。

だが、こうしてあたらしい考えかたをしてみると、もっとたちの悪い危険が出来《しゆつたい》した。またしても、父の言ったとおりだ。チャンドラーがテニスコートにいたとすれば、見られてはまずいものを目撃されたかもしれない。たとえば、ピクニック・ハンパーを運ぶブレンダとか。とくに気になるのは、例のタブロイド紙が四阿《あずまや》から消えた時間だ。もちさられたのは、七時から七時二十五分のあいだだろう。すなわち、犯行時刻に。おっと！　チャンドラーの姿がびっくり箱から飛びだしたように、ヒューの目の前にぬっと現れた。不当な扱いを受けている、その意味でいわば被害者という立場にしては、かなり邪悪な顔つきをしているように思えた。チャンドラーを見つけ、話を聞きださねば。そしてなにを見聞きしたのか探りださねば。

廊下の電話の前に腰かけ、ヒューはマウントビューの０４４０にかけた。ヤング博士の書斎にも電話があることを思いだし、老ニックとまた嫌味の応酬をすることになるのかと不安になった。だが、すぐにブレンダが出た。電話の前に座ってずっと待っていたにちがいない。

「もしもし」喉が締めつけられる感じがしたかと思うと、鼓動が激しくなってきた。昨日の出来事が鮮やかに思い浮かんだ。

「もしもし」相手が言った。

「ブレンダ。近くに誰かいるのかい？」

まるで混乱したような間があった。

「いいえ」

「まだ昨日と同じ気持ちかい？　ぼくたちのことだけど」

ブレンダの肯定の返事は、昨日の経験が脳裡に蘇るほど熱いものだった。ヒューはうっかりその話ばかりになってしまう前に、もうひとつの話題を切りだした。

「いいかい。今日はぼくと一緒に過ごしてほしい。大事な用件なんだ」

「ヒュー、無理よ！　可哀想なニックが――」

「うん、それは予想しているよ。でも、アーサー・チャンドラーを見つけないとならない。電話では説明できないが、とても大事な用件なんだ。会ってくれないか」

ブレンダの声にはためらいがあった。「わかったわ。いつ頃？」

「ぼくはそこへ車を取りにいく。一時間後でどうだろう。一緒に町で昼食にして、そこで詳しく話すよ。いいね？　よし！　その後、なにかあったかい？」

「なにかあったか、ですって？」ブレンダが小声で繰り返した。電話から顔を離してまたもどしたかのように、声が遠くなってからまたはっきり聞こえた。「大ありよ！　フェル博士という人を覚えているでしょう。とても大柄で陽気な感じなのに、ゆうべは最後まで一言も口をきかなかった人。ヒュー——わたしあの人に秘密を見抜かれている気がするの」

「そう思う理由があるのかい」

「それも電話じゃ話せない」ブレンダが口早に言った。「ニックがいまにもひょっこり顔を出しそう。それに使用人たちもみんなもどってきてて、すべてのドアで聞き耳を立てているもの。でも、フェル博士とあの警視が今朝の九時からここにいて——それはわたしたちの秘密を見抜かれているからだと思うのよ。くわしくはあとで話すわ」

またもや気まずい間が続き、ブレンダがまだそこにいるのかと訊ねた。

「いるよ。大丈夫さ、ブレンダ。堂々としているんだ、心配はいらない。じゃあ、一時間後に」

ヒューは受話器を置いた。長いこと、階段下の電話の前に座っておなじみの古い上着や傘の匂いにかこまれて考えていた。ここにきて、自分とブレンダの嘘があかるみに出ることは、最善のことなのか、最悪のことなのか判断がつかなくなった。ふたたび、父にどれだけたくみに言い含められたか悟った。父ならば蛇使いよろしく、法律のコブラを操って籠から出させ、思いのままに踊らせることができるだろう。どんな社会的立場のどんな者でもたいてい説得できるにちがいない。もちろん、父は正義などちっとも気にしていない。だがそれを言うならば、この事件の関係者はみんなそうだ。それぞれが、それぞれの理由から、真実を握りつぶそうとしている。父はとにかく我が子を巻きこまずにおきたいと願っている。

それでもヒューは父の考えを本気で信じはじめていた。チャンドラーが真犯人で、ネットの上を綱渡りのようにして歩いたのだと。ほかの方法では説明がつかない。この説ならばすべての事実に合致する。もしも証明できさえすれば。そうだ、もしも、もしもだ！　こうして確信を燃えあがらせ、父のアジトへ急いでもどったところ、ちょうどシェピと一緒になった。

シェピが慌てていたとか、息を切らしていたと言っては、事実に反する。けっしてそんなことはなかった。だが、いかにも大仕事を終えてもどってきた男に見えた。父は表情こそ変えないものの、待ちかねていたように立ちあがって出迎えた。

「もどったか。それもこれほど短時間で。それで？　テニスネットのことがわかったかね」

「はい」シェピが答える。

「ふむ、どうだったね？」

シェピは悠然としていた。

「一見したところ、お訊ねの件は実行できる可能性がきわめて高いように思われました。説明いたします。ネットの上の白布の部分は、ずっしりしたワイヤーといいますか、細いスチールを撚《よ》りあわせたしなやかな綱を通し、両端の支柱に渡してあります。片方の支柱と接する部分がハンドルのついたとても小さな巻胴といいますか、巻きあげ機のようになっておりまして、こちらでネットを上げ下げできます」

「そのくらいはわかっているよ。それで?」

「ご指示どおりに」シェピは傷ついた表情を見せ、話を続けた。「アンガス・マクワーターとわたしはコートへ参りました。この時間では誰もおりませんでした。アンガス・マクワーター——この計画にはあまり乗り気ではございませんでした——彼には、脚立に登り、しっかりとネットに立ち、バランスを保つために指一本で脚立を支えにするよう促しました」

「それから?」

「生憎なことに、最初に実験したコートは芝のコートでした。ネットを張る支柱が地面にしっかりと刺さっていなかったと結論づけるしかございません。ネットにかかった重みのために、支柱のひとつがすっぽり抜けてしまいました。突然こうしたことが起こった結果として、アンガス・マクワーターは、その——」

「放りだされた?」ヒューは言ってみた。

「それでは生易しい言いかたです、ヒューさん。一瞬、ぎっくり腰にでもなったのではないかと思いましたし、アンガス・マクワーター自身もそうにちがいないと言いました。けれども、説得して次のコートへ行かせました。そっちでは、とんでもないことは起こりませんでした。けれども、スチールの綱が巻き尺のように伸びていきました。そのため、アンガス・マクワーターは揺れながらも健気にネットにしがみついておりましたが、だんだん下がっていきまして、とうとうぺちゃんこになったネットを踏んづけて地面に立つ格好になりました。わたしは石や棒きれなどを巻きあげ機に挟んで綱が伸びないようにしたかったのですが、どうにもなりませんでした」

「それで？」

「三番目のコートでも、結果は芳《かんば》しくございませんでした。ネットを支えている綱は金属製でしたが、残念なことに切れてしまいました。アンガス・マクワーターはまたしても宙に放りだされ、しかも不運なことにこのコートはコンクリート製だったもので、今回彼はひっくり返った脚立に腰をしたたかに打ちつけてしまいました。ですが、スコットランド人の彼は頑丈です。わたしたちは第四のコートへ進みました。あのヒューさん、この話はおかしくもなんともないと思いますが」

ヒューはひいひい笑っていた。我慢しきれなかった。椅子にそっくり返り、大声で笑った。

「これ、ヒュー」父が冷ややかに諭すような視線を投げた。「続けなさい、シェピ」

「わたしたちは第四のコートへ進みました。ところが、わたしたちの背後に残った破壊行為の跡が見つかったようで、邪魔が入ったのです。北のほうから走ってくる人影を認めました。この男は作業着姿でして、管理人のようでした。顔を紫色にして怒り、腕を振りまわしまして、人間の言葉とは思えない猿のような奇声をあげておりました。この男はちらりとわたしたちをにらみつけてから、南の方角へ駆けだしました。警官を呼びにいったことがはっきりしましたので、わたしたちは実験を終わりにして急いで立ち去るしかなかったのです」

「これ、ヒュー！」

「すみません」ヒューは言った。「でも、こらえきれなくて。笑わせてください。このいやな事件が起こってから、初めて笑いたい気分になったんですよ。アンガスに後遺症が残らなければいいんですが」

シェピが会釈した。

「お気遣いありがとうございます。そう重い怪我ではなさそうです」

「だが、証明はできたね？」父が言い張った。「ワイヤーの上は歩けると。たとえば、プロの綱渡り師ならば」

シェピは考えこんだ。

「綱渡り師ですか？　ああ、それでしたら話はちがってきます。ええ。綱が巻きあげ機から伸びないようきつくピンと張れば、じゅうぶん可能でしょう」

父と子は目を合わせた。ヒューは急に真顔になった。「これで決まりですね！」

「まだだぞ、息子よ。依然として証拠の問題がある。同時にもうひとつ……。電話に出てくれないか。日曜日でも電話のベルから逃れられないとは、悲しむべきことだね。いやシェピ、きみじゃないよ。ヒュー、おまえに頼む」

電話の鳴る音を聞いてヒューは恐ろしい予感めいたものを抱いた。まるでテレパシーのようだった。あらたな一撃がやってくるのが見える気がする。その予感はブレンダの声をふたたび電話越しに聞いて確信になった。

「ヒュー、何度もごめんなさい」興奮していささか狼狽した声だった。「でも、わたしたちの秘密がばれたとはっきりわかって」

「どうしてだい」

「あの人たち、男をテニスコートに連れてきて、ネットの上を歩かせようとしたの。プロの綱渡り師ですって」

「プロの綱渡り師？」ヒューは思い切り叫んでしまい、父のアジトのドアがひらく音を聞いた。

「そうよ。わたし、こっそり見にいったの」

「それで、その男はネットの上を歩けたのかい？」

「歩けなかったわ！　マティ・パーソンズも連れてこられて──あなたは知らないわね、ニックの依頼でコートを作った人よ。それで、一緒に検証をして歩けないということが確認されたの。コートはコンクリートの土台に砂や土や砂利を混ぜた層を載せて作られていて、ネットの支柱はコンクリートの土台に埋められているはずだった。でも、そうなっていないのよ。ただ杭のように上の層に突き刺してあるだけで、ワイヤーは子供の体重も支えきれず、歩こうものなら支柱は抜けてネットは倒れてしまうって。それだけじゃない。アーサー・チャンドラーのことだけどね、彼は綱渡りはできないの。それは彼の専門じゃないのよ。彼はそうじゃなくて──」

「だが、そんなはずはないよ、ブレンダ！　チャンドラーが犯人のはずだ」

「ダーリン、絶対にどう考えても不可能なのよ」彼女の声が鋭くなった。「切らなくちゃ、ヒュー。例のフェル博士が階段にやってきたわ」

受話器がもどされ、通話は切れた。ヒューは頼みの仮説が崩れて呆然と立ちつくした。アジトへもどると、父が眼鏡を勢いよく振っていた。母《メール》がいまにもやってくるのではないかと勘ぐり、父はしっかりとドアを閉めた。ヒューが聞いたばかりの話を伝えても、表情は変わらなかったが、どこか険しさが生じた。

「なにかいかさまがあるんだよ」父は考えてからそう断言した。「ウェラー（ディケンズ『ピクウィック・クラブ』登場人物）ならこう言いそうだ。〝なあ、おい、おれたちはいかさまの被害者だ。誰かが一杯くわせようとしているんだよ。そんなことは許せねえ〟と。そうだ、このようなことは許せない。チャンドラーはあのネットを歩いたに決まっている」

ヒューは肩をすくめた。

「どうでしょう。ぼくにわかるのは、ブレンダに言われたことだけです。絶対にどう考えても不可能だと」

「ふうむ。ふうむ。ガーデスリーヴに会わないとならないな」父は机の前に座り、机を拳でコツコツとやりだした。「それにハドリーとフェル両氏の考えていることがわかれば、元気も出るというものだが。恐れているのは後者の紳士のほうだよ、ヒュー。コール老王やサンタクロースも探偵の装いで現れると、恐るべき一面を見せつける。難事件を調べるのがお気に入りだから、この件をとことん調べるだろう。だから、わたしが手を考えるあいだ、あの人物には近づかないようにしなさい。ヒュー、おまえはチャンドラーが犯人だと確信しているか？」

「ええ。でも――」

「そうだ。そのとおりだとも。このはしっこい紳士がなんらかの方法でドランス青年を殺害したことは、わたしの頭のなかでまだ疑問の余地はない。だが、どうやったんだ？　おまえが言うように、地面から浮く能力などはない。飛び跳ねてもいない。おまえの話によれば、ネットの上を歩いてもいない。ガーデスリーヴが聞いたら、頭をかきむしるような難題だ。だが、偉大なる、蛇の消えたアイルランド（聖パトリックが蛇を追いだしたという伝説がある）の名にかけて、チャンドラーは有罪だ！　それでは、手口は？」父は拳で机をドンと叩いた。「手口は？」ふたたび机を叩いた。「手口は？」最後に割れるような音で叩いた。「手口はどうなっているんだ」

15　諧《かい》謔《ぎゃく》

チャリング・クロス・ロードにあるオーフィウム劇場のオーケストラ・ピットで、指揮者が指揮棒を振りあげた。日曜午後の休館日で、広大な観客席に客はいないし、背景幕を外したステージは侘しい煉瓦壁を露呈していたが、オーケストラ・ピットには二十個の照明がきらめいていた。ピットは平たい皿のように黄色く輝いていて、十数本のヴァイオリンの弓が蜘蛛の脚のようにいっせいにあがった。シンバルが冒頭の音をシャンと鳴らす。指揮棒の振り子のような動きに伴い、どことなくあざけるように、オーケストラの音楽がからっぽの空間に響いた。

おおおお！（ここでふたたびシンバル）
彼はらくらくと空を漂う
空中ブランコの勇気ある若者
優雅な身のこなしに、女たちは大喜び──

薄暗い客席のうしろで、ヒュー・ローランドが意識せず曲に合わせて口笛を吹きはじめた。歌の意味に気づいていきなりやめると毒づいた。ブレンダも同じように毒づいた。

最初は、日曜日の劇場でチャンドラーが見つかるとは思っていなかった。ソーホーのレストランで昼食にしたのだが、ブレンダの隣に座ったヒューは事件に集中しようとした。

ブレンダは徹夜でもしたように疲れて見えたが、実際徹夜したのだった。白い服に白い帽子を身につけ、白い手の細い指がテーブルクロスの上で絶えず動いていた。

「それを飲んで」ヒューは彼女の前のカクテルを指して言った。「それから、どうなっているのか話してほしい。電話では話せなかった謎の知らせというのを」

ブレンダは言われたとおりにして、カクテルをほぼ一気に飲み干した。それから驚くようなことを言いだした。

「ヒュー、フェル博士という人は頭がおかしいんだと思う？」

「博士がそんな素振りを見せたのかい？」

「ええ、そうなの。少しだけど」

「どういうことかわからないが、どうも気に入らないね」

「わたしもそう思った。電話でも話したけれど、あの人、ハドリー警視と今朝の九時に家にやってきたの。私道からテニスコートへむかったのを見たわ。ふたりでひどい言い争いをして、罵りあって、腕を振りまわしていたっけ。フェル博士は警視になにかを納得させようとしていたみたいだけど、警視のほうは納得していなかったみたい。しょっちゅう警視は立ちどまって、フェル博士をにらみつけるの。そのたびにフェル博士は杖を宙で振って」

「それから？」

ブレンダはスープが前に置かれるまで待った。「それで、わたしはふたりを尾行した」彼女は打ち明けて、少しバツが悪そうに笑った。「だって、あれだけ木も生垣もあるのよ、あのあたりで隠れるのなんてとても簡単——いまなにか言った？」

「チャンドラー！」ヒューはうめいて、父と同じ仕草でテーブルを叩いた。「ブレンダ、ぼくたちは羽根ぐらいのおつむしかないとんまのカップルだったよ。七時に四阿《あずまや》を出るときにはあのタブロイド紙を置いたままにしていったのに、きみが七時二十五分にもどったときには消えていたことで、なにもひらめかなかったなんて！　いまのは気にしないでくれ！　すぐに説明するから、きみの話を続けてくれ」

彼女はためらった。

「あのふたりがなにをしていたのかはわからない」そう説明した。「わたしが行ったとき、四阿を調べていたようなんだけど。もちろん、ゆうべも調べたのに、またなのよ。フェル博士はあんまり身体が大きいから、四阿のドアから入れなくて、むっとしてた。あの人たちが見つけたのは、わたしの古いセーターとフランクのものだったアイススケートの靴と洗濯ばさみを入れた籠だけ。フェル博士はスケート靴を金網に放ると、頭がどうかしちゃったみたいに、洗濯ばさみを投げはじめた。そうしたら、警視がかんかんになって全部拾ってまわったのよ。フェル博士はずっとこう言っていたっけ。〝あれだけの大きさのあるものが？　消えただと？　じゃあ、どこに行きおった？〟」

「なんのことだったんだろう」

「さあ。でも、待って！　わたしがどきっとしたのは、博士が次に言ったことだった。弁士のような身振りで」――ブレンダが実際に真似をしてみせた――「〝さて、ここになんの跡もない砂が広がっている〟って。そうなの、跡のない砂よ」

「ううむ、そうか。ハドリーはなんと答えた？」

「〝正確には砂じゃありませんよ。砂と呼んでいるのは、〈砂と土と砂利をコンクリートの土台に敷いたもの〉と呼ぶより便利だからです〟。そうしたらフェル博士は本当に後ろ足で立ちあがった動物みたいになってどなったの。〝まさにそれだよ。きみの頭に叩きこもうとしておるのは、まさにそれだ。海辺にある砂とは似とらん。この上を指でなぞっても、跡は残らんじゃないか。だが、どうやら、跡を残さずに歩けはせんよ〟」

ヒューはスープを飲む気が失せた。「〝どうやら〟の部分が強調されていたかい」

「いいえ、わたしが気づいたかぎりではそんなことはないわ。でも、その直後に、博士はスケート靴を拾いあげて、まるで海賊が死刑を命じて海に突きでた板の上を歩かせるときみたいな表情で見つめたのよ」

「スケート靴を？」

「神に誓って」ブレンダが宣言し、真剣に片手をあげた。「スケート靴を。それから博士は警視に水をバケツに一杯くれと頼んだ。気の毒に、ハドリー警視ったらその頃にはますます怒っていたけれど、車庫に蛇口があるし、どうしても必要だとフェル博士が言い張ったの。ふたりしてバケツに水を汲んでもどってきたわ。フェル博士はそれをコートへ運び、一カ所に水を流した。ほとんどは自分の靴と警視の靴にかかったんだけど。そこで博士はスケート靴を片方取りだして、濡れた場所でそっと滑らせてみようとしていた」

ヒューはロブスターのマヨネーズ焼きさえ食べる気が失せてきた。

「せめてもの救いは」彼は料理をじっと見つめて言った。「ふたりがその実験をイングランズ・レーン・ローンテニス・クラブでやらなかったことだよ。同じ日におかしなコンビの二組目がコートで勝手なことをしたら、管理人の正気に責任はもてないからね」ヒューは自分でもなにがなんだかわからなくなってきた。「でもね——ぼくたちは誰も彼もいかれてしまったのかな。犯人はアイススケート靴でコートに入ったとでも考えられているってことかい？」

「さあ」

「でも、どうやってスケート靴で？　そんなのあり得ないよ！」

「わたしだってわからないわ。わかるのは、この目で見たことだけ。そのあとふたりは警視の車で出かけ、二時間ほど留守にしたの。チャンドラーを見つけるとか言って。もどってきたら、またひどく興奮していて、テニスのネットを歩かせる男を連れて帰っていたのよ。ハドリー警視はまたすぐに出かけたけれど、フェル博士は――ほら、あなたと最後に電話で話したときよ――わたしに会いにきた」

「それでどうなったんだ？」

ブレンダはどう話そうか考えている様子だ。

「それがね、博士は殺人のことなんか一言も話さなかった。ほとんど自分の話ばかりで。そしてくすくす笑いを始めて、わたしのことを、こんなに気持ちのいい人物に会ったことはないというような目で見て、そのうち高笑いになって涙まで浮かべる頃には、気づけばこちらも引きこまれて笑っていたの。博士はニックのような医学博士だと思っていたら、哲学の博士なのね。校長や記者やほかにもいろいろ仕事をしてきたそうよ。それから、わたしを質問攻めにした。わたしたちみんなの経歴だとか、どんなことをして過ごしているかだとか。当たり障りのない質問よ。その合間に、聞いたこともないほど愉快で、信じがたい話をいくつもしてくれるの。ちょうどそこにニックがげっそりした顔でやってきて、フランクが殺されたのになにがそんなに面白いのかと訊かれたわ。やれやれよ」

ヒューは考えこんだ。

「いかさまがあるようなんだ」彼は決意して、チャンドラーについて父と考えたことをブレンダに話した。説明は食後のコーヒーが出されるまで続き、その頃にはブレンダから笑いは消えていた。

「あなたが正しいようね」彼女はつぶやいた。「では、わたしたちがやるべきことは——」

「チャンドラーを見つけることだ！　そうしないと！」彼は声を落とした。「これからやることを、うちの父には教えられない。止めようとするだろうから。残念なことに、チャンドラーの居場所を調べられそうな心当たりのあるところは今日はどこも閉まっている。マッジ・スタージェスを当たってみることはできるかもしれないね、入院先の病院を訪ねてみて。だが、時間がかかりすぎるだろう。あと真っ先に思いつくのは電話だ。電話帳に〝チャンドラー〟は三列ぶん掲載されている。Ａ・チャンドラーは二十一人、アーサー・チャンドラーは五人だ。それに、彼が自分の電話を引いていると考える根拠はない。劇場関係の下宿に住んでいそうだからね。でも、電話こそまず当たるべき、かすかな希望だよ」

チャンドラーは事実、電話を引いていなかった。だが、彼の両親が引いていた。レストランの電話ボックスで肩を寄せあう探偵たちは、小銭を無駄にしながらはかばかしくない返事を聞かされていたが、四度目の試みで——期待していなかったこの〝チャンドラー〟はフラムの写真屋だった——ヒューの耳元で、受話器の炭素マイクがピシピシ音を立てるほど刺々しい声で女が答えた。

「あの子はいませんよ」声がそう言った。「どなたさま？」

ヒューはやったと言わんばかりの表情で、青ざめて身振り手振りしているブレンダを見た。

「スタージェスといいます。妹のマッジの代わりに電話をしているんですよ。アーサーさんはどちらですか」

相手は長いこと無言だったから、ヒューはなにかしくじったかと思った。

「マッジのお兄さんなら、どうして知らないんです」

「ぼくが知るはずありませんよ、チャンドラー夫人。母親はあなたですからね」

どうしたわけか、このたいして深みもない切り返しで夫人は納得したようだった。「本当にお兄さんだったのなら、ごめんなさいね。でも、今日は息子の居場所を問い合わせる電話がこれで三回目なんですよ。最初は例の警察で、次はどこかの女。どうしたんです？　息子はもっとひどい揉め事に巻きこまれたんですか」

「そうではないことを祈りますよ、チャンドラー夫人。ですが――」

電話の声が苛立ちを募らせ、受話器の炭素粒子がおおいにざわついた。「まったく、うちの息子ときたら、揉め事を起こさずにいられないんだからね。父親が立派な学校に入らせて、なんならケンブリッジにまで進ませるつもりだったのに、あのざまですよ！　自堕落でも勤まる、顔を塗りたくった劇場の芸人の仕事も続けられないんですからね。昨日欠勤したもんで一度はクビになったんですが、マッジの看病をしていたからだと謝りたおしてようやく復職できたんですよ。真っ赤な嘘なのに。わたしはこんな仕打ちに我慢なんかしませんよ。ええ、しませんとも。わたしの代わりに言ってやって――」

「わかりました、チャンドラー夫人。それで息子さんはいまどちらに？」

「あそこですよ。オーフィウム劇場です。あたらしい出し物のリハーサルに行きました。わたしが怒っていると言ってやってくださいよ。父親が腹を立てているとは思わせずに――」

「ありがとうございました、チャンドラー夫人。息子さんには伝えます」ヒューはそう言って電話を切った。「となると」彼はシャフツベリー・アベニューをブレンダがいやがるほどの速足で歩いて話を続けた。「となると、十中八九、チャンドラーはやはりテニスコートにいたということだな」

「そうね。それはともかく、こんなことをして大丈夫な自信はあるのね？」

ヒューは立ちどまった。

「大丈夫かって？　なにがだめなんだい」

「チャンドラーが劇場にいるのなら、警察もそのあたりにいるということでしょ。あなたのお父様から、警察には近づかないように言われているんじゃなかった？　もしチャンドラーとハドリー警視のどちらにもばったり会ったら、どんな言い訳をするの」

「知らないよ」むかっ腹を立てたヒューが不満を漏らした。「言い訳なんか、どう話そうがいいんじゃないかい。いまわかっているのは、ぼくは世界じゅうの誰よりもチャンドラーと話をしたいということだ。もし、見つけたら――」

そしてたしかに見つけた。

オーフィウム劇場はチャリング・クロス・ロードのケンブリッジ・サーカス北側に位置して

おり、建物がもっと広々としていたエドワード朝の名残である。とても大きくて汚れており、あきれるほど醜悪な外見だ。ロビーに通じるガラス扉にはビラが貼ってあり、八月十二日の月曜から始まるあたらしいプログラムが宣伝してある。〈空飛ぶメフィスト〉、〈シュロッサー＆ウィーズル〉、〈テキサス男ラニガンとしなる鞭〉、〈ガーティ・ロールストン〉などの名が並んでいたが、ヒューの知らないものばかりだった。漠然と楽屋口へ行くべきだと考えていたが、ロビーに通じるガラス扉が大きくひらかれていたので、ふたりはあっさりとそこから劇場内へ入った。

そこは薄暗く、湿気のために劇場特有の臭いが重く垂れこめており、空気が淀んでいた。どこか前方でかすかにうなる音がするほかは、静かだった。誰もふたりを呼びとめない。それもそのはず、誰もいなかったからだ。けれども前方の防音扉を開けると、十を超える鋭い切れ切れの物音がふたりを虚ろに襲った。

「それ！」声が飛ぶ。

オーケストラ・ピットの前方数列でおそらく二十名ほどが動きまわったり、もたれたりしていた。白い埃《ほこり》よけのカバーにくるまれた座席が、オペラグラスを使わねば見えない距離にある奥の暗闇から煌々《こうこう》と照らされたなにもない舞台の手前まで続いている。誰かが木琴を三音叩いた。タップダンスのコツコツという小さな音。舞台袖から人が顔を出しては引っこんでいく。舞台と客席のあいだには金メッキのキューピッドたちとニンフたち。仕切り席近くの重そうな金メッキの照明台が、音楽に合わせてグラスが揺れるように震えて見えた。

「それ！」

舞台では真紅のタイツ姿とは対照的に、青ざめて作り物のように見える曲芸師たちが、とんぼ返りをしてピラミッドを作ったり、カードが崩れるように離れたりしていた。正方形に配置された四つの空中ブランコが舞台上空から吊り下げられている。〈空飛ぶメフィスト〉チームの四名は男がふたり、女がふたり。ふたりが支える銀色の梯子を残りのふたりが登った。すばやい身のこなしでブランコの横棒に飛び降り、乗ると同時に勢いをつけて漕いでいく。オーケストラが一小節を演奏したところで、コーラスが入った。そこで合図のシンバルがジャーンと大きな音を鳴らしてから、ひとりが身を躍らせた。

おおおおお！（シンバルが鳴る）
彼はらくらくと空を漂う――

後方の幕の陰の暗がりで、ブレンダが囁いた。

「どれがチャンドラー？　わかる？」

「赤毛のひょろりとした男じゃないかな、手前の空中ブランコにいる男。ほかの男たちに比べて痩せているし、背も少し高い。ほかはイタリア人のように見えるし」

「ここに座ったらつまみだされると思う？　あら！」

ブレンダは少しあとずさった。長身でほっそりした人影が暗がりに現れ、赤い絨毯敷きの通路を歩いてくる。近くにやってくると思ったよりも上背のある、白いテンガロン・ハットをかぶった男だとわかった。上半身の衣装は普通の背広だが、弾丸ベルトを二本つけ、螺鈿細工の握りの四五口径リヴォルヴァーをホルスターに挿している。下半身は革ズボン、踵《かかと》の高い拍車つきブーツ、右手には長く重量のあるしなやかな鞭。馬面《うまづら》で革ズボンと同じ色と質感の肌だったから、ふたりを見おろすあくまでも穏やかなふたつの瞳がなければ、その姿にすくみあがったところだ。

「やあ」ふいに現れた人物が言った。「あんたらもこのショーに出んのかい」

ブレンダは男がぽうっとなるような笑顔をむけた。

「そうじゃないんです。でも、ちょっとだけここに座っていたらご迷惑でしょうか」

ヒューはその笑顔の効果を知っていた。新参者はテンガロン・ハットをさっと脱いだ。慇懃に接しようとして震えそうになっている。ひょろ長い手足がばらばらになってしまいそうだ。

「イェーイ！」彼は歓声をあげた。「イェーイ！」いいよ、と言おうとしているわけではなく、たんに感激の雄叫びをあげているのだった。

「お嬢さん」彼は熱心に言葉を継いだ。「おれとしてはもう、好きなだけ楽しんでもらって構わねえですよ。座りたいんですかね」

「ええ」

「イェーイ！」新参者が言った。腕をぐいとうしろに引くと、長い鞭が目にも留まらぬ速さでしなり、小銃の軽い銃声を思わせるピシッという音がしたので、それを聞いた全員が飛びあがった。音楽が乱れ、ぐだぐだになった。鞭の先端が魔法のように突然現れたかと思うと、座席の白いカバーのひとつに巻きついた。男は鞭でカバーをからめとると、引き寄せた。

「これはお嬢さんの席」男は説明した。「こっちのは」――ピシッ――「旦那の席。こいつは」――ピシャッ――「おれの席。イェーイ!」

「どうもご親切に」ブレンダはそう言ってほほえんだ。「きっと、西部のご出身なのね?」

男の大興奮の色合いが変わった。

「テキサスは西部じゃねえですよ」熱のこもった口調だ。「お嬢さん、この街に来てならいろんな人に言いつづけてるんだがね、テキサスは南部なんですよ。おれは南部の出身だ。イェーイ!」

三人とも、そうでなければとにかくテキサス男ラニガンは、劇場を包んだ虚ろな沈黙に気づいていなかった。オーケストラが止まっている。空中ブランコは漕がれていない。

「うるさい!」声が彼らにどなった。マイク越しの大声だ。「騒いでいるのはどこの野郎だ?」

テキサス男ラニガンは軽く驚いた表情になった。

「そんな言葉」彼はどなり返した。「お嬢さんの前で使うんじゃねえ」

「しゃらくせえ、黙りやがれ」相手も言い返した。背が低く、ずんぐりして、髭剃り跡が青々とした曲芸師だ。「おれたちのクビがへし折れてもいいのか? さあ、教授。さあ、みんな。仕切りなおしだ」

「そりゃ悪かったな」テキサス男が歯切れ悪く言った。「だが、それでもよ、あんなものの言いかたは――」

「もういいですから！」ブレンダが鋭い小声で促した。「もういいの！　ここに座って！」

「わかりましたよ、お嬢さん。おおせのとおりに」

　ある夜　男は彼女をテントに招いた
　信頼を得て　くちづけをしてジンを振る舞う
　そして彼女を堕落の道へ誘った――

「これはうっかりしていた」テキサス男は身を乗りだして言った。「誰か会いたい人がいるんだね、お嬢さん？」

　ブレンダは不注意だった。「シーッ！　そうなんです。曲芸師のひとりなんですけど、どの人かわからなくて。名前はチャンドラー」

　テキサス男はぱっと立ちあがり、注意を引くために、鞭を振って制式ライフルのような音を立てた。オーケストラ・ピットの誰かがシンバルを落とした。シャツ姿の太った男が目を丸くして、最前列から勢いよく立ちあがる。

「おい、イタリアの野郎ども」テキサス男はダンテを気取ったふうな口ぶりで叫んだ。「汝ら、チャンドラーっていう男を連れてこいよ。お嬢さんが会いたがっているぜ」

「黙れというのに！」シャツ姿の太った男がわめいた。「ああ、ああ、ああ、まったく！　わたしを精神病院送りにするつもりなのか？ 曲芸師の調子を狂わせてブランコから落とすつもりなのか？ そんなことはさせん。いまいましい外国人たちめ！」彼は紙束を宙に放り投げた。

「アレッサンドロ、続けても仕方ない。ごっふんの休憩にしよう。やれやれ」

「静かないいところだね」ヒューは言った。

「イェーイ！」テキサス男が冷やかした。「この鞭で、あいつの口から葉巻を取ってみせるかい？」

「お願いだから、やめて！」ブレンダが男の腕を握った。「頼むから！ 座って。みんなこちらを見てるわ」

「そうらしいね」テキサス男は平然と言いのけた。

「とにかく、ヒュー、あの赤毛がチャンドラーね。彼を見て。そしてあそこを見て！――六列前の通路側の席」

そこには女がひとりで座っていた。何事かと振り返った、冷たい憎しみの浮かんだ視線に、ヒューはぎょっとした。あまりに薄暗く、ほかにたいして気づくことはなかったが、その憎しみだけは感じられた。ヒューは前にも女の顔を見たことがある気がした。たちどころにいくつもの記憶が連なって、誰かわかった。新聞で写真を一度見ただけだったが、それはマッジ・スタージェスの顔だった。

曲芸師たちが柔らかなストンという音を立て、舞台に降りた。あくまでも仕事中という冷静な表情だったが、リーダーがチャンドラーに小言をくらわしているようだ。チャンドラーはうなずくだけだった。

「彼、舞台を下りる!」ブレンダがつぶやいた。「まさか逃げ――」

だが、そうではなかった。すぐにチャンドラーはオーケストラ・ピットから舞台裏へ通じる鉄のドアからふたたび姿を現していた。緋色の長いマントを身につけている。暗がりのなかで動く姿がはっきりと目立った。マントの下になにか抱えているようだ。

「おれはお役御免のようですね」テキサス男はそう言って立ちあがった。慇懃な堅苦しさはやりすぎなほどだった。「お嬢さん、それに旦那さんも、役に立てそうなことがあれば、こんなふうに合図してくださいよ」彼はよく響く口笛を鳴らしたので、舞台にあがっていた黒人のタップダンサーふたりが彼をにらみつけた。ここで彼は手を差しだした。「ラニガンって言うんだよ。クラレンス・ラニガン」そして挑むようにつけ足した。「テキサス州ヒューストン出身。ハウストンと呼んじゃいけないよ。さて、あの偉ぶったマーゲッソンをいたぶってくるから見ていてくださいよ」

彼がよろめくように去っていくのと入れ違いに、アーサー・チャンドラーが座席のあいだを縫って颯爽と歩いてきた。

足を止めたのはマッジ・スタージェスに短く耳打ちしたときだけで、真っ直ぐにヒューたちのもとへやってきた。チャンドラーはほほえんでいた。一見、人がよさそうな顔は痩せこけて目ざとい印象を与え、〝才を鼻にかけている《トゥー・クレバー・バイ・ハーフ》〟という言い回しがあてはまりそうだが、あくまでも半分《ハーフ》だけの話だ。なにか決めかねて苛立っているようだが、それを隠そうとしている。頬骨が高く派手な顔立ち、目は切れ長で薄い青だが充血して、目蓋ははれぼったくなっていた。視線は劇場の隅をさまよっている。近くで見ると、緋色のマントは本人と同じく、少々汚れて擦り切れていた。だが、ヒューはむしろその外見が気に入った。

オーケストラがタップダンサーのために演奏を再開しており、少し離れているチャンドラーの声が聞き取れなかった。彼は身を乗りだし、感じのいい声で言った。

「やあ。人殺しと話をしに来たんだね」

ブレンダは腰を浮かしたが、ヒューから腕を押さえられ、また座った。

「はっきり言うね」ヒューは認めた。

チャンドラーは頭をのけぞらせて笑った。それからさらに秘密の話をするように身体を近づけた。

「構わないんだよ」彼は請けあった。「おれはもう殺人を自白したからね」

16　自　負

「よければ」ヒューはおおいに関心を引かれて自分も身を乗りだした。「もう一度言ってもらえないか」

「おれは自白したんだ」チャンドラーが言う。「というか、自白したも同然さ。おれは逮捕されている。まあそうされたも同然でね。今夜にでも、留置場に入れられるさ」

舞台では、黒人のタップダンサーたちが妙な格好に身体を曲げていた。黒い鏡のように磨きあげた靴が、命ある悪魔よろしく揺らめいて見える。タタタタ、タタタタ、タタタタ、オーケストラのスウィングに合わせて靴音が鳴る。その音を切り裂いて、鞭がじつに大きく、毒々しく音を立てたので、ブレンダもチャンドラーもヒューもどきりとした。

テキサス男ラニガンが宣戦布告したのだ。単純にマーゲッソン氏に意地悪をしているのか、それとも含むところでもあるのか、はっきりしなかった。とにかく、客席の反対側に立ち、鞭に語らせている。それでもタップダンサーたちは我関せずとばかりに、舞台を右へ左へ軽々舞い踊っていた。

アーサー・チャンドラーがブレンダとヒューの前の席へさっと座った。身体をうしろへねじり、ふたりに笑いかけた。

「逮捕されることが」ヒューはつぶやいた。「全然怖くないのか」

「ああ、ちっとも」

「ねえ」ブレンダが言った。「わたしたち、自己紹介をしたほうがいいわ。わたしたち――」

またもやチャンドラーは頭をのけぞらせて笑った。「ああ、あんたが誰かは知っているよ。本当を言うと、今日あんたが訪ねてきてくれないかと思っていたんだ。来てほしいと思っていた」緋色のマントの下に抱えていた重い箱か包みを、彼は床に置いた。「このいまいましい皿を返したかったんだよ。ゆうべ、テニスコートの四阿《あずまや》にあった重たい皿さ」

ほほえみがさらに顔中に広がった。

「おれはあんたたちの友人だよ、そうじゃないか？　だが、こいつはおれにとっては邪魔でしかないし、監獄に入れられたらなんの役にも立たないからね」

ピシッ！　テキサス男ラニガンの鞭がしなる。

ヒューがブレンダを見やると、斜めにかぶった白い帽子の下で彼女の目は丸くなっていた。

「こう言ってもいいだろうね」ヒューは言った。「この出来事は最大の奇跡だと。では、これを盗んだのはきみだったのか」

「そうらしい。ここにあるからな」チャンドラーが荷物を蹴ると、ガチャガチャと鳴った。

「でも、どうしてなんだ？」

チャンドラーはヒューの質問を無視した。

「こんなふうにも考えていた」チャンドラーは話を続けた。「おふたりさんが見るべきものがあるとね。ほら」

マントの下に手を入れ、赤い全身タイツの首元から、光沢のある小さな紙を引っ張りだした。座席の背越しにヒューに渡す。暗がりでヒューは紙に目を凝らした。良く見えず、ライターをつけて、さらに目を凝らした。並ぶ座席の陰に隠すように写真をもちながら、吐き気を覚えた。

「知ってのとおり、親父は写真屋だ」チャンドラーはあっさりと説明した。「昨夜遅くに現像した。もちろん、スナップ写真にすぎないし、照明の具合もいまひとつだが、あたらしいパンクロ・フィルムのK型を使った。真っ暗でもないかぎり、上等のスナップ写真ならすぐに撮れる」

そのとおりだった。

写真はテニスコート外の金網の西側から撮影されたもので、コートが斜めに捉えられている。前景にフランク・ドランスの死体が、水たまりがいくつもできた不気味な灰色の広がりに横たわっている。だが、なによりも鮮明に写っているのはブレンダ・ホワイトだった。

ブレンダはカメラに顔をむけているが、カメラを見てはいない。フランクの死体を見ているのだ。髪が一房くねって、彼女の顔に落ちかかっている。目を見ひらいているのが、現実とはちがう灰色の写真でもよくわかる。自分の姿勢を滑稽に真似たかのように、口角が下がっている。腰を落としているようだ。脱臼でもしていそうな具合に両手を前に垂らして、ピクニック・ハンパーを下げている。ぼやけた脚にぶつかっているらしい。カメラは彼女が走っていく様子を捉えている。フランクの死体めがけて走っていて、十数フィート離れたところにいる。冷たい写真に激しい動作と感情が凍りつき、滲《にじ》んでいる。岩にあたって跳ね返る海の飛沫を、カメラが捉えたかのようだ。

ピシッ！　テキサス男ラニガンの鞭が音楽とタップダンサーの靴音を切り裂く。

「よく撮れていると思わないか」チャンドラーがにやけた。

「ええ、とてもよく撮れているわ」ブレンダがつぶやいた。ヒューに手を伸ばし、オイルライターの上を押して、火を消した。ヒューは頬にかかる彼女の息を感じた。

チャンドラーの声色が変わった。

「しっかりしろよ、あんた。勘違いするなよ。これは強請《ゆす》りじゃないからな」

「では、なんなんだ」

「そうだな、世に珍しい友情的行為とでも言おうか」チャンドラーはにやけた。痩せた赤鬼のように座席に膝立ちになっている。底意地の悪い顎の輪郭がかすかに見えた。「でも、あんたはそう考えていないようだな。守護天使はおれには初めての役で、おれはそんな柄じゃないよ。しかし、自分の面倒も見られない人間が他人の面倒を見るものだっていうのは、よく聞く話だろ。シュッ！　おれは魔法の杖を振る。シュッ！　あんたから疑いが晴れる。せめて、礼のひとつぐらい期待したっていいじゃないか！」

「お礼？」ブレンダが聞き返した。「どうして？」

「いいかい」チャンドラーが言った。「いまのおれは自分の世話で手一杯、人の世話なんかしている暇はない。それにここだけの話、なにひとつ人のためにしたことはないよ。だがね、その写真に噛みつかれるんじゃないかって様子で手にするなよ、なんで喜ばないんだ？　この写真は、ミス・ブレンダ・ホワイトがこの事件とは無関係だと証明するってわからないのか」

「証明するって？」ブレンダが言った。

「おれに説明させる必要もないさ。写真を見ればいい。ここに写っているものといえば、それはドランスが死んでいて、近くには奴自身の足跡しかないってことだ。自分の姿を見てみろよ。奴からはだいぶ離れた場所にいて、奴のところにはたどり着いていない。奴の足跡はあるが、ほかの足跡はまったくない。首席裁判官とカンタベリー大主教がアリバイの目撃証人になってくれるっていうならべつだが、これ以上の証拠が望めるか？」

劇場がひどく暑くなってきた。

「この人の言うとおりなの、ヒュー？」

「そうだ」

「じゃあ——」

「この写真には作り物ではと疑わせる要素がまったくない」ヒューは襟首がどうしてこれほど暑いのか、どうして抑えこんでいた恐怖がついに軽くなったのかと考えた。「これを拡大して、警察の写真と比較できるからね。では言わせてもらうよ、チャンドラー。心から感謝しているし、若干の詫びも言わせてもらう。だが、あそこでカメラなんかもってなにをしていたのか訊いたら、友好的に差し伸べられた手に嚙みつくことになるだろうか。それに、そもそもあそこでなにをしていたのかも訊きたいんだが」

チャンドラーはまたにやけた。彼がどれだけ活力にあふれているか、わかる気がした。そしてそれは強靭で残忍なところのある活力だ。

彼は勘弁してくれとばかりに手を振った。

「ああ、そこが肝心なところだからな」

「肝心なところを話せない理由でも？」

「まあ、焦るなよ。それじゃ、あんたのためにならない。この写真は」チャンドラーは懐の深さを見せた。「あげるよ。それはあんたたちのものだ。ハドリー警視もすでに一枚もってるが」

ピシャッと鞭が鳴る。

一同は声をひそめなければならなかった。オーケストラの音楽は終わっていて、室内には広広として声の通る空間が広がり、タップダンサーたちも舞台を下りていた。テキサス男ラニガンが鞭を使って、遠くから、仕切り席のブラケット・ランプのピンクの笠を取ろうとしている。劇場支配人のマーゲッソン氏は眼鏡を丁寧に床に置くとこれを飛び越え、脅すか説得するためにラニガンに駆け寄った。舞台では、掛け合いトークを披露するコメディアン――赤鼻の小柄な男、それに松葉杖をついてでっぷりした痛風のブリンプ大佐（漫画に描かれた尊大な人物）に扮した男のコンビが、小声でしゃべりはじめていた。そして、テキサス男はこのシュロッサー&ウィーズルのコンビにはあきらかに敵意がないらしく、目下のところ、鞭を振るうのはやめていた。

「じゃあ、ハドリー警視はこの写真をもっているのか」ヒューは虚ろな声でつぶやいた。「まさかそんなことだとは！　いつからだろう」

「今日の正午からだよ。警視と肥満体の老いぼれのフェルという男が、おれの行きつけのパブまで押しかけてきてさ。警察が来るだろうとは予想していたんで、そのささやかなスナップ写真を数枚焼き増ししておいたんだ。さぞ役に立つだろうと思っていたよ」

「ハドリーさんが知っている？」ブレンダが思わず叫び、とっさに振り返った。「でも、わたしにはそんなこと、一言だって言わなかった」

チャンドラーはいかめしく皮肉な表情を見せた。「いまに言うよ、きっと。それは請けあう」

「待ってくれ」ヒューが言った。「きみは警視にどんな話をしたんだ？」

「話したのは」チャンドラーが冷静に答えた。「おれがフランシス・ラディ・ドランス氏を殺害した、公共の利益を思いやる市民だってことさ」

「なに？　きみは本当に彼を殺したのか？」

「ああ、またその質問か。厳密にここだけの話、おれは殺したのかもしれないし、殺していないのかもしれない。ともかく警察はおれがどうやったのか証明しないとならないし、それには時間がかかりそうだ」彼は真剣になってきたようだ。「さあ、いいか。おれがぶちこまれる前にあんたたちと話せるのは、いまこのときだけだ。いつ逮捕されてもおかしくないし、そうなればうちのボスはますます頭に血を上らせ、おれはますます喜んで――」

「ちょっと待ってくれよ、まるできみは逮捕されたがっているみたいだぞ」

「そうなんだよ。けど、最後まで言わせてくれ。ふたりに警告したい。自分たちのために、例のミス・ホワイトは足跡なんかつけなかったという苦しい冗談にこだわるな。それに、おれが両手に靴をはめたという見事な空想も撤回しろ。あんたたちの守護天使に対して恩知らずな空想だし、あんたたちもひどい罪悪感をもつはめになるだけさ。そんなもの吹き飛ばせる証拠がある。それどころか、もう吹き飛ばしてみせた」

「なるほどね。ほかにはなにか？」

チャンドラーは狼のようににやりとした。

「いまの話はおれにとって不利になったはずだ。おれは逆立ちで歩けたにちがいないからな。その可能性は取り除かないとならなかったが、もう処理済みだ。その話がなしになってしまえば、もうどうでもいい。あんたたちがなにを言おうと構わないさ。ただ、おれの頼みは、質問攻めにして守護天使を困らせないでくれってことだ。おれがカメラをもってあそこにいた理由や、皿を盗んだ理由や、どのくらいあそこにいたかってことや、どのくらい事情を知っているのかなんかを」

ヒューが遮った。

「だが、むしろそういうのが大切な質問じゃないか——」

チャンドラーがためらった。

「じゃあ、こうしよう」彼は決意した。「ハドリーに話したことだけを教えるよ、それ以上でも以下でもなく。まあ、あんたたちのことは味方だと見なしているから——」そこでいったん口をつぐみ、充血した目を細めた。「ところで、おれが逆立ちで歩いたっていう話を考えだしたのは、あんたたちじゃなかったそうだな」

「ああ。ヤング博士という人だよ」

ふたたび、チャンドラーは目を細くした。「ヤング？　ヤングだって？　あの爺さんだな、家の持ち主の？　ドランスの後見人のような人物だろう。ああ、名前は聞いたことがある。じゃあ、そいつの素晴らしい考えだったたってわけか」

「そうだ。だが、ヤング博士はきみの首にロープをかけようとしたわけじゃない。あの話をしたとき、博士の頭にはべつの獲物のことがあったんだ」

チャンドラーは内心かなり面白がっている様子だった。「家庭内にいざこざがあるってことだな？　あんたたち、せいぜい頑張れよ。さて、おれはあんたたちを味方だと思っているから、ヤング博士よりちょっとはましなことをしてやろう。教えてやるよ――」

「もしかして、真実じゃないことを？」ブレンダがじつに可愛らしくほのめかした。「そんなの、もう耐えられそうにないわ」

「だめかい？　じゃあハドリーに話した供述をそのまま引用するよ。そして話をひとつ終えるたびに、新聞が〝ゴルゴンゾーラとは、スペインの作曲家、チーズ、ギリシャの山のどれか〟とか載せているクイズ方式で、〝○〟か〝×〟かを言い添えよう。しっかり聞いてくれよ。

おれはハドリーにこう話した。土曜の午後、ドランスのフラットに行くと、奴はハイゲートにある例の爺さんの家にテニスをしにいったとおれは聞いた（○）。奴の跡を追い、途中でヤング博士の家がどこか警官に訊ね、博士の家のことをあれこれ探ってかなり訝《いぶか》しげな目で見られた（○）。家に到着したのは五時四十分（○）。テニスコートを見つけ、ドランスにやばいと思わせたくて、四阿にこっそり新聞を置いた（○）。おれはドランスを殺すつもりでいた（奇妙なことに×）。

人がコートに近づく声がしたから、木の陰に隠れて見張った（○）。試合を見ていたら大雨が降りだした（○）。それで、アヒルじゃないから、車庫で雨宿りしていたら雨があがった（大正解）。混合ダブルスのペアがばらけて、ドランスがバンクロフト夫人の家まで行き、同じ道を急いで引き返すという話を聞いた（○）。車庫でじっと待っていると、数分後にドランスがひとりでもどってきた物音がした（○）。

奴は口笛を吹いてたよ、あの豚野郎は」チャンドラーはつけ足した。「口笛が聞こえたのはそれほど長い時間じゃなかったが。ああ、忘れてたよ、正解だ」

彼は口をつぐんだ。

その声に含まれていた混じりけのない恨みに、ふたりは驚いた。チャンドラーは声の調子を上げ下げしたり、ちょっとした手振りで、鮮やかに再現してみせる話術をもっていた。ヒューたちがいるのはもはや劇場ではなかった。車庫の隣にもどっていて、フランクの口笛が聞こえていた。

「車庫の窓から、表で立ちどまる奴が見えた（○）。奴がテニスコートのあるかこいへ入っていくのが見えた（○）。奴がそこへひとりで行くのが見えた（×）」

その様子が恐ろしいほど鮮明に浮かびあがる。ブレンダがこれにはっとした。

「でも、彼がそこへ行くのを見たならば、誰が殺したかも見たはずよ」

「忘れているね、このおれが殺したんだ」

「〝犯人はアーサー・チャンドラー〟――○なの×なの？」

「ああ、それも訊いてはいけない質問さ。でも、警察を悩ましているのもまさにそこだ。そこがわからないから、おれは安全でいられる。ここまでのことをおれはハドリーにすべて打ち明け、おれが奴を殺したにちがいないと伝えた。じっくり考えてみると、殺した気もすると言ってやったよ。だが、捜査の大きな壁になるのは、おれがどうやったかわからないってことさ」

最後の話は芝居がかっている、ヒューはたしかにそう思った。核心がまがいものだ。偽装の匂いがする。決めかねているのは、これが有罪の人間の芝居、無実の人間の芝居、どちらなのかだった。

「だが、それからなにがあったんだ」ヒューは先を促した。「ドランスがコートに——ひとりではなく入ったあとで」

「悪いな。話はここで終わりだ」

「ぼくたちにとっての終わりなのかい、それとも警察にとっての終わりなのかな?」

「全員にとってさ」

ヒューの頭はめまぐるしく働いた。正確には、働かせようと努力していた。「たくさんの謎がある。だが、最大の謎はなぜきみがそこまで逮捕されたがっているかだ」

「推測できないか?」

「できない。だが、ひょっとしたら——」

「ひょっとしたら?」

「ひょっとしたら、もちろんきみは無実で、裁判で完全に身の証《あかし》を立てられる証拠をもっているのかもしれない」ヒューはそこで間を空けた。「あるいはきみは殺人の罪で、しかも奇跡の殺人で裁判において悪評を浴びせられることによって、むしろ自分の望む分野で名をあげられると考えているのかもしれない。それがどんな分野にしろ」彼はまた間を置いた。「きみは正しいかもしれない。だが、大変な危険を伴うと警告しておこう」

誰かの息が甲高くなった。ヒューが痛いところを突いたのであれば、それ以上はないほどの激しい反応が得られると思っていた。だが、チャンドラーは身じろぎもしなかった。

「だとしたら、その男はまともじゃないな」チャンドラーがにやりとした。「それよりも、おれが有罪で、警察には立証できない絶対確実な手口を用意していたというほうが、ありそうな話じゃないか？　もしも現場で、もっとうまい殺人がおこなわれたら——」

「チャンドラーは写真に撮る」ヒューが続きを引き取った。「先ほど証拠と言ったのは、そのことだよ。犯行後にブレンダのスナップ写真を撮ったのであれば、犯行そのものの写真を撮らなかったはずがない。犯人の写真も、犯行の手口も。そうした写真こそ、動かぬ証拠だ」

ヒューはこう話しながらも、チャンドラーを見てはいなかった。チャンドラーのうしろ、前の座席で舞台の照明がマッジ・スタージェスの毛先を照らしていた。茶色の綿毛のような髪だ。しかし、マッジ・スタージェスは柄物のワンピースを着た痩せた女というぐらいしかわからなかった。だが、ここでまた彼女はヒューたちを振り返って視線を送ってきた。怒りや敵意ではなく、驚きの視線のようだ。

これだけ離れているのだから、話が聞こえたとは考えられない。振り返って視線を送ったべつの理由があるはずだが、タイミングがヒューの言葉と気味が悪いほど一致していた。いずれにしても、このことをヒューはすぐに忘れてしまった。チャンドラーはごく普通の人間らしく激しい声でしゃべったので、彼は囁こうとしているのだと意識しづらかった。

「へえ、そこまで断言できるのかよ」いまのチャンドラーは芝居をしておらず、座席を床からねじりとろうとしているように、背もたれの部分を力強くつかんでいた。

ヒューは手を伸ばし、彼の腕を握った。

「では、きみは犯人の写真を撮ったんだね？」

チャンドラーが手を振り払った。

「いいや！」

「たしかか？」

「そう言ってるだろう。なんて運命なんだろうな」チャンドラーが言った。「なんだって、おれはいつだって貧乏くじを引くんだ、そしてあの豚野郎はいつだってついてるんだよ？」

「そうかもしれないが――」

「このぐらいのガキの頃から」チャンドラーは床近くに手をやった。「なにをしようかあれこれ夢見てきた。けれど夢は全部おがくずになった。どれひとつとして、うまくいかなかった。マッジにこんなことを言ったものさ、シルクハットを五ポンド札で埋めてみせ、いつかそれを彼女の膝に放ってやると。実現できたか？　いいや。だからせめて、被告席で目立つ機会くらいくれよ」

自分の推理はまず間違いなかったという思いにヒューは圧倒された。だが、強くは説得しなかった。

「それはきみ自身の問題だ。もちろん、以前にも同じことがあった。ある男が殺していないにもかかわらずわざと人を殺したと自白し、裁判で完全に無実だとあきらかにする証拠を出した。彼はこう説明したよ。長いことずっと彼が犯人だと囁かれてきて、腹が立ったし一文無しにもなった。潔白を証明するには、ひらかれた裁判という世間の目の前で証明するしかなかったと」

ヒューは間を空けた。

「裁判で注目を浴びたいから自白しているとしたら、それはそれで構わないだろう。きみが嘘をついたからって、罪にはならない。裁判で偽証をしないかぎりは。だが、かならず無実を証明できる確信があるんだろうね。弁護士として警告するが、危険極まりないことだよ。判事はその手の離れ業を嫌うからね。陪審員だってそうだ。始める前に自分のはったりが確実に通るようにしておかないと、ほかのたぐいのはったりだと思われて絞首刑になる」

「なんの話か、さっぱりわからないね！」

ブレンダは口を挟むときだと考えたようだ。ヒューは彼女のまつげの先端や柔らかな顎のラインや肩の緊張した線を見てとった。

「ヒューの言うとおりよ、チャンドラーさん。わたしたちの守護天使にはありったけの敬意をもっているけれど、あなたは嘘が上手ではないわ」

「言ってくれるね！」

「でも、本当のことだもの」ブレンダがなおも言い、暗示にかけるように首を振った。なんとかして説得したいという気持ちが声に込められていた。「あなた、正直すぎるわ。本当は逮捕されるのが不安でたまらないんじゃないかしら。わたし、すごい嘘つきをひとり知っているの」――彼女が自分に抱いている嫌悪が急にむきだしになり、ヒューはいつから彼女がそんな思いをしていたのか考えてしまった――「すごい嘘つきをひとり知っているけれど、その人も結局は嘘をつきとおせなかった。あなたにも無理よ」

チャンドラーは床を見つめた。ややあって、いきなり口をひらいた。

「あんたの言うとおりかもしれない。はっきりわかればいいんだが。一日じゅう、悩んでいたんだ」

「そうだよ、ぼくたちの言うことを聞いてくれ」ヒューが言った。「真相を話すだけできみはじゅうぶんに有名になれると思わないか。しかも安全に。つまり、きみが証拠をあきらかにすれば、英雄になれるんだ」

「そう思うか?」チャンドラーがとにかく希望にすがりたい様子で顔をきっとあげて訊いてきた。

「そうなるのが見えるよ」

チャンドラーはついに考えなおしたようだった。あたりを見まわし、マッジ・スタージェスに話を聞かれないことを確認すると、大きく身を乗りだした。

「聞いてくれ!」彼が言ったところで……

「〈空飛ぶメフィスト〉!」舞台からどなり声がした。「準備しろ! そこの四番! おい! おまえだ!」

ヒューとブレンダが固唾《かたず》を呑んでいると、チャンドラーは話をやめ、くちびるを舐めて振り返った。

「ちょっと待ってくれ!」彼は叫んだ。「すぐに――」

「ほおお！」舞台の声が言った。このチームのリーダーらしきずんぐりした曲芸師は、通常の声では満足できなかった。血相を変えていた。舞台脇のマイクめがけて走り、音量のあがった声が一同を責めたてた。

「もう待ちくたびれた。これ以上待てる奴がいるか。これから数えるから三秒で持ち場につかなけりゃ、おまえはクビだ。聞こえたか？」

「行ったほうがいい」ヒューは助言した。「きみの計画を実行しないのであれば、仕事は続けておかないとね」

「ワン。ツー。それから、あのテキサスなんとかに」――虚ろで、静かで、短気なマイク越しの声がまた聞こえてくる――「最後の審判の日まで、あのしゃらくさい鞭を鳴らしてろと言ってやれ。紳士淑女のみなさんは気にかけやしないからな。ノミだって知らん顔さ。マンチェスターで聞いた落花生を食べる音のほうが大きいぞ。もう一度、ワン、ツー――」

緋色のマントを翻《ひるがえ》し、チャンドラーの柔軟な身体は背もたれに片手をついて座席を飛び越え、通路へ静かに着地すると、舞台にむかって走っていった。

オーケストラ・ピットからヴァイオリンの音合わせが聞こえてきた。

「ヒュー、あの人、知ってるわ」ブレンダがつぶやいた。「絶対に間違いない。犯人が誰か、どうやったのか、知ってる。彼を行かせてはだめよ。時間を与えると、また考えを変えるかもしれない」

「それはそうだけど。行かせなければ、あのアレッサンドロとかいう男にクビにされて、自暴自棄になり、もともと考えていた案にこだわるかもしれない。このままにしておこう。舞台で演じていたら、個人的なことを考える余裕はないよ」

「それは」ブレンダが振り返って細めた目を合わせた。「わたしも不安なのよ。ヒュー――あの曲芸は危険な仕事よ。いまはあんなことができる心理状態じゃないはずでしょう。手が滑りでもしたら大変なことになる。客席まで高さは五十フィートで、安全ネットはないのよ」

ふたりは見つめあった。

あらたな危険だった。油を塗った板をおっかなびっくり歩くようなものだ。だが、ふたりには考える暇がなかった。赤い絨毯の通路を静かに歩いてきて、背後からヒューの肩にふれた者がいる。けげんな表情を浮かべてふたりを見つめるのは、ハドリー警視だった。

17 憐《れん》憫《びん》

「ええと――お座りください、警視」ヒューは席を詰めながら勧めた。

展開があまりに速すぎて、あらたな状況になじむ暇もないところに、今度はいままで以上に不吉なハドリーとの対峙だ。だが、ハドリーから怒りをぶつけられたり、怒った表情ぐらいはむけられるとヒューが予想していたとしても、それは拍子抜けに終わった。重苦しく気詰まりな間があるだけだった。ハドリーがヒューを見やった。ブレンダも見やった。すると彼女は慌てて写真をバッグに押しこんだ。

「ん?」ハドリーがつぶやく。

　彼は暗がりで足元を照らそうとマッチを擦った。通路側の座席はたたんであり、黒い文字が印字された白い金属のプレートがついていた。〝こちらの座席は耳の不自由なかたのためにトノフォーン装置（ジュークボックスのはしり）があります〟。ハドリーは火を吹き消し、座席に座った。重く息苦しい間が続いた。

「じつはですね、警視」ヒューは言った。「じつは――」

「なんでしょう」

「その――言いにくいな――じつは本当のことを全部は話していなかったんです」

「そう聞いていますよ」ハドリーは少々驚いたように言った。「そのようですね」

　ハドリーの視線は舞台に注がれたままで、そこでは〈空飛ぶメフィスト〉のメンバーが集合している。

「ぼくはただ」それでもヒューは話を続けた。「説明したくて――」

「説明は必要ありません」ハドリーはそう言ってから、つけ足した。「お気遣いには感謝しますが」

「ええ、わかっているんです。当てこすりを言われても仕方ない、尻を蹴飛ばされてもいいくらいだ。なんでしたら、ここからマーブル・アーチまで蹴飛ばしてもらっても構いません。でも、警視さんはわかっていません。ぼくがお話ししようとしているのは、いまようやく、あなたのお役に立てるようになったからです。ぼくたちはあることを発見しました、真相です」

「いまようやく、ですか」

「ええ、真相というのは――」時間がかかったが、ハドリーの低い声色の意味が伝わった。ヒューはハっと口をつぐんだ。「あまり聞きたくなさそうですね、警視さん」

「さて、さて、さて！」ハドリーが言った。「聞きたくなさそうだと思われますか。ええ、ちっとも聞きたくないですね。それでなにか不都合でも？」

「やはりおわかりになっていない。警視さんを騙そうとしているのじゃないんです。真相なんですよ」

「絶対に聞いてほしいんです」ブレンダも促した。「わたしたちの話を聞いてもらいさえすれば、ハドリーさん、今日じゅうに真犯人を捕まえられますよ。チャンドラーが知っています。真犯人の写真をもっているんです」

「少しばかり誤解されていませんか」ハドリーが初めて彼女のほうを振り返りながら訊ねた。「彼がもっているのは、あなたの写真ですよ」

「いえいえ、これはべつの写真の話です。チャンドラーはあの場にいて、すべてを見ていたんです。自分でわたしたちにそう言いましたもの」

「もちろん、彼は見ていたでしょう」

「でも、警視さんは聞こうとなさらな――」

「ちょっといいですかね」ハドリーは言った。深々と息を吸うと、ふたりを上から見おろすような姿勢になった。だが、口ぶりは変わらず静かで素っ気なかった。「これまでのことは忘れましょう。あれはわたし自身の責任だ。嘘つきを見破ることができると自惚《うぬぼ》れていました。ですが、うちの家内はじつに正しかった。わたしには見破れません。とにかく、女性にかんするかぎりは。警察で勤続三十年が過ぎても、いまだに迂闊で、口ばかり達者な赤ん坊なんですよ」

間を置いてブレンダを厳しい目でにらむ様子は、思わず彼女があとずさるほどだった。

「ですなら、わたしが聞きたくなさそうに見えるのは生憎なことです。その気があれば、ここにじっと座って、あなたがまた、ありもしない話をいくつも話すのを聞いて時間つぶしをするのですがね。ですが、その気がなくて残念です。お嬢さん、あなたがわたしのネクタイに卵がくっついているだとか、明朝、日が昇るだろうだとか言っても、あなたのことは信じたりしませんので。あなたたちふたりがまたべつの歌と踊りをでっちあげて、自分たちから注意をそらそうとするのなら、やめておきなさい。聞きたくありません。その必要もない」

ピシッ！

さすがのハドリーも劇場に響き渡る不気味な鞭の音に身じろぎした。テキサス男ラニガンの白いハットがふたたび見えた。〈空飛ぶメフィスト〉が床の上でいつもの演技をおさらいしていて、緋色の衣装に身を包んで敏捷に側転し、低くトン、ドサッと音を立てていた。こちらにはまったく注意をむけていない。

ピシッ！

「ヒュー、あれを止めないと」ブレンダがそう言って腰を浮かせた。「あのなんとかいう人を止めて――そう、クラレンスよ。口笛でこっちをむかせて！　そうしないとチャンドラーが！　あの可哀想な人はびくびくしてる。空中ブランコに乗ってからも鞭が鳴りつづければ、どうなるかはわからない。ひどいことになるわ」

「そうですか？」ハドリーがゆったりと座席にもたれて言った。「あなたはゆうべ、あれこれしゃべりどおしでしたね。今度はなにが〝ひどい〟というのです？」

「チャンドラーのことですよ！　これじゃ、落下してしまいます」

「それはいけませんね」警視は気楽に言った。「奴を引っ張るときは、元気でいてほしい。だが、この演技を六、七年もしているそうですから、今度だって最後までうまくやりますよ」

ヒューが口を挟んだ。

「待ってください！　まさか、チャンドラーを逮捕するつもりじゃないですよね」

「これから逮捕します。本人は気づいていないかもしれませんがね」ハドリーは舞台を静観した。「いまのうちだ、若造め」彼は満ち足りてつけ足した。「今朝はフェルとわたしをさんざん手こずらせてくれたな。今夜はそのお返しをするから、おまえがどこまで粘るか楽しみだよ」

ピシッ！

「でも、そんなことをしてはだめですよ、警視！　彼はやっていませんし、誰が犯人か知っているんですよ。真犯人の写真をもっているそうです。それに、犯行の手口がはっきりしないと、どちらにしても逮捕したらまずいんじゃないですか」

「ああ、手口ならわかっていますよ」ハドリーが言う。

ウィリアム・テル序曲の耳慣れた勇ましい音曲が必要以上に大きな音で響き、〈空飛ぶメフィスト〉のふたりが舞台でたてつづけにバク転をした。「どんな手口だと？」

ハドリーは曲芸を見つめたままで、このやりとりには無関心だった。「奴はネットの上を歩いたのです。これは愉快な出し物ですね。本番を迎えられないとは、残念なくらいですよ」

「ネットの上を歩けたはずはないです」ヒューは言い張った。「それは不可能なんですよ。あのネットは弱くて誰の体重も支えられない。それに、チャンドラーは綱渡りはやりません。ブレンダがあなたがたの実験を見ているんです。それに話も聞いて――」

これにはハドリーも注目し、その表情は不機嫌そのものになった。

「では、あなたもあれを見て聞いたわけですか、ミス・ホワイト。これは、これは！　あなたが見逃すものはほとんどないんじゃないですかね」

「でも、本当のことです」ブレンダが指摘した。

「これが正真正銘の最後ですよ」ハドリーが言った。「首を突っこまないよう、警告します。あなたに伺いたい質問が百はありますし、あなたが説明しなければならない行動も百はあります。もっともそれはあとまわしでいい。だが、思いついた最初の罪状であなたがたを留置場へぶちこむ前に、空中ブランコ並みに頼りなくふらついているふたりの人間が懲りずにこの事件に干渉してくる危険も顧みずに、提案いたしましょう。奴の手口をお教えしたら、真相をあきらかにしようとする我々警察の邪魔をやめていただけますか？」

ピシッ！

「ええ」

「奴はネットの上を歩いたのです」ハドリーはまた同じことを言った。「あなたが考えている方法ではなく。じつを言えば、あなたがたにこの話を聞いてもらわねばならないのです。それというのも奴の有罪を固めるため、おふたりの証言がほしいからですよ」

「ぼくたちの証言？　でも、ぼくはなにも知らない。ブレンダだってそうですよ！」

「いいえ、ご存じのはずです」警視は険しい声で言った。「だが、誘導尋問はやめておきます。あなたがたから、お話しになってほしい。昨日の午後、テニスを始められたとき、ネットの高さはどのくらいでしたか？」

「普通の高さでしたよ。地面からは、ラケットの縦一本ぶんに横幅ひとつぶんですね」

「そのとおりです。けれど、雨が四十五分も激しく降ったあとではどうなっていましたか。垂れさがっていましたよね？」

ヒューは弧を描いて垂れさがり、よれよれになったネットをはっきりと覚えていた。「かなり垂れていましたね。そうだった。でもそれが――」

「それに風もかなり強かったと、あなたはお話しされていました。大雨が降りだす前もそのあいだもですね？」ハドリーはうなずいた。「ここまでくれば、ちょっと考えてみれば答えが導きだせます。強い雨と風、このふたつが重なるとどうなっていたでしょうか」

ここではっきりと声をあげたのはブレンダだった。「空中ブランコを始めるつもりよ。アーサー・チャンドラーを見て！　真っ青だし、銀色の梯子を登っていくとき、もう少しで手を滑らせるところだったわ。わたしたちの友人のクラレンスを止めてくれないのならば、わたしが止める。通して」

ピシッ！

先ほどと同じく、オーケストラはコーラス前にヴァースを一小節演奏した。演者たちが空中ブランコに乗って漕ぎだす時間を与えるのだろう。音楽が劇場に満ち、ブレンダはヒューを押しやるようにして前へ歩いていった。

「なあ、ブレンダ、だめだよ！　座って！　あの人たちはプロだ。立派にこなすよ。テキサス男とちょっと衝突しているだけさ。でも、ぼくたちがここで騒ぎを起こしたら、本当に気が散ってしまうかもしれない。警視さん、あなたの言いたいことがまだわからないんですが」

ああ　しあわせだったのに今じゃ孤独
古ぼけて擦り切れた古い上着のように捨てられて
だだっ広い世界で嘆き悲しむ
女に裏切られ――

ブレンダが通路に出たとき、マッジ・スタージェスも立ちあがった。マネキンが歩いているかのように、軽い足取りで客席の暗い後方へと通路を進んでいく。彼女とブレンダがすれちがった。ふたりともすばやく、いわくありげな視線をかわした。

「ブレンダ！　もどって！」

「お座りなさい、ローランドさん」ハドリーが苛立ちを滲《にじ》ませて言った。「あの鞭の愚か者を止められるとブレンダさんが思っているのならば、行かせればいい。それで、わたしの言いたいことがおわかりにならないんですか」

「わかるけど、わかりません」ヒューは躊躇しておかしなことを口走った。

「テニスのネットは」ハドリーが言った。「なかなか重量があるでしょう？　おわかりですね。ネットがかなり垂れさがれば、下の部分はいくらか地面にくっつくのではないですか？　これもおわかりになると。では下側にかぶせている重みのある布も含めると、地面にくっついた部分の幅は一インチほどになりませんか。どうです？」

　惚れた女は別嬪さん
　笑顔が見たくて　あれこれ試したさ——

「ほかに、どんなことになりますか？」ハドリーがさらに訊ねた。「風雨が激しいとどうなるか思いつきませんか？　ネットはさらに地面を擦ります。地面にくっつき、左右に揺れる。その結果、コートの砂の表面が嵐のあいだに軟らかくなっていれば、平べったくなったネットが跡を残す。つまり、コートを横切るはっきりした跡が残るわけです。あなたはその跡を見る。深く考えることもない。あまりにも自然なことだからです。ネットの跡を、跡だと見なそうともしない。ですが、垂れたネットの下側を歩くことはできますね？　ネットがコートを擦った下側の白布の上のことですが、そこを歩けば、足跡は残りませんでしょう？　それどころか、その上で飛んだり跳ねたりだってできる。コートの端から思い切り飛べば――チャンドラーがいとも簡単にできるようにです――ネットの最寄りの端の上に着地するでしょう。さらに二度飛べば、中央に届く。足跡は残らない。ネットが擦れた跡がすでにそこにあるからです。我らが曲芸師の友人はそうやって曲芸をおこなったのです。そして、このために絞首刑になる」

でも　つれない彼女
おれはしがない空中ブランコ乗り……
おおおおお！

耳をつんざくようにシンバルがジャーンと鳴り響き、音楽が最高潮に達して間が訪れた。最初の曲芸師がひらりと飛んだ。

始まった。

ヒューは立ったまま、ぼやけて見える客席に視線を走らせた。ブレンダの白いドレスも、テキサス男の白いハットも見えない。

「そして――」警視が締めくくった。「それが、よそ見をやめていただいて、わたしたちで立証したい点なのです」

「警視さん」ヒューは答えた。「いまの話は信じません」

「信じない？　どうしてです」

「チャンドラーの体重はどうなんです？　仮に」――ヒューはまだ客席を目で探っていた――「仮にチャンドラーが足跡を残さずにそんなことができたと認めるとしてですよ、ネットに足を置いた何カ所かでは、ネットが擦れた筋の上に、深いへこみがついたはずですよ。それは見つかったんですか」

ハドリーは顔色を変えない。

「そうしたものはなくてもおかしくありません。水を含んだ軟らかな帯状の物――つまりネット――の上を歩けば、体重がかかっても分散されますよ。靴が土に沈んで、くっきりと足跡を残しはしない。あなた、この説を認めるしかないですよ。ほかに説明はつかない」

ピシッ！

ヒューに専門知識はなかったが、いま観ているのは一流の空中演技だと気づいた。〈空飛ぶメフィスト〉が緊張していたのも無理からぬことだった。

この演技の見どころは、四つの空中ブランコを正方形の角に配し、二組が同時に空を飛ぶことにあった。それぞれのペアからひとりがつねに空中を飛んでいて、いまにもぶつかりそうな至近距離を往復しながらすれちがう。ああやって行きつもどりつするあいだに肩と肩がふれあおうものなら、大惨事となるだろう。間一髪のタイミングで、ひとりの踵《かかと》が迫ってくると、もうひとりがかならず頭と手から空中へ飛びだしていく。

ピシッ！

ふたりが空中で交差すると、思わずヒューは冷や汗をかきそうになった。ブレンダは正しかった。テキサス男は止めなければ。あの男は考えなしだ。危険だ。あの男は――

ピシッ！

「座って」ハドリーがピシャリと言った。「いつもそんなことはしないでしょう、劇場で出し物は立って観ますか？　とにかく、そういうことです。チャンドラーが犯人なのです」

「フェル博士も警視と同じ意見ですか？」

「それは関係ありません。フェル博士は自分以外の誰にも賛成しないのでね。気紛れな頭を無駄遣いしたければ、そうすればいい。チャンドラーが犯人ですよ。動機も、機会も、性状も、手口も揃っている。それは、有罪であり得るただひとりの人物だからです」

ピシッ！

最後の不吉な鞭の音はくぐもって聞こえたが、それはオーケストラがこれでもかと言わんばかりの音量で演奏していたからだ。しかし――ちょうど音がしたとき、ヒューは振り返ってブレンダの姿を認めたのだが、彼女は中央の通路に立ち、手にはテキサス男の鞭を丸めてもっていた。

視線が舞台からそれたので、ヒューはそれが始まるところは見なかった。だが、残りは目撃した。

チャンドラーがパートナーの女を空中ブランコの横木へ送りだした。女はチャンドラーの体重を支え、一方で彼は揺りもどしの勢いをつけていった。客席に顔をむけていて、チャンドラーがいちばん手前の位置にいた。彼は身体を揺らしてくるりと振り返り、彼の定位置の空中ブランコへ、客席のほうへと、両手を突きだした。彼の顔が見えた。青ざめ、汗でてかり、照明のために間の抜けた表情に見えた。

そのときだった。それはスローモーションのように起こった。チャンドラーの弓なりの身体はゆっくりと緩いカーブを描いた。伸ばした指先が、空中ブランコの横木のほんの少し下を通過した。腕は肘のところから力が抜けたが、下へ沈んだのは身体そのものが落下を始めてからだった。まるで赤い襲撃者が観客に飛びこんでくるようだった。オーケストラ・ピットをそれて、最前列の通路側の席へ頭から突っこみ、地鳴りのような音を立て、燃え尽きた紙片のように力なく丸まってから、通路へ仰向けに転がった。

抱き起こされたとき、彼はもちろん息絶えていた。緋色の全身タイツを着て赤毛だったために、しばらくは誰も、遺体に開いた三つの弾丸の穴に気づかなかった。二発は身体を、一発は額を貫通していた。

18 示唆

その夜の十時、ギディオン・フェル博士はハムステッドの新居の書斎で机にむかい、我慢強くカードの家を組み立てようとしていた。

以前のアデルフィ・テラス一番地のフラットはもう存在しない。滑稽にも進歩として知られるものがあの高貴な通りを破壊し、あたらしいオフィス街のために場所を空けさせた。こういうオフィス街の建物の艶光りする帽子かけは、フェル博士のくたびれたシャベル帽をかけるにはふさわしくなかった。

もっとも、博士はそうした変化をこれっぽっちも気にしていなかった。気づいていたかどうかさえ、怪しいものだ。ハムステッドは快適で静かであり、博士の望んだとおりだった。すべての蔵書を収納できる広さがある、それが肝心かなめのことなのだ。博士が腰かけても壊れない鉄製のベンチを置いた庭があり、その庭はまともな人間がたまさか突拍子もない余暇の過ごしかたとしてクロケットをしたくなっても大丈夫な広さもあった。だが、あの古いフラットには思い出が詰まっていた。口に運んだパイプ、消費したビール、執筆した上出来の原稿、破り捨てた不出来な原稿の思い出、夜更けにまで及んだ会話の思い出もあれば、奇妙な結末を迎えた事件の思い出というのもあった。

それにまた、転居に伴うあれこれもあった。フェル博士夫妻が新居に移って一カ月になるが、少なくとも博士の書斎はいまだ混沌としていた。梱包した箱から本を数冊取りだしてきれいに並べようとすれば、一、二年は見かけていなかった、とりあえずその瞬間は面白そうでたまらない古い本に出合ってしまう。すると腰を下ろし、尽きぬ興味にはしゃぎながら読んでいくのだ。そんな具合で、本の片づけだけで三週間かかった。さらには、そのときどきに座っていたり立っていたりした場所に本を置いていたから、本の山がいくつもできてしまった。そんな山が刻み煙草入れを隠し、グランドピアノの上を占拠し、すべての椅子にも危なっかしく積みあがった。そのため、壁の一面の書棚はいまだからっぽのままだった。だが、フェル博士は散らかったなかをさまよい、あれこれ覗きこむことで満足していた。

そんなわけで日曜日の夜の十時に机にむかい、明るい吊りランプの下で葉巻をくわえ、ビール一パイントを近くに置き、カードの家を作ろうとしていた。カードが崩れるたびに――数分おきに崩れた――口先だけで悪態をついた。そうすると、建物の仕様でも書くように隣に置いた用紙に鉛筆でメモを取る。一度などは数分もカードの家作りをやめて、メモをにらんで眉間に皺を寄せていた。それは満足したとは言いかねる表情だった。

十時を少しまわった頃、博士より満足とはほど遠い表情の、怒りしょげ返ったハドリー警視が現れた。

ハドリーは部屋を見まわし、フェル博士はサンドイッチを、そしてビールのお代わりを運ん

「ふむふむ」ハドリーはじっくりと部屋を見てから言った。「本日の片づけは終えたようですね。コロンビアの悪魔の仮面はマントルピースの上にかけられているし、あの盾は窓と窓のあいだに置きましたね。この目が間違っていなければ、先週から少なくとも十冊以上の本が書棚に収められている。おめでとうございます」

フェル博士はうなった。

「面白がってはおられんよ」博士は顔をあげずに言った。顔をしかめて、カードを組み立てながら頬を膨らませたが、葉巻の煙が目にしみ、顔をそむけるしかなかった。「そうだろう、ハドリー？」

「チャンドラーのことですか？」警視は訊ねた。

「そうだよ」

「大打撃ですよ」ハドリーはブリーフケースをピアノに放った。「正直に打ち明ければ、あなたは正しかった。どうしてそうなるのか、わかりませんけどね。あなたのいまいましい主張の根拠がわからない。さっぱりですよ。今日、あなたがしていたことといったら、やたらと騒いでいただけじゃないですか、行方不明の——」

「チャンドラーの件は？」博士はじりじりしながら口を挟んだ。

「チャンドラーについては、これまでに話題になった言葉でお伝えできますよ。またもや、奇跡の殺人です」

フェル博士は顔をあげた。ランプに照らされた大きな顔には、ありありと不信感が浮かんでいた。

「奇跡？　まさか！　あり得んわ！」

「あり得るんですよ」ハドリーが苦々しい口調で言った。「あり得ないことが起こるから奇跡なんです。じっくり考えてみてください。いいですか、事実を確認していただきたいのです。要点は電話で伝えましたね。

わかってみれば、やはり単純なことでした。チャンドラーはとても口径の小さな銃で三発撃たれたのです。おそらく二二口径ですね。かなりの暗がりだった客席後方から発砲されたとみられます。

犯人が外部からの侵入者だとしても、あの場に入りこむのはたやすいことでした。何者であれ、通りから入ってくるだけでいい。すべてのドアはひらいていて、ロビーは暗かった。後方の通路には高さ八、九フィートのカーテンがあります。犯人はカーテンの隙間から、照明のある舞台にいるチャンドラーに狙いをつけ、ふたたび外へ去ればいい。銃声が聞かれることもない。西部の出し物をするどこかの間抜けがリハーサルのあいだずっと、鞭をピシピシ鳴らしていましたからね。

さあ、ここが肝心なところですよ。犯人は劇場内にいた何者かではあり得ません。ただし、マッジ・スタージェスかブレンダ・ホワイトはべつですが。なぜかと言えば、ほかの者たちはみな舞台近くに集まっていたようなものですから、全員にアリバイがある。リヴォルヴァーを取りだしてチャンドラーに三発撃ちはしなかったと、たがいに証言できる。銃声から次の銃声のあいだの時間はわずか数秒で、誰にも姿を見られずに撃つなど無理でした。オーケストラ・ピット付近の者が犯人だという考えは吹き飛ばしていいですよ。

けれど、マッジ・スタージェスとブレンダ・ホワイトも、犯人とは考えられないという点では同じくらい強固な立場にあります。ふたりからも、そして劇場内のどこからも、凶器は発見されていないのです。それに隠せるような場所もない。どちらの女性も劇場の後方へむかってはいましたが、暗がりにまでは達していなかった。なんといっても、舞台の袖にいて客席をむいていた者たちに見られずに、三発も撃てたということは、両者とも考えられません。

まず、スタージェスという娘から考えてみましょう。〈空飛ぶメフィスト〉が空中の演技を始める直前に、前方の席を立ち、ずっとうしろの席へと移動しました。本人の話によると、まだ体調が悪く、舞台の照明で目が痛んだからだそうです。チャンドラーが落下し、彼のもとに最初に駆け寄ったのはこの娘であり、凶器を隠す時間も場所もありませんでした。それにですね、チャンドラーを殺害する動機というものがまったくなかったんですよ」

ハドリーは考えこんだ。

「一方、ミス・ブレンダ・ホワイトは――」

「ちょっと待たんか」フェル博士が地鳴りのような声で言い、口から葉巻を取って、振りあげた。「きみはまだそのうさぎを追いかけとるんじゃなかろうな?」

ハドリーは床をにらんだ。彼を誘うように足元にある、かなりの稀覯書《きこうしょ》『ホーカス・ポーカス・ジュニア――奇術の分析』（一六五四年、第四版）を、フットボールの試合開始のように、部屋のむこうへさっと蹴飛ばしてやろうかと逡巡しているように見えた。

　彼は首を振った。

「なんとも言えません」と、打ち明けた。「昨日わたしの寛大さにつけこんで無邪気なふりをした演技のことを考えると、あの娘ならばなんでもできるとは思います。ただ、この娘についても、身の潔白を立てる証拠があるのですよ！　〈空飛ぶメフィスト〉の演技が佳境に入ったところで、ブレンダ・ホワイトはチャンドラーが落下して首の骨を折りはしないかと不安になりました。あの頭のおかしい西部者から鞭を奪いたかった。まあ、本人がそうしたかっただけだと言っているんですが。娘は立ちあがって西部者のもとへ行きました。その頃にはこの男は、劇場の反対側の後方にいました。娘は男が従わずにいられない口ぶりで――きっとそうだったと思いますよ――鞭を渡してくれと頼んだ。男はぶつくさ言わずに鞭を娘に渡し、舞台脇へむかい、たがいのアリバイを証明できる一団に加わったんです。娘は座席のあいだを縫って中央通路へ出ました。途中、マッジ・スタージェスのうしろを通ったはずなんですが、彼女には気づかなかったと言っています。ちょうどそこで銃が発射されたにちがいありません。ですが、最後の発砲のとき、ミス・ホワイトはすでにローランドとわたしのすぐうしろまでたどり着いていました。あの娘にやれたはずがない。問題外です。以上が事の次第ですよ」

「それで？」フェル博士は促した。

ハドリーはむっとした。「説明したばかりでしょう」

「わしの言いかたが曖昧だったかもしれんな。もっと洗練された言葉を使えばこうなる。それがどうした？　きみは劇場内にいた者はアーサー・チャンドラーを殺害していないことを立証した。となれば、外部の者の犯行となる。奇跡はどこにあるのかね？」

「ここにあります。わたしたちは、外部の者もこの犯行ができなかったことを証明したのです」

フェル博士はしばらく低い声でぜいぜい言いながら、口をぽかんと開けてじっとしていた。顔はさらに紅潮し、吊りランプの下で光り、目は次第に丸くなっていく。そこで、地下道を風が吹き抜けるような、轟《とどろ》くとも囁きとも言えるような声で告げた。

「ハドリー、そんなはずはなかろう。証拠は？」

「外部の犯人が見咎《みとが》められずに劇場に入るには」ハドリーが言った。「正面玄関からしかありませんでした。誰もいない出入口はそこだけだったんです。夜更けですから時間のかかりそうな細かいことは抜きにして、それを事実として認めてください。そうなると、犯人は正面玄関から入ったにちがいないのです。それなのに——入っていないのですよ」

「どうしてそこまで断言できる？」

「目撃者です。オーフィウム劇場はご存じのとおり、ケンブリッジ・サーカスのすぐ北のチャリング・クロス・ロード沿いにあります。今日の午後三時、あの近辺に人は歩いていませんでしたが、ケンブリッジ・サーカスの角に、日曜版の新聞売りが店を出しているんです。その道を挟んだ真向かいの場所には煙草屋がある。どちらの店主もオーフィウム劇場から目を離しません。暇な日にはとくにです。

劇場は現在、出し物がありませんで、閉めて一、二カ月になります。だが、明日の初日を控えてしばらくはこのあたらしい演目のリハーサルが続いていました。劇場の従業員の大半、それに演者でさえも、店主たちは顔なじみなんです。気晴らしに外に出たり、ぷらりとパブに立ち寄ったり、煙草屋に買い物にきたりするでしょうからね。とにかく、新聞売りも煙草屋も今日の午後二時をまわってからは、見慣れない者はいっさい劇場に出入りしていないと誓っていいと言うんですよ。まあ、ローランドと、ホワイト嬢と、わたし自身を除いてですが。

ふたりの証言は翻《ひるがえ》すことができませんよ、フェル博士。わたしはやってみました。ベッツ部長刑事もモリス部長刑事もやってみました。ですが、だめです。殺人がおこなわれたのは二時四十五分なんですからね」

「そりゃ」フェル博士がカードの家を横目でにらみつけるようにして、つぶやいた。「あり得んよ」

「もちろんあり得ません。ですが実際に起こったんです。内部の者は誰もチャンドラーを殺害できなかった。けれども、外部の者にもできなかった」

「その理論には穴があるな、ハドリー」

「あなたに言われなくたって、わかっています。もちろん穴はありますよ、現に殺人は起きたんですから。わたしが知りたいのは、いったい穴はどこにあるのかということです」

サンドイッチとビールが運ばれてきた。メイドのヴィーダは葉巻の箱、狩猟雑誌の山、装塡済みのリヴォルヴァーを片づけてから、やっとのことで盆を置いた。銃をネズミの死骸のように、おっかなびっくりトリガーガードをもってぶら下げ、身体から離して部屋からもちさった。

それでもフェル博士は口をひらかない。

「ほら、もういいですから」ハドリーはうめいて、サンドイッチに攻撃を開始した。「言ってしまえばいいでしょう！」

「なんだと？　なにを言えと？」

「わたしの説を撤回しろ、とですよ。わたしはチャンドラーが有罪だと確信していました。本人が自白したも同然だったんですから、そう思うのが当たり前でしょう？　ですが――」

「いまは、そう思っておらんと？」

「ええ。まあ、チャンドラーがフランク・ドランスを殺害し、何者かがチャンドラーを殺害した可能性はあるでしょう。でも、そんなことは信じられない。偶然と考えられる範囲を超えています。そうです、このふたつの殺人はただひとりの同一犯によるものですよ」

「一も二もなく賛成するよ」と、フェル博士。

「それにですね」ハドリーはまくしたてるが、口がいっぱいでは、むずかしい芸当だった。「こんなでたらめを言われて、そのままそれを信じるようなおたんこなすもいないでしょ？ローランドとホワイト嬢は、チャンドラーが真犯人を知っていて、その写真もおそらくもっていると言ってきたんですよ。あれで、とにかく頭にきてしまって」

「ふたりがなんと言ったと？」フェル博士はにわかに活気づいて訊き、ハドリーが説明した。

「このわたしは、そんなことを信じるおたんこなすではない」彼はつけ足した。「女というものはすべて嘘つきです。問題はそれがどのくらいかということです。たまに嘘をつく女、いつも嘘をつく女。ですが、おそらく人生で初めてあの娘は真実を語ったにちがいありません。チャンドラーは知りすぎていたんです。それで犯人は小さな銃で奴を始末することにして、三発撃って空中ブランコから落下させねばならなかった」

「だが、その写真というのはなんだ？　チャンドラーは犯人の写真を撮ったのか？　そんなことが可能だったのかね」

ハドリーはためらった。「どうでしょう。希望をもちすぎてはいけませんからね。ベッツとモリスとわたしはあれから、彼の自宅を訪ねました。両親と気まずい時間を過ごしましたよ。その前にも、マッジ・スタージェスと気まずい時間を過ごしたんですがね。チャンドラーの父親は写真屋で、副業として写真の材料も販売していまして……」

「それでどうしたんだ?」フェル博士が人を殺しかねない勢いでふたたび促した。

ハドリーはまた、ためらった。

「こんな具合だったのです。チャンドラーは昨日、テニスコートにいた。そこまではいい。彼はあの場でなにをしていたのか？　カメラを運び、ずた袋のような大きな白い布袋も運んでいました。そうです、まったくそのとおりなのです。父親の話では、昨日の午後早い時間に、あたらしいアランデルのカメラ、あたらしいパンクロ・フィルムのK型を二本、それにくたびれた布袋をもって出かけたそうです。

布袋と聞いて、彼がたくさんの食器をもちさった方法が判明しました。ですが、彼がテニスコートへ行った目的は食器をもちさることではなかったはずですよね？　殺人の写真を撮ることでなかったことも、間違いないでしょう？　今朝、わたしたちが頭を悩ましたのと同じ点ですよ。覚えていますか。チャンドラーは変わったユーモアの感覚の持ち主でした。しかも、あれほど変わった感覚の持ち主はいませんよ。とにかく——博士、馬でも飼っているんですか、取り押さえて、鼻息やいななきはやめさせてください！——とにかく、彼の所持品にいくつか興味あるものを発見しました。今朝彼がわたしに見せたのと同じフィルムから現像した写真を、さらに何枚か発見したのです。すべての写真がブレンダ・ホワイトかローランド、あるいはふたり一緒の写真でした。ですが、もう一本、すべて撮り終えていて現像されていないパンクロ・フィルムのK型も見つかったのです」

「おおっ！」フェル博士は言った。「それはどこにあるんだ？」

ハドリーが指さした。

「このブリーフケースのなかに。ヤードへもっていき、現像させます」

「どうやら」フェル博士は荒々しく葉巻をふかした。「その話を最初にしようとは思いもせんかったらしいな。浮かない顔をしている理由も話してもらえんのか？　アテネの執行官もびっくりだわ！　そこに証拠があるんだぞ。それなのに、めそめそしておるとはどういう了見だね」

ハドリーは自分でもわかっていないようだった。

「信じていないからです」彼は悲愴感を漂わせて打ち明けた。「フィルムを現像させるのがなんだか不安なんですよ。まさかここに犯人が写っているはずがない。話ができすぎていて、本当とは思えません。ホワイト、ローランド、チャンドラーたちに騙されて、作り話ばかり聞かされて――」

フェル博士はうめいた。「まあ、それは簡単に解決できる。ここで現像すればいい。それもだな、いますぐに！　酒の神バッカスにかけて、だいたい、なんで待つ必要がある？　ここで――」

「いいえ、だめです」ハドリーが鋭い口調で言った。

「うん？」

「座りなさい」ハドリーがそれなりの威厳を込めて命令した。「まだフィルムに手を出してはいけません。まず、いくつか答えてほしい質問があります。はぐらかさないで答えるように。まず、フランク・ドランスが殺害された手口はわかっていますか？」

「わかっていると思うよ」フェル博士がつぶやいた。「いいかね、そう思うとだけ言っておこう。断言できるんだがな、あれを見つけることとさえ――」

「なるほど。そうくると思っていました。では、質問した理由を教えましょう。〝消えた品物〟のことは覚えていますね。今朝あなたが、大騒ぎしていた品物ですよ。四阿《あずまや》から消えたものですが」

「覚えておるよ」

「ベッツ部長刑事がアーサー・チャンドラーのたんすの抽斗《ひきだし》で見つけました」ハドリーが険し

い口調で言った。「片方の取っ手には、指紋がくっきりと残っています」

間が空いた。

フェル博士は特大の革張りの椅子にもたれ、ゆっくりだが騒々しく呼気を響かせた。顔がひきつり、鼻はひくついた。頬を膨らませ、眼鏡越しにハドリーを見つめ返した。そこで、同じようにゆっくりとした動作で、撞木杖《しゅもくづえ》を拾い、暗示にかけるように頭上で振った。

「それで決まりだ」博士は言った。「先ほどのきみの質問に対する答えは、胸に手をあてて誓えるが、イエスだ。それも無条件のイエスだな」

「いいでしょう！　またあれこれしゃべる前に、今度こそ、その手口、動機、犯人の名を教えてください」ハドリーは片手を挙げた。「わたしだって、あなたの考えていることが少しもわからないというんじゃないですよ。とくに、あの一件のあとでは……ですが、はっきり言ってもらいたいんです。さもないといいですか、このとんでもないフィルムはこの家からもちださされて、それっきりになりますからね」

フェル博士は椅子を指し示した。

「座りなさい」真剣な口調で言った。「煙草でも吸って。それから、きみがよければ、手口、動機、犯人の名を教えよう」

くぐもった音で時計が鳴り、十時半を知らせた。手すり越しに灯りのきらめく丘が見える、広く天井の高い部屋は静まり返っていた。フェル博士は椅子にもたれ、葉巻の煙を頭上のランプにむかって漂わせ、それが渦を巻くのを見つめていた。虚ろな表情を浮かべている。しゃべりはじめたとき、口調はいつもの理屈っぽくきつい調子ではなく、慌てて弁明するそれだった。

「この事件の問題は、真相が目立ちすぎて見えないことだよ。あまりにはっきりしているから、かえって誰も気づかない。かのオーギュスト・デュパン勲爵士が、大きすぎるものは見えないという人間の生まれもった傾向を指摘して百年になるが、わしたちは相変わらず同じことをやっておるわ。それに、そのなにかがひどく大きいだけじゃなく、とてもなじみ深いものだと、完全に見えなくなってしまうんだ」

ハドリーがうめき声をあげた。

「ちょっと待ってください」口を挟んだ。「講釈はごめんですし、屁理屈もごめんですからね。事実だけをお願いします。この事件で、大きすぎて、かつ、なじみ深くて見えないものなんてありますか？」

「あるよ。テニスコートさ」フェル博士が言った。

ふたたび煙をランプにむかって吐き、それを見守った。

訝《いぶか》るような表情になった。

「たぶん」博士は話を続けた。「この問題を解いたと言って差し支えなさそうだ。しかし、今回のは問題がなんなのかわかる前に問題を解決した初めての事件だと言い添えておこうかの。きみに話したように、ゆうべあのコートを見て、想像力を空へ舞いあがらせた。どこまでも広がる砂に、死者の足跡しかないところを思い描いた。これはいい着想だった」

「でも、どうしてそんなことを？」ハドリーが訊いた。

「どうしてって、頭を使うにはもってこいの問題だからに決まっとるだろう！」フェル博士は切り返して、座りなおした。「理由はそれだけさ。論理的にどうこうってわけじゃないんだ。だが面白いことに、思い描けば描くほど、あらゆる論理的な証拠がわしのまったくの夢物語の飛行を裏付けるのだとわかったんだよ。

今朝、きみに指摘しようとしたのはその点だった。チャンドラーに会う前にな。きみは聞く耳をもたんかっただろう。きっと、もっともらしくこう言ったにちがいないさ。〝足跡がついたコートを実際に見ているのに、足跡のないコートを想像してなんになるんですか〟と。そしてチャンドラーに会ったら、あの男はきみの抱える難問を一気に解決してくれた。写真と袋いっぱいの食器を見せ、ブレンダ・ホワイトが殺人のあとで足跡をつけるまでは、被害者以外の足跡などなかったことを証明した。

そこでわしはふいに気づいたんだよ。思わず目眩《めまい》がしたくらいの衝撃だったさ。わしの想像力は大当たりだったんだ。その場面を想像してみた。そのとおりだったよ。その場面にぴたりとあてはまる方法も思いついていた。それもあたっておるようだった。スナーク（ルイス・キャロル『スナーク狩り』に登場する想像上の生物）を狩ったら、虎を捕まえたわけだ。問題がなにかわかる前に問題を解決しておったというのは、そういうことさ。

さあ、ハドリー。答えは自分で推理するといい。むずかしくはないし、きみは頭のいい男だ。これから、きみ自身も見てきた些細な点をいくつか挙げるから、簡単に推理できるよ。それに、きみは知らんけれど、この事件の関係者はみんな知っておるべつのことも教える。そうしたら推理するまでもなくはっきりとわかるだろうよ。ヒントはこうだ」

ふたたび、フェル博士は葉巻の煙を見つめた。

ぼんやりと話を始めた。

「その一。フランク・ドランスはどうやってテニスコートに誘いだされたのか？　待て待て！　それは賭けだろうという意見が、何度も出たのは知っておる。だが、この問いの答えにはならないことが、わからんのか？　仮に犯人がドランスにこう言ったとしよう。〝自分はネットの上を歩ける〟だとか〝逆立ちでジグが踊れるぞ〟とな。どんな突拍子もない賭けでもいい。ドランスならその賭けを受けただろう。だが、コートまで歩いていくだろうか？

なんでまたそんな必要がある？　ドランスはきれい好きで、洒落た若者であり、靴を泥で汚すのを嫌ったことはわかっておる。こんな男がコートへ入るか？　見晴らしのいいきれいな芝生に立って見物するんじゃないか？　常識という声が、彼ならそうしたと囁いておるわ。しかして、彼をコートにおびき寄せることに成功した手口とはなんなのだ？」

フェル博士は口をつぐみ、鋭く、訴えるような目でハドリーを見た。

「話を続けてください」ハドリーは言った。

「その二。四阿から盗まれた新聞。のちにチャンドラーのたんすの抽斗できみたちが見つけたものだな。そのことを考えてみなさい。

その三。通常の、あるいは庭園式のテニスコートの構造に、きみの注意を促したい。

その四。このヒントは今日ふたりで議論したことの繰り返しになる。コートの表面はコンクリートの土台に、砂と土と砂利を混ぜたものを敷いてできている。きみが自分で言ったように、海岸で見るような通常の〝砂〟とは異なるものだ。これに関連して、わしがアイススケートの靴でおこなった実験についても、ぜひとも注意をむけるよう勧めるよ。

その五。よおし、よし。これはとても重要なヒントだ。三つの品物――フランク・ドランスのラケット、ボール入りの袋、本――が殺人の直後に発見された正確な位置。金網の内側、幅の狭い芝生で発見されたな。東側の中間地点からずれた位置で。これがじつに興味深い点だよ」

ハドリー警視が博士を止めた。

「なんだか」ハドリーはうめき声をあげ、手帳の白いページを見て眉をひそめた。「わかる気がします」彼は口をつぐんだ。それから博士にむかってどなった。「あなたがなんのことを言っているのか、あと少しでわかる気がしますよ。ああ、いらいらする。あと一歩のところまで来て、手探りして、捕まえたと思ったとたんに、するりと逃げていくんです！」

「落ち着きたまえ」

「わかりましたよ。もうヒントはないんですか？」

「あとひとつだけある」フェル博士が言う。「最後のヒントだ」

「聞かせてくださいよ」

正直に言えばハドリーの頭は、真実が渦巻いているというより、想像が渦巻いているのだった。誰かが、そしてなにかが、テニスコートを背景に見える気がした。だが、そこで霧がかかってしまう。

ふたたび、彼はメモを取る用意をした。

「その六」フェル博士が言った。「ドランスが死亡してから、スカーフの前の部分を乱したのは誰だ？　ヒュー・ローランドはドランスに息がないかたしかめるために自分がやったと話しておったな。だが、ローランドはそこでしくじった。わしたちに現在わかっていることと照らしあわせると、それはブレンダ・ホワイトだったと考えていい。あの娘がそうしたのは、わかりきったことだが、七時二十五分頃にコートのなかへ駆けこんだときだよ。ローランドは娘に聞いた話をそのまま話しただけだ。真っ先に頭に浮かんだことをな。だが、重要なのはなにかと言えば」フェル博士は思わず力を入れてしゃべった。「言葉の選択だ。真実を語っているのが誰にしてもな。まったく、それこそが重要なんだとも！　きみもそこをじっくり考えれば、賛成してくれるさ。殺害方法を決定する点は六つ。さあ、きみもわしの言いたいことが理解できただろう？」

長い沈黙のあいだ、ハドリーは手帳をめくっていた。最初のページにじっくり目を通す。次のページも。

突然、彼の声がしわがれた。「まさか――」

「さあ、デイヴィッド」フェル博士が高らかに言い、馬の手綱《たづな》を引っ張る身振りをしてみせた。だが、身を乗りだしたその表情は騎手のものというより、残忍な山賊のものだった。「〝武器を取れ！　敵が城壁に迫ると叫ぶ番兵らの声を指揮官が聞きつけ、枝角のある荒野の王者は……〟（ウォルター・スコット『湖上の麗人』より）」

「お黙りなさい」ハドリーが素っ気なく言い、フェル博士の目を覗きこんだ。「くだらないことを言うのはやめて、もうひとつ教えてください。先ほど話題にしていた情報とはなんです？関係者はみんな知っているのに、わたしだけ知らないこととは？」

　フェル博士は教えた。

「わかったかね？」博士は訊ねた。

「わかりました」ハドリーはそう言って、手帳をテーブルに放った。頭のなかは、信じがたいほどの恐怖で満ちていた。おもちゃのピストルを撃ったはずなのに、本物の弾丸が子供の頭に命中したら、こんな気分になりそうだ。

　フェル博士が重々しい口調で語った。

「なあ、わしたちが間違っていたのが、わかっただろう。行き当たりばったり、その場の衝動による無謀な犯罪だと見なしていたものが、実際は血も涙もない、慎重に計画された、わしたちが出合ったこともない、悪魔のような犯罪だったんだよ。細部ひとつおろそかにはできなかった。きみも、テニスコートのかこいの入り口にあるシダの下をじっくり見てみれば、自分でそうわかるはずだ。ちらりと見たぐらいでは、問題の人物にそんなことができたとは考えもしないだろう。そこが興味深いところだな」

　ハドリーは上を見やった。

「では、殺害方法は——」彼はテーブルの上を両手で身振りしてみせた。

「そうだ」

「そして真犯人は――」

「そうだ」フェル博士が答えた。

19　発　覚

ミス・マッジ・スタージェスがテニスコートの横を歩いていた。

八月十二日、午後をだいぶまわってから暑さがぶり返したのは、みなの記憶に残ることだろう。うだるような一日が午後のその時間になると、太陽は高い位置に達し、頭は朦朧《もうろう》としてきた。

コートを覗いても、日に焼けて黄褐色になったコートの足跡の名残はよくよく見なければわからないはずだ。ネットは乾燥してふたたびピンと張って、いつもの姿にもどりつつあった。それどころか、白線がほとんど消えていることを除けば、フランク・ドランス&ブレンダ・ホワイト組とヒュー・ローランド&キティ・バンクロフト組が混合ダブルスの試合を始めたときと同じに見えた。暑さでポプラの葉はしおれ、コートの中央は陽射しに照らされ、蚊が刺すような日陰の隅でも湿気は耐えがたかった。マッジ・スタージェスがひとりで四阿《あずまや》のあたりを行き来しており、乾燥した芝生を踏む音が響いていた。

マッジがなにを考えているのか、あてることはむずかしかった。見るからに緊張していたが、ほかの感情も見受けられた。服装は上品な黒っぽいワンピースで、髪はその日パーマをかけたところだった。どこかモダンで、わがまま、甘やかされた雰囲気。つまり、実際は性格がよくておおらかだが、いくらか気の弱いところもあると判断されることだろう。もしも身体の具合が悪くなければ元気いっぱい、茶色の瞳が輝くおしゃべりな娘なのだ。

アーサー・チャンドラーの死は、彼女にはたいして堪えていないのではないかと思われるかもしれない。だが、幾度となくテニスコートを見てはその目をそらし、涙があふれるかのように両手で目元を押さえた。静かで蜂のいやな音だけが聞こえ、彼女はこれにいらついていた。

「ねえ！」彼女は突然、声を出して呼びかけた。誰かいないかと試しているようだ。

返事はなかった。苛立ちがさらに増したらしい。ポプラ並木の入り口へ歩いていくと、そこからイチイの生垣の門へむかった。門はひらいたままだった。マッジはしばらくそこで立ちつくし、ためらってから、靴で門の端を擦った。その拍子に生垣脇のシダの茂みを蹴ってしまい、あるものが姿を見せた。南京錠だった。錠はひらいている。鍵が挿さったまま、短い鎖がついていた。激しい雨に打たれて留め具が錆びかけていたが、まだあたらしい品だった。

マッジがしばらくこれを見つめる様子は、まるでこれからなにかをしようとしているようだった。結局、焦ることもなく、彼女はふたたびシダを蹴って南京錠を隠した。

「なに！」べつの声が聞こえた。威勢がよく明瞭、しっかりした声で、先ほどのマッジの呼びかけに対する遅ればせながらの返事だったのかもしれない。親しみのこもった声だった。

キティ・バンクロフトが腰に手をあて、車庫の横の小道をまわって門へはずむようにしながらやってきた。マッジはどきりとしたらしく、ふたたびシダを蹴り、冷たくよそよそしい態度を取った。もとからだったのか、あとから身につけたのか、極端なほどに上品ぶったしゃべりかただった。

「きゃあ！」彼女は言った。「これは、失礼！　驚いたもので、ついはしたない声が出ましたわ」そして顔をあげた。

キティは好奇心をむきだしにしてマッジをながめた。生々しい憔悴の影はまだキティの顔に残っていたし、肌に赤みもなかったが、いくらかはいつもの調子を取りもどしていた。暗い影は残っていたがふたたび人当たりのいい表情となり、親しみやすさでいっぱいになっていた。彼女はほほえんだ。

「わたしって遠慮なしで」そう打ち明けながらも、視線はマッジから外さなかった。「やれやれ！　今日も暑くてまいるわね」そう言って空を見あげた。「ねえ、いきなりだけど、以前にどこかで会ったことがない？」

「そうですか？」

「ええ、絶対よ。会ったことがあるわ！　じろじろ見てごめんなさいね、でも――」

「わたくし、新聞に載りましたので」マッジは地面を見つめながらも、もったいぶって答えた。

キティが大声をあげた。

「あっ、そうね！」彼女は叫び、指を鳴らした。深みのあるたいそう低い声に後悔の気持ちが滲《にじ》んだ。「もちろん、あなたのことは知ってるわ。マッジ・スタージェスね？　わたしったら、なんてお馬鹿さんなの」いったん口をつぐみ、しどろもどろに言葉を継いだ。「その、本当に辛かったでしょうね。あの——フランクのことよ。それに、もうひとりまで——」

「わたくし、ドランスさんにはまったく関心ありませんでしたから、大丈夫でしてよ」マッジは炎も凍えるほど冷たい声で言った。

キティはためらった。

「ええ、でも、とにかく失礼を許してね」キティは念押しした。あたりを見まわし、声を落として同情たっぷりに話しかけた。「それに、聞いた話では、あの若造はあなたにひどい仕打ちをしたんですってね。あなた、大丈夫?」

自殺未遂のことをほのめかされたと思い、マッジの表情に冷たい炎が燃えあがった。マッジは背筋を伸ばした。

「大丈夫です! そうに決まってますわ!」

「あらまあ、また失言しちゃったわ。いえちがうのよ。あなたが受け取ったような意味じゃなかったの。お金とか、そっちのことよ。あとはお仕事とか」

マッジは気分が和らいだらしい。

「あたらしい勤め先が決まりましたの。お気にかけてくださって、どうもありがとうございます。今朝、そちらへ行って決めました。美容院です。無料でパーマをかけてもらいましたわ」マッジは後頭部をなで、そこでまたもやためらった。キティが全面に押しだした親しみやすさに感化されているようだ。

「でも、わたくし――ミス、いえ、ミセス？――」

「バンクロフトよ。ミセス・バンクロフト。キティと呼んで」

「まあ、あなたがキティ・バンクロフトですか」マッジが言った。キティを見つめ、なにかを思いだすようにほほえんでいる。よそよそしさが氷解した。次に口をひらいたときは安堵の口調に変わり、固苦しいしゃべりかたは影をひそめていた。「いい勤め先ですよ」マッジが請けあった。「とってもいい勤め先。オックスフォード・ストリートのシェ・スージーってお店。あなた、ご存じ？　それだけが心配なんです」

「なぜそれが心配なの？」

「仕事がほしい一心でしゃべりすぎたから」マッジは白状して、今度は彼女があたりをさっと見まわした。「ぺらぺらとしゃべったんです。知っているはずのないことまで。つまり、警察にも言わなかったことをね。可哀想なアーチー――チャンドラーのことよ――が土曜日にここへ来た理由について」

キティは額に皺を寄せた。「ねえ、でも、同じここに来るという話だけど、あなたはどうしてここにいるの？　もちろん、歓迎していないという意味ではないわよ」キティは笑い声をあげた。「でも、あなたがここへ来る理由があるの？」

「それが」マッジは嘆いた。「警察に来いと言われて」

「警察に？」

木立の外にいるふたりの顔を、蒸し蒸しした熱気が襲った。土曜日と同じように、考えることも難儀になる暑さだった。照りつける太陽の下で葉の一本一本が剣のように鋭くなっていた。そしてマッジ・スタージェスは顔をそむけた。

「ええ！　七時にテニスコートへ来るように言われました。もちろん、〝もしよければ〟や〝できれば〟と言われたけれど、絶対来い、という意味なのはよくわかっています。このうちの玄関に押しかけて呼び鈴を鳴らそうかと思っていました。でも、いよいよとなると、気後れしてしまって。そうしてはだめな理由ってありますかしら？」マッジは急に顔をあげて言った。「たいして立派な人たちでもないのに！——不渡り小切手を送ってくるような人たちですよ！でも、〝七時にテニスコートへ〟と言われたから。やっと六時四十五分になったところなので、まだ帰れません。警察は突きとめたかしら、わたしがあたらしい雇い主に話したことを。雇い主は警察に告げ口するかしら？」

キティは妙な目でマッジを見つめた。

「あなたって、ちょっと世間知らずの若いお嬢さんだわ」キティはほほえんだ。「とにかく、チャンドラー氏は土曜日にこのテニスコートにいたのね？」

マッジは一気にしゃべった。

「彼はここに何時間もいました！　でも誰にも見つかりませんでした。理由を知っていますか？　ほら！」

マッジは男性の身長ほどもあるイチイの生垣に手をあてた。

「アーチーは曲芸師でした。このぐらいの生垣は軽々と飛び越えられましたよ。彼がテールスピンだとか、バレルロールだとか呼んでいた、わたしにはよくわからない技で。ヒュッ！　トン！　といった感じで、音も立てずに着地できました。生垣の内側にいて、誰かが近づいてきたら、また飛び越えて外へ出ればいいだけだったんです。楽しかったと本人が話していました。とにかく、最初にやってきたときは、生垣を乗り越えるしかなかったそうです。門に南京錠がかかっていたから。そのとおりだったわ。わたしもたったいま、この目で見ました」

マッジの視線がシダのほうへ漂った。

「それはとても興味深いお話ね」キティが言った。「でも、彼はここでなにをしていたの？」

「彼は――」マッジは口をつぐんだ。「あなたのことは信頼できますよね？」

「できるわ」キティはにこりとした。「でも、どうして信頼できると思えるの？　ついさっき、〝まあ、あなたがキティ・バンクロフトですか〟と言ったわね。まるでわたしのことを聞いたことがあるみたいに。どこでわたしの名前を聞いたの？」

マッジは警戒した。

「それは彼に――ええと、取り澄ます必要はないですね」マッジが苦々しげに言った。「フランクに聞きました。あなた、気にしないですよね？」

「気にするですって？　もちろんしないわ。彼はわたしのことをなんて言ったの？」

「あなたはとても素敵な人だって。ただ――」

「ただ？」

「なんでもありません！」マッジが頬を赤くした。

「ちょっと歳だと言ったのね？」キティが意見した。「本当はそこまで歳ではないのよ。もっとも、あなたのように十九や二十の人にはそう見えるでしょうけど」

「彼は、〝薹《とう》が立ってる〟と言いました。フランク――」マッジが静かな冷たい声で言った。「あんな最低の男はいません。本気でそう思いますよ。でも最初はそれがわからなかった。アーチーがなにをするつもりだったかお話しします。彼はあることを――フランクがしたことを聞いて、ひどく怒ったんです。フランク・ドランスのことはもう知っていて、まともに話しあおうとしても、うまくいかないだろうと言っていたわ。フランクはきっと相手を怒らせて笑いものにするって。かといって、フランクを暴力で痛めつけてもうまくいかない。訴えられるだけだから。アーチーはもう裁判騒ぎに巻きこまれることはできなかったんです。それでアーチーは言ったんですよ、フランクに仕返しする方法は、思い切り恥ずかしい目に遭わせるしかないと。どういうことか、わかるでしょう」

キティはぴくりとも動かずにほほえんだ。「いいえ、わからないわ」

マッジは声をさらに落とした。

「でも、そういうことなんです！　アーチーはここでフランクを待ち伏せするはずだった。誰の邪魔も入らないときを狙って。まず、ひどく殴りつけてから、思い知らせるつもりでいたんです。フランクが殴られて気絶しているあいだに、次の行動を取る予定だったんですよ。アーチーは腕と頭を通せる穴を開けた大きな袋に、黒い文字で〝男のなかの男。落とせない女などいない〟と書いたものを用意していた。それをフランクにかぶせて、おかしなポーズを取らせ、写真をたくさん撮るつもりだったんです。そこに自分の名前と住所を入れて名刺を作りたくさん印刷して、仲間たちに配るつもりでいました。ただ――実際はどうなったかご存じですね」

「ええ、知っているわ」

マッジはひどく青ざめていた。

「アーチーはわたしのためにやりました。少なくともわたしはそう思います。ときどき、本当におかしな話をする人だったから」

「そうなの？」

「ええ。土曜日、彼はもどってくると、なにもかも見たと言ったんです。そして、五ポンド札が詰まったシルクハットをわたしにやるつもりだと言って、殺しの犯人は自分だと打ち明けた。わたし、本当に、目眩《めまい》がしました。わたし、むかしから繊細なの。それでも、素敵だとも思いました。シルクハットのくだりが」

マッジはうなずいてみせた。

高台に続く、陽射しで熱をもった乱張りの石畳の階段、コンクリート敷きの私道、トタン屋根の車庫――これらが燃えるような葉先と同じように、目の前で熱のせいでちらちらと揺れる。脳が熱さでうしろへ押さえつけられるようだ。冷血な人間でさえも、息苦しくなるだろう。

「ねえ、マッジ」キティがいつもの陽気な調子にもどって言った。「取り返しのつかないことを嘆いても仕方がないわ。それに、もうこんなところに立っていてはだめよ。熱射病になってしまう。行きましょう！　テニスコートへ」

「ええ……でも、まだ早いのでは」

「気にしないの。おしゃべりしていたらいいわ」

「でも、いま話したことは、誰にも言わないでくださいね。わたし、しゃべりすぎました」

「取り越し苦労はやめて！」キティは、不安な顔をむけられてそう強調した。「妄想なんかしないの。この門に南京錠がついていると言わなかった？」

「いえ、門にじゃありません。そこのシダの下に」

「変なの！　この門に鍵がかかっていたなんて知らなかった。あたらしい南京錠があるなんて！　とにかく拾っておきましょう。アーチーさんからは、土曜日にここで見たことを全部聞いたのね？」

「そうではないと思うわ」マッジは迷いながら言った。「でも、あなたを見たことは聞きました」

キティはぴたりと立ちどまった。「わたしを見たですって？　いつのこと？」

「フランクが殺されてずいぶん経ってからです。アーチーが帰ろうとしたとき、あなたがここへやってきて、ローランドさんと話をしたときに言っていたことを聞いたわ。ミス・ホワイトが」そこで悪意のある口調になった。「足跡は残していない、誰かが自分の靴を履いて足跡を残したのだと警察に言ったって。アーチーはそれを聞いて、もう少しで聞こえるような口笛を吹くところだったそうです。食器の重さが彼女の話を裏付けると考えたんだろうと、アーチーは話していました。どんな意味か、わたしにはわかりませんけど。彼の話では、ミス・ホワイトには」またもや嫉妬がちらりと感じられた。「色気があるとか。そしてもう問題をたくさん抱えているんだから、彼女のためになればと思って、アーチーは食器を盗んでやったそうですよ。どうしてわたしがそんなことを知っているかと言えば、彼ったら食器をわたしにくれようとしたんです。そんなものもらうわけないでしょう。とてもきれいな食器だったけれど。でも、アーチーはほかにはなにも話してくれませんでした。彼、わたしは秘密が守れないと言ったんですよ」

「本当にほかになにも聞かなかったのね？」

「もちろんです！　嘘をついているとでもお思い？」

「やあ！　キティじゃないか！」高台のてっぺんから声が響いた。

ブレンダ・ホワイトとヒュー・ローランドが階段を下りてきた。

ヒューは実際、マッジを見てあまりに驚いたので、必要以上に大声を張りあげてしまった。だが、ふたりが飛びあがるほど驚くとは思っていなかった。マッジはすぐさま冷たくよそよそしい態度になり、ヒューをおおいに混乱させた。

「わたくし、お邪魔でないでしょうね」マッジは見くだすような態度で訊ね、ヒューはまたもや混乱しきってしまった。「指示されましたの。ここへ来るようにと」

「警察にですか？」ヒューが鋭く聞き返すと、マッジが勢いよく顔をむけた。ヒューは慌ててつけくわえた。「そんなことを訊いたのはぼくも指示されたから、それだけの理由ですよ。ハドリー警視からです。どうも誰かを逮捕するつもりだとか」

「わたしたち、みんな呼ばれたのね」ブレンダが言った。「こんにちは、キティ。なにをもっているの?」

「これは——その——錠よ。南京錠」キティは手にしたそれを裏返しながら話を続けた。「ここにいるマッジの話では、フランクが殺されたとき、門にはこれがついていたらしいの」

「言わないって約束したのに!」マッジが悲鳴をあげた。

「さあ、みんな、なかに行きましょう」キティが唐突に言った。

テニスコートへむかう途中、ポプラ並木の下にはまったく風が通らなかった。静かなところで、コートの上を超小型の戦闘機のように円を描き、急降下する蜂の羽音だけが聞こえた。その縞の身体で陽射しが照り返った。

四阿まで来ると、キティが決意した様子で振り返った。

「聞いてほしいの、マッジ」目元を朱に染めながらも、きっぱりと言った。「あなたには同情している。本当よ。でも、こんな大切なことで馬鹿な真似をしてはだめなのよ。あなたが警察に話をしなかったのは、とてもまちがった愚かなことで——」

「ちょっと、ひどい!」マッジがあとずさりながら言った。「約束したくせに——」

キティはほほえみながら顔をしかめているようで、女学校の校長を思わせた。「いいえ、わたしはなにも約束しなかった。それに、あなたの知っていることを話しても、なにも悪いようにはならないでしょう? アーチーが目撃したことをあなたに話したのだったらね、それを警察に知らせるのは結局わたしたちの義務なのよ」

マッジはキティをにらんだ。

「義務がなんです！　誰にもなにも話さないから」彼女がブレンダを正面からふてぶてしく見つめた。ブレンダはとまどっている。「この女にはなにも話しません。警察がわたしを呼んだなんて話、信じてませんから。あんたが自分ででっちあげたことでしょ。絶対に話したり――」

五分後、四阿の端に座り、マッジはふたたびアーサー・チャンドラーの話を語っていた。ヒューは意味ありげな視線をブレンダとかわし、真相がはっきりと形になりつつあるのに気づいた。ようやく、なにかに近づいているという気がした。

「じゃあ、ぼくたちは正しかったんだ！」ヒューは拳を手のひらに打ちつけた。身体が熱くなって興奮し、なぜか胃のあたりがむかついていた。「チャンドラーはやはり写真を撮っていた」

キティの声は鋭かった。

「写真？　なんの写真？」

「真犯人のだよ。そうだろう、ミス・スタージェス？」

「アーチーは犯人の写真の話なんかしてませんでした」マッジが文句をつけた。「聞いてなかったんですか？　彼はフランクの写真を撮るつもりだったんですよ。彼はしゃべるなよ、と言っただけ」

そこで全員が口をつぐんだ。声が聞こえたからだ。がらがらと音がして、老ニックの車椅子がポプラ並木の切れ目から現れた。ニックの表情は蜂の音に昂揚しているような、深い満足感をたたえたものだった。その背後に、ギディオン・フェル博士がよたよたと続いた。

フェル博士はマントとシャベル帽を脱いでいた。着ているのはゆったりしたよれよれの黒いアルパカ織りのスーツで、縫い目はてかり、ポケットは膨らんでいた。博士は象牙の握り手の杖をつき、疑問でも抱えているのか、ひどくゆっくりと歩いていた。

「ここにいる誰か」ブレンダのつぶやきはとても小さくて、ヒューは聞き取るのもやっとだった。「感じない？　なにかが起ころうとしているわ、それもすぐに」

そのつぶやきはキティにも聞こえていた。

「なにを言ってるの。暑さのせいよ。そうでしょう？」

異なる職業、そしておそらく異なる意見のふたりの博士は、四阿から少し離れた芝生で立ち止まった。

「こんばんは」フェル博士が礼儀正しく頭を下げて言った。「わしたちは――オッホン――本日、ご協力のために集まってくださり感謝しておりますよ」

「協力するって」ヒューが鋭い口調で言った。「なににですか」

「フランク・ドランスがいかにして殺害されたか実演するためだよ」フェル博士がにやりとしながら答えた。「みなさん全員に参加してもらう必要があってな。誰か教えてくださらんか、照明灯のスイッチはどこにありますか？」

ブレンダが顔をしかめた。「まだ明るいのに照明を？　なぜです？」

「照明を灯せば、どんなふうに実行されたかよりはっきりするからだよ。土曜日の夜にみんな見ていたのだが」――フェル博士は熱くなった額を片手でさすった。気が散ってやや神経過敏になっているようだ――「残念ながら、ほかの事柄と同じように、ずいぶんと大きすぎて見えなかったことを。ええと、ハドリーを待たねばならんな。すぐに来るはずだよ」

フェル博士のすぐうしろに、ヒューはニックを見た。ニックもヒューとブレンダを見たが、勝ち誇って嬉しくてたまらないような冷笑を浮かべたので、ヒューはまたもや不安に駆られた。罠はもうないのだろうか。本当に、そう考えていいのか？

ヒューはくちびるを湿らせて訊ねた。

「本当ですか。誰かが逮捕されるというのは。それはこの場所で、いまからですか？」

「ああ」フェル博士が言った。

「この事件の証拠については」博士が地鳴りのような音で咳払いをして話を続けた。「ゆうべの時点で、すでに明確かつ完全にそろっていたんだ。だが、動機を突きとめるのが今日までかかった。かならずしも検察側は法廷で動機を立証せんでもいいのだが、立証したほうがいいと考えてな……さあ、ハドリーが来たようだ」博士はそうつけ足し、振り返った。

ヒューは耳鳴りがして、頭のなかで血が激しく流れる音まで聞いた。

「教えてください」ヒューは言った。「動機はなんだったんですか」

「うむ？　ああ、教えよう。金銭的な利益だよ」

「金銭的な利益？」キティが叫んだ。「でも――」

彼女はそこで口をつぐんだ。ハドリー警視がきびきびとやってきて、ふたりの部下を門に残して、かこいのなかに入ってきた。片手にブリーフケースと小型のスーツケースを下げている。

警視が一同のもとに近づいてくるまで、その動きにつれてどちらも揺れていた。

「こんばんは」ハドリーが言った。「ミス・ホワイト。ミス・スタージェス。ミセス・バンクロフト。ミスター・ローランド」そしてニックを振り返った。「お名前はニコラス・ヤング博士で間違いありませんね？」

ニックは力強く首を巡らせた。

「そんなことはよくわかっているだろう、警視。なんの真似だ」

「ほんの形式的なことですので」ハドリーが答える。その声に抑揚はなかった。「この集まりが終われば、デール・ロード署までご同行を願わねばなりません。そちらであなたは正式にフランク・ドランスおよびアーサー・チャンドラー殺しの罪で告発されることになります。したがって、警告しておきますが、ヤング博士――」

ヒュー・ローランドは煙草に火をつけようとしていたが、煙草もマッチも落としてしまった。きわめてゆっくりと、一同はニックを振り返って見つめた。

20　説明のついた奇跡

ニックの顔に浮かんだ冷笑は変わりこそしなかったが、信じがたい思いが混じったものになっていった。車椅子に座ったまま杖を膝に置き、別段、緊張した様子もない。信じられんというように力ない鼻息を漏らした。頭をのけぞらせ、一同を笑い飛ばした。

「馬鹿な！　冗談を言うのはやめてくれないかね」

「いいですかな」フェル博士が言った。「これは冗談ではありませんぞ」

「あんたは口を出すな」ニックが鋭く前をむいて嚙みつくように言い、また急いで顔をそらした。「あんたにはまったく関係ないことだ」

「あのですな」フェル博士が重苦しく剣呑な静けさをたたえて言った。「関係ないというのは、まさしくあなたが言われるとおりで、わしのせいでもなんでもない。しかし、あなたの犯行を突きとめるのにいくらか役割を演じましたのでな。ハドリーの了承を得て、わしの口からあなたの行き先を告げることができるとは、非常な喜びですわ」

「行き先とはどこかね？」

「絞首台だよ。吊るし首になるだろう」

一同にまとわりついていた、重々しく身動きの取れない沈黙はこれでも破れなかった。だが、ニックはこの沈黙を笑い飛ばした。

「このニックが！」彼は鼻で笑った。「このわたしが！」彼の視線はブレンダを求めた。「思うように動けない哀れな男をなぐさみものにしてくれるじゃないか、なあ、ブレンダ！　上着のポケットに煙草とマッチが入っている。取りだして――」

「だめです」ハドリーが穏やかに告げた。「その場にいてください、ミス・ホワイト」

フェル博士が一同に顔をむけた。

「そろそろ、この愛想のいい、もてなし上手で、歯に衣着せぬ、人懐っこい紳士の本性について話をしたい。そのためにあんたたちは集まったんだからな。とくに、ミス・ホワイト、あんたはよく聞きなさい。聞いて楽しい話じゃないが、あんたを拘束から解き放つだろうて。この男が本当はなにを考えているのか、見つめなくてはならんよ。まったく、とんでもない男でな！」

「すると、わたしはあんたを相手にしないとならないのか？」ニックが冷たく口を挟んだ。

しかしフェル博士はブレンダから視線を外さなかった。「いまの口調を聞いたかね、ミス・ホワイト。この声にフランク・ドランスを思わせるところがなかったかね？　ミスター・ニコラスの本性について不思議に思ったことがなかったとしても、フランク・ドランスについて考えたときはどうだったね？　ドランスの人格を形成したのは誰だ？　ドランスが考えかたを真似たのは誰だ？　弟子が自分の得になることだけを優先する、血も涙もない代物ならば、師匠についてはどう思うね。

この男はフランク・ドランスをこれっぽっちも気にかけておらんかった。ドランスは性格を形成するという心理実験の対象にすぎんかった。あんたも実験の対象にすぎんかったのさ。ドランスが可愛いと大げさに騒ぎ、あんたが可愛いと大げさに騒ぎ、あんたとドランスが結ばれるという感傷的なバラ色の夢を語ったが、すべてが大掛かりな演技だったんだよ。嘘泣きと同じさ。それはみんな、この男がどうやれば金銭的に自分に利益がもたらされるか見てとったときに始まったのさ。

真実は言葉三つで説明できる。〝彼、は、一文無し〟。家、車、絵画、医者の看板はあっても、からっけつだった。いつから経済状態が悪くなったのかはわからん。だが、事は故ジェラルド・ノークス氏が正気ではない遺言を作るはるか以前から始まったことだよ。

さて、ニコラス・ヤングはあの遺言作りをあやつってはおらん。だがあとになって、おそらくは作成から間もなく、どうやれば自分の利益になるか気づいたんだな。殺しに手を染めてもいいならばだが。さあ、どうしたら彼の利益になる？　ドランスが生きておったら無理だ。全財産がドランスのものになるのはわかっておる。ミス・ホワイト、あんたから話を聞いたが、ドランスはすべての遺産をナイトクラブの経営につぎこむ予定だったね。弟子は学びすぎておったわけさ。ドランスが夢中なものが世界にひとつあるとすれば、それは金だった。ミス・スタージェスがそのことは裏付けてくれるだろう。そして、さらにこう考えてみようか。絶望したニコラス・ヤングがドランスのもとにむかい、〝頼む、どうか助けてくれ。借金がかさんでどうにもならない〟と言ったらどうなるだろうか。ドランスの返事はこうだったはずだ。〝すみませんね、おやじさん。でも、それはあなたの責任ですよね？　おれにはおれの計画がありますから、助けることはできませんね〟。だが、もしも、すべての遺産をブレンダ・ホワイトが受け取るとしたら？」

フェル博士は口をつぐんだ。

ブレンダは真っ青になり、目の色が濃く見えるほどだった。ヒューは彼女に腕をつかまれるのを感じ、ぎゅっと手で握り返した。それからブレンダは、取り乱してニックを見ることができなくなった。

フェル博士はしごく静かな口調で言った。

「あんたたち――誰かひとりでも――ブレンダ・ホワイトほど、感情に訴えられると影響を受けやすい人をほかに知っておるかね。それをここで質問しておこう。我らが友ニックはすでに、その点につけこんでおった。彼はあんたにしつこく言ったんじゃないかね、ミス・ホワイト？ローランド君に最初に求婚されたとき断った本当の理由は、ドランスと結婚してもらえる〝手当〟で、この雄々しく文句も言わないニックを助けてやれると思っていたからじゃないか？どうだ？　彼があんたにほのめかす〝わたしはおまえによかれと思ってやってきた〟や〝物事はいつも思いどおりにいくとはかぎらない〟というセリフ――それは全部金についてのほのめかしじゃなかったかね？」

ブレンダはまだ返事ができなかった。口をひらいたが、また閉じてしまった。

「思いあたる節があるだろう」フェル博士が追及した。「彼はあんたと結婚したがっておった」――ブレンダは驚いて、顔はみるみる真っ赤になってまさかという表情になった――「ああ、そうなんだよ。この紳士の自惚《うぬぼ》れを見くびってはいかん。自惚れの塊だよ。だから、歳を取るのに逆らい、レーシングカーを乗りまわしてぶつけたり、人に徒競走の勝負を申しこんだりするのだ。鏡に映る自分を見ても、事件の騒ぎが落ち着いたあかつきに、財産持ちで感謝の気持ちでいっぱいの若妻の夫になれない理由などないと思った。ブレンダ・ホワイトとフランク・ドランスの結婚をいかにも感傷的にロマンチックな思い入れで勧めるふりをしながら、どうやってドランスを殺害するかじっくり考えておったんだよ」

「証明してみるがいい」ニックがせせら笑った。「ブレンダがそんなこと信じるものか。そうだろう、おまえ？」

「その点を事の始まりから検証してみよう。もちろん、着想を与えたのは自動車事故だった。骨折は正真正銘のものだ。右手も左脚も本当に使えん。だがいいか、それでこの男は素晴らしいことに思い至ったのだ。ドランスを殺しても完璧に安全でいられる手口を突然思いついたんだよ。そこがずっと実現の困難な点だったのさ。すなわち、まったく疑われずに済む、という点が。

　彼は安全にドランスを殺害できるようになった。ドランスを絞殺できさえすればな。ようするに、ニコラス・ヤング本人には実行できない殺害方法であればということさ。〝あんなふうに手足が使えない男が、大の大人を絞殺するって？〟——人はそう言うよ。〝あり得ない、不可能だ！〟とね。だが、彼にはやれたし、実際にやった。というのは、彼はある方法を考えついたんだよ。テニスコートと、フランク・ドランスがテニスのときに身につける絹のスカーフがどうしても必要な方法だ。一週間、彼は忍耐強くこの機会のために準備をしておったわけだ。

　さて、彼はいつこの殺人を実行すべきか？　土曜日であるのは間違いない。なんとなればまず、いつもテニスがおこなわれる日であること。次に、もっと重要なこととして、マライア以外のすべての使用人が休みになる日であること。それに万が一、不都合があってニックが目撃されるようなことになっても、マライアはかつての愛人だからかばってくれるとあてにできる。

では、どの時間帯に実行すべきか？　土曜日の夕方、夕食の直前だ。テニスが終わり、ひとりでドランスを待ち伏せできる時間だからな。状況はわかるかね？　その時間に家にいるのはほかにはふたりだけ、ブレンダ・ホワイトとマライア・マーテンだ。周知のことだが、ふたりともこの家の鉄の掟に従って、台所で夕食の支度をしておるはずだ。そしてこれまた周知のことだが、台所というのは地下にある。ニックが家の外に出て杖を使って私道を下っていっても、高い土手と木立に守られて、誰かに姿を見られることは考えられない。家を留守にしたことに気づく者もおらんはずだ。これも家の鉄の掟で、お茶の時間から夕食までは、書斎にいる彼を邪魔してはいかんことになっておるのだから。これもまた周知の事実だな。マライアは七時半になろうかというとき、緊急の用件でやってきた警視でさえも、邪魔はさせんと断っておる」

　フェル博士は一息入れた。

　コートは暗くなってきたが、まだひどく暑いままだった。誰も身じろぎひとつしない。ただ、ニックだけが車椅子をほんの少しあとずさりさせた。

「ここらで」フェル博士の口調は気さくとすら言えるようなものだった。「土曜日の午後のニックの行動をたどってみるか。彼の計画に、完璧な日であり時間でもあった。時計の針は六時を数分まわったところだ。カモたちはテニスをしておる。本人は書斎で腰かけておる。窓は全開。ハドリーが、チャンドラーという名の男がドランスを殺そうとするかもしれんと話をしているところだな」

　フェル博士の身振りで、その場面が一同の頭に浮かびあがった。細長く天井が低い書斎、壁が緑に塗られていて、背の低い書棚が置かれ、その上にはブロンズ像が並べてある。時計がチクタクと鳴る。ひらいた窓からは、遠くからテニスをする音が聞こえてくる。

「この狡猾《こうかつ》な紳士が小躍りするところは想像しづらいかもしれんが、このときこそ、まさに小躍りしたにちがいない。なんと完璧な状況だったか。チャンドラーという、濡れ衣を着せられるめくらましが手に入ったんだからな。この紳士はハドリーを急いで追いだした。あとの準備はすべてできておった。書斎の西の窓からは、知ってのとおり、テニスコート外のかこい、私道、車庫、バンクロフト夫人の家に通じる小道がよく見える。この監視塔から、テニスをしておった者たちがコートの生垣を出ていく様子まで見えた。それぞれがどこへむかうのかもわかったのさ。

ひとつだけ、計画を台無しにしそうなものがあった。そして、当面のことではあったが、実際に台無しになった。それはいまにも降りだしそうな大雨だったんだよ。雨が降れば、あれこれ計画したことがぶち壊しになってしまう。それで彼はじりじりしておったのさ。ハドリーを追いだしたとたんに、大雨になった。怒りながら座ったまま、次善の策を考えた。そして哲学者のように結論を出したわけだ。雨がやむまで待ち、どうなるか流れに任せると。それで、彼はわしたちに言ったとおり、カウチに横になって『ジュエル夫人裁判』を読んだんだよ」

フェル博士はかすかに合図した。

ハドリー警視が足を踏みだしてニックの前に立った。ニックは車椅子を軋ませてさらに少しあとずさった。

「お訊ねします」ハドリーが言う。「書斎で過ごされた時間について、二、三お答えいただきたいことがあります」

ニックは平静だった。

「いいとも。もっとも、すでに供述はしているが」

「ええ。今回はべつの質問です。雨が降りだして、あなたは窓を閉めましたか？」

「当然だ」

「なるほど。では、また窓を開けたのはいつですか、ヤング博士？　わたしが二度目の訪問をしたときは、ひらいていましたが」

「そんなことに興味があるというのなら教えてやるが、雨がやんだときに開けたんだよ。七時ぐらいだな」

「それからどうされました？」

「警視、この話を何回繰り返せばいいのかね。カウチにもどり、また横になった。そしてつまらない本を読んだんだ」

「七時から七時半のあいだに、書斎から出なかったのですね？」

「ああ、出ていない」

「そうですか。ではどうして」ハドリーは穏やかに澄み切った声で訊ねた。「その時間に鳴った電話のベルを聞いていないのですか」

「なんだと？」

ハドリーは我慢強く説明した。「土曜日の午後に、わたしが二度目の訪問をしたのは、あなたが電話に出なかったからなのです。電話でお話ししようとしたのですよ。たっぷり三分間は鳴らしましたが、誰も出なかった。電話はあなたの書斎の机にあります。どうして出なかったのですか？」

疑り深く侮辱するようなほほえみは、まだニックの口元に浮かんでいた。彼は人を小馬鹿にして、とってつけたように首を振った。

「そんな論理は成り立たないね、賢いお巡りさん。わたしは寝ていたんじゃないかな」

「あなたは寝てらしたとおっしゃる。昼寝中、すぐそこで電話が三分も鳴りつづけていたのにですか」

「あるいはひょっとしたら」ニックは冷たく言った。「出ないことにしたのかもしれないぞ。知らないかもしれんので教えてやるがね、きみのようにお偉い有力者からの電話でも、出なければならんという義務はないのだ。わたしは気持ちよく横になっていた。それで鳴らしっぱなしにしていたのさ」

「では、電話の音は聞いたのですね？」

「ああ」

「電話はいつ鳴りましたか？　何時のことでしたか？」

ごく短い間があった。

「考えてみると、覚えていないようだね。気にしていなかった。立ちあがるのも億劫で——」

「そんな言い訳は通じない」ハドリーが一同を飛びあがらせるような鋭い声で言った。「机の時計は、わたし自身が証言できますが、真っ直ぐカウチにむいている」

「それでも思いだせないものは、思いだせないね」

「でも、だいたいの時間なら言えるでしょう。さあ！　簡単なことではないですか。それは——たとえば——七時近くでしたか、それとも七時半近くでしたか。まるまる三十分の幅がありますよ」

　ニックの声がうわずるのが聞き取れるようになってきた。「そんなことが重要だと思うかね。だから繰り返すが、残念ながら気にしていなかったと言うほかはない」

「あなたが話せなければ」ハドリーはどこまでも忍耐強く言った。「わたしたちが話さねばなりますまい。さあ、フェル博士」

「七時に」フェル博士は話を引き取り、すべての話がブレンダのためであるかのように、彼女にむかって話しかけた。「このニックは、雨があがって、本人が言うように、立ちあがって書斎の窓を開けた。監視塔から、あんたたちがテニスコートを出ていき、二手に分かれるのが見えた。ドランスとバンクロフト夫人が去っていき、あんたとローランドがべつの方向へむかった。そこでニックの心は喜びで舞いあがった。というのも、被害者が手中に転がりこんできたからだよ。ドランスはすぐにもどってくる。ひとりでな。

　だが、我らがニックはまず対策を講じただろう。家には、地下にマライアがいるだけだ。しかし、まずはローランドが帰ったか、ミス・ホワイトが地下のマライアのところに行くか確認せんとならん。それで家の表に面した寝室に行って、通りを覗いた。ローランドが車に乗りこみ、無事に走り去るのが見えたと思った。ミス・ホワイトが駆けて家にもどってくるのも見えた。けれど、ほかのものも見たんじゃないかね」

フレンダが初めてしゃべった。まず、ごくりと喉を鳴らしてから、

「それはつまり――つまり――ヒューが帰る直前に、わたしにキスしたことですか」

「この男の顔を見なさい、みんな！」フェル博士が鋭く言った。

その表情はあっという間に消え、ニックはなにをもってしても揺るがない、どこまでも嘘くさい静けさをたたえた顔を一同に見せた。だが、ヒューはその顔がレースのカーテン越しに、暗い窓から暗くなりつつある車道を覗き、金を手に入れる願望以上のものが燃えあがり、彼の内なる殺し屋を野《の》に放ったのだと想像した。

「これで」フェル博士が話を続けた。「ニックは、自分は安全だと考えた。家を出て、杖をつき、すばやくは移動できなくとも、着実に歩いていった。雨があがった直後の暗い私道を進み、門の前で、バンクロフト夫人の家からもどってきたフランク・ドランスに出会った。時刻は七時六分ぐらいだな。ある口実を使って、ドランスをこのかこいに誘いだした。つまりここでドランスを殺害したんだ」

ふたたび、フェル博士は深呼吸をした。

「ゆうべ、ハドリー警視とわしはこの〝奇跡の〟殺人の手口を解明する六つの点について話しあった。ここで、あんたたちとも話しあっておこう。質問その一。フランク・ドランスはど

うやってテニスコートに誘いだされた？　賭けよりも説得力のある理由を教えてやれそうだ。あんたに助けてもらおうか、ミス・ホワイト」

「このわたしに？」ブレンダが叫んだ。

フェル博士は彼女に片目をつぶった。「じつは、すでに助けてもらったよ。日曜日にあんたたちの日常生活について、あれこれ質問したね。答えを覚えておるかどうかは知らんが。例を挙げると、ここであんたたちはテニスをよくやる。そうだね？」

「ええ、機会があればですが――」

「まさにそこだ！　だが、なかなか思うようにゲームをやれんのだね？」

「ええ」

「そこで教えてくれんか」フェル博士が訴えた。「ニコラス・ヤングが〝テニスロボット〟を発明してやると約束したことがないかね？　あんた自身の言葉を借りれば、〝こちらのストロークを打ち返す機械だか人形だかで、ひとりでもプレイできるようになる〟ものだが？」

ブレンダは博士を見つめた。

「ええ、約束しました。その話を土曜日にヒューにしています。ニックは今週ずっとその約束を口にしていたんです。可能であれば、等身大で本物の選手のように動くものにするって。フランクは興味津々で、ぜひ作ってくれとせっついていました。テニスがとても上手なのに、好きなだけ練習することができなかったものですから」

「我らが友のニックは、どうやってこの人形を作るつもりか話したことはなかったんですな？」

「ええ」

「そんなことだと思ったよ」フェル博士は険しい口調で言う。「ヤング博士にそんなものは発明できんかったし、実際に作る必要もなかった。素晴らしい発明家だという評判をすでにもっておったんだから。あとは、人形を作ったと言ってドランスを誘うだけでよかった。

門の表でドランスに会い、話しかけたのさ。〝なあ、おまえのテニスロボットのアイデアが浮かび、作る方法も思いついたが、正確に測定しなければならない。ロボットがほしければ、手伝ってくれないか。いますぐやろうじゃないか〟ドランスはこの話に飛びついただろうか？きっとそうだったとわしはにらんでおる。

ヤング博士はドランスを説得して、門のなかへ誘いこんだ。そこで、物音を立てずにそっと、邪魔が入らんよう安心できる対策を取った。ポケットからあたらしい南京錠を取りだし、門にかけて、間の悪い目撃者になるような邪魔者が入らぬようにしたのだ。それからそこの四阿《あずまや》へむかい」フェル博士はそこを指し示した――「ある品物を取りにいった。それは土曜日の夜から消えていたものだよ。

土曜日の夜と日曜日の朝の捜索どちらも、その品物の発見はできんかった。ここにはなかったのだが、普通の家庭ならば、ここにあるはずのものだ。マライアはみんなご存じのとおり、テニスコートを洗濯物干場に使っておる。洗濯ばさみを入れた籠はあった。背の高い物干しの支柱も、熊手に交ざって四阿の裏手にあった。では、洗濯物を干すロープはどうだ？」

フェル博士はハドリーにうなずいてみせた。ハドリーが持参したスーツケースを開け、巻いてある洗濯物のロープを取りだした。ずっしりと巻かれたかさばるロープで、長さは五十フィートはあるだろう。片端に木製の取っ手がついて、巻き取れるよう滑車がある。だが、反対の端はナイフで切断したかのように、ぎざぎざになっていた。

フェル博士はロープに目もくれなかった。

「さあ、テニスコートをじっくり見てもらいたい。よく見かけるコートだから、どんな構造か忘れがちだ。外側の金網は、どうやって建てられておるのか？　背の高い鉄柱を支えにしておるようだ。だいたい十フィートおきに鉄柱が入れられ、地面深くに突き刺さっておる。

そこでだ、土曜日の夜に気づいた人はおらんかね。照明灯でコートには興味深い影ができておったんだが。照明灯のスイッチをいま入れてくれれば、同じ影ができるだろう。このとおり、注意力散漫なもので、事件が起きたというのに、わしはその影に見とれてな。コートには肉を焼く波状の鉄板のように、ネットと平行に筋状の影ができておってな。コート両端――東西の鉄柱の影が中央でうまいこと合わさったからだよ。中央で合わさったということは、鉄柱はぴたりと対称に入っておるということだな。しかも、ますます興味深いことに、こうした影のひとつがフランク・ドランスの足を真っ直ぐ横切っておった」

誰かが喉を締めつけられたようなあえぎ声を出した。

ニックではなかったが、ニックは目をそらした。

「いいかね」フェル博士が言った。「オッホン――コートの表面を見てもらおうか。いわゆる砂ではない。それとはちがうものだ。わしは何度もその点を大声で主張してきた。コートが濡れれば、足跡を残さずに歩くことはできん。しかし、たとえば、指で擦るぐらいなら、跡を残さずにできる。わしはここで実験してみた。コートの一部を水で濡らし、アイススケートの刃で擦ってみたんだ。この刃は物干しロープとほぼ同じ幅だよ。仮に――いいかな、仮にだよ――物干しロープを濡れた表面に落として、蛇のようにくねらせたとしても、ロープは跡を残さないんだ」

キティ・バンクロフトが急に声をあげた。

「なにが言いたいんですか」金切り声に近い。「なにが狙いなんですか？　恐ろしいことをぼんやり思いつきましたが――」

フェル博士は彼女を黙らせた。

「次は事実に即して発見された三つの品物の位置に注目しようか。ラケット、ボール入りの網袋、『完璧な夫になる百の方法』という本だ。犯行時間にこれらの品物が金網の内側の芝生にあったかなかったか、かなり議論されてきた。だがな、それは問題じゃないんだ！　ミス・ホワイトとローランドはそれはそこになかったという。見た覚えがないというのだ。しかし見えなくてもおかしくないんじゃないか？　あの夜もっと遅くに、ふたりがこれらの品物に注目したときは、強力な照明灯が光を放って、ラケット、ボール、それぞれの色を際立たせていたんだよ。薄暗がりで、金網の下に突っこまれたようになっておるのを見るのとは、わけがちがう。そのあたりはボールが転がっていく窪みになっておると聞いたよ。

ああ、重要なのは品物があった位置なんだよ。ドランスがこのかこいにやってきたとき、これらの品物をもっておったとしよう。彼はどうしただろう？　いいかね！　濡れた砂のコートへ入る前に、まず金網の内側の幅の狭い芝生の境界線に入る。品物をもったまま、ここを歩いて行く。立ちどまる。品物を置く——どこに？　ハドリーが土曜日の夜に教えたように、鉄柱の一本のすぐ隣、芝生の上だ。

奇妙なことに、この鉄柱はコート東側のなかほどまでにはいかない位置にある。さらに奇妙なことに、この鉄柱こそ、のちに死体となった彼の足を横切る長い影を落とすものなんだ。さて、芝生の境界線を歩いてきた彼は、ラケットやらの品物を鉄柱隣の芝生に置いて、それからどうした？　その場所から真っ直ぐにコートへ入っていくか？　まさか。境界線を金網のドアまで引き返していくだろう。そこまでたどり着いて初めて、濡れた砂に足を踏み入れ、コートを斜めに歩いていくのだ。

ではどこへむかって？　コートの中央だ。それからどこへ？　彼は倒れた際にネットから十フィート離れた位置に頭があったが、まさにそこの地点だ。つまり、足はネットから十五フィートの位置にあった……センターラインに沿って……まるでテニスをしていたように。

ニコラス・ヤング博士、すなわち真犯人はドランスにこう言ったんだ。〝テニスロボットがどう動くか見せてやる。だが、正確な寸法が必要だ。ロボットが正確に動くようにな。わたしにはテニスができないから、おまえが代わりにやってくれないか。わたしの言うとおりにして〟

さあ、いよいよ現場の再現だ！　ヤング博士はドランスに巻いた物干しロープを渡す。指示に従い、ドランスは芝生の境界線を、あらかじめ決められた例の鉄柱まで歩く。ここで、鉄柱のあらかじめ決められた高さ——じつはドランス自身の首の高さ——に、ロープの端を結びつける。それから、ヤング博士に言われたとおり、巻いた物干しロープを抱え、コート中央へ投げこむ。必要以上に靴を汚すのはごめんだから、ドランスは金網のドアまで芝生の上を引き返す。ここから、コートへ入る。

おおいに楽しんでおったんだよ、このふたりは。ロボットの動作を設定する作業はとても愉快だ。コート中央で、ドランスは巻いた物干しロープを拾いあげ、これを西へ放り投げる。ヤング博士が金網の外で待機している場所だ。ヤング博士は金網の下に片手を入れ、ロープの端をたぐり寄せる。網目を器用にくぐらせ、東と平行になる高さまで太い鉄柱に引きあげる。

こうして、コートを横切る綱渡りのロープのようなものができた。これはテニスロボットが吊り下げられて走りまわるはずの滑車ロープだ——そうドランスは考えておる。ドランスの首と同じ高さにある。これがどう使われるか、まったくわかっておらんかった。だが、引きこまれて大はしゃぎしておる。そりゃあ、楽しいだろう。ニックおじさんが彼のために人形を作ってくれる。ニックおじさんの発明品に失敗作なしだ。それにいいかね、フランク・ドランスは誰よりも信頼している人物と一緒だったのだ。

そこでニックはこう声をかける。〝採寸は正確でなければ。人形の首の太さが知りたい〟

これも楽しい冗談めいた作業だ。ドランスはロープをもちあげておる。地面に垂れさがらんようにな。人形の役をするのだ。ニックが言う。〝ロープが垂れさがらないよう、きつく巻いてくれ。しかし、おまえの首に擦り傷がついてはいけない。ちょうど、厚手の柔らかなスカーフを二つ折りにして巻いているな。苦しくない程度に、できるだけスカーフをきつく巻いて、その上からロープを巻いてくれ〟。ドランスは言われたとおりにする。右手で――ネットのほうをむいているから――右側のロープをつかみ、頭の上へもちあげ、輪っかにして首を入れ、左側にロープを引き、首に輪っかを固定させる……

誰でもできる。あんたたち誰でもな。妻でも、夫でも、親友でも、ロープの輪っかに頭を突っこむときになっても、これっぽっちも疑いを抱かせずに、同じ罠にはめられるよ。殺人を成功させる秘訣は、被害者に笑顔を見せることなんだ。家庭のなかでできるかな？　ありふれたテニスコートでは？　〝打ち返し〟ができるかどうかのささやかな実験でなら？　やってみろと助言はせんよ。だが、これでうまくいくことは、わかるだろう。

ニコラス・ヤングは並外れた強い手と腕の持ち主だ。彼が車椅子を動かす様子を見れば、誰でも同意するだろう。片手しか使えないが、それでじゅうぶんだ。さて、こうして彼は、二本の鉄柱の中間で、フランク・ドランスの首にロープを巻かせた。ロープの片端は鉄柱に結ばれておる。もう片方の端はむかいの鉄柱に軽く巻き、さらに強力な彼の左手に二度巻きつけておる。金網の外に立ち、鉄柱に足をあてて踏ん張れるようにする。物干しロープはとても軽いが、きわめて強度がある。少し引いただけでも、ドランスは苦しくなるだろう。いきなり、思い切り強く引けば――」

フェル博士は腕を引いてみせた。

「やめたほうがいいと思います」ヒューは言った。ブレンダの気分が悪くなりはしないかと心配だった。彼女はガタガタ震えていたのだ。ヒューは肩に腕をまわした。

「いえ、待って！」ブレンダが叫び、突然思いだしたらしく、ヒューを見あげた。「スカーフの乱れた場所よ！　前の結び目は、一重にしかなっていなかった！　わたしが彼を見つけたときは、乱れていたの」

「落ち着いて」

「わからない？　ロープはフランクの首に巻かれていたスカーフを締めつけた。誰かが手で結び目を引っ張って絞め殺したようによ。でも、ロープで絞めたのだから、あれ以上はスカーフがきつく締まることはなかったのね。彼を見つけたとき、おかしいと思ったのよ。お話ししたけれど——」

フェル博士は派手にうなずいた。

「そうだよ、ミス・ホワイト。あんたはローランドさんに話をし、ローランドさんが、あんたの言ったままの言葉で、わしたちに話してくれた。まさにそれで、スカーフの謎が怪しいと思うようになったんだよ。スカーフが怪しいと気づけば、すべてのからくりがあきらかになったさ。いまあらましを話したような結論に否応なしに達した。

誰も犯行中の忌まわしい詳細を語りたい者はおらんよ。フランク・ドランスは、はっきりした意図をもって、首をくくられた。そして、首をくくられた男がかならずすることがある。足を蹴りだしたんだよ。縛られていないかぎり、足をめちゃめちゃに蹴りだして、跡は大きな円のようになり——そう、円に注目だ——踵《かかと》は地中に埋まるようになる。犯人がロープを引っ張ると、ドランスは地獄のロープに宙吊りにされて身体を揺らし、どんどん大きな円を描く跡を残した。ドランス自身の足が遺体のまわりに、滲《にじ》んだ跡を残したんだよ。のちにこれを、ミス・ホワイトがさらにひっかきまわしたわけだ。それから、ドランス自身の指先が犯人の締めつけるのに抵抗して、スカーフを引っかいた。

時間はかからなかった。かこいに入ってきて殺人の実行まで、十分足らずのことだ。我らがご立派なニックは黄昏時《たそがれ》には仕事を終わらせた。仕事は上出来だ。耳を澄まし、ロープを手放した。そして片足を引きずりながら、金網の外をコートの反対側へまわっていった。

そこで、ドランスがむかいの鉄柱に結んだロープを切った。いつももちあるいておる、折りたたみナイフでやったんだよ。これは彼がリンゴを片手でむくところを見た人から聞いたんだが、ナイフは歯で開けられたそうだからな。続いて、手早くロープを蛇のようにたぐり寄せた。覚えておるだろう、ドランスが転がされていたこと——何度か転がされていたことを。ニックが首からロープを外そうと引っ張って、遺体が何度か転がったわけだ。

もちろん、スカーフまで首から外れる心配はなかった。絞殺だから、当然のことスカーフ自体首に深く食いこんでおった。しかし、ロープのほうは緩んで、難なくもどってきた。この犯人はなんの罪もなさそうに見える物干しロープを丸めて、四阿にもどした。切り端の部分も回収した。しかしここで、ただひとつの、本物の失敗をやらかした。

いいかな、我らが友は〝奇跡の〟殺人を作りだすつもりなどなかった。ニコラス・ヤングの仕業だとは考えられない絞殺死体を残すことしか、考えていなかったのだ。彼が天気のいい日を選んでいれば、わしたちは犯人がどうやって絞殺したのか疑問を抱くこともなかったろうて。だが、待てなかったんだな。頭にきてやってしまった。たとえ雨の日でも、はっきりそれとわかる足跡がテニスコートに残るとは、一瞬たりとも夢にも思わなかったんだよ。そしてやりはじめたからには、もう引き返せなかった。

書斎へは七時二十分少し前にもどった。成功したことに酔いしれ、精神的に疲れきっておったし、体力的にも消耗しておった。カウチに倒れこみ、しばしの安眠をむさぼった。もっとも、悪夢にうなされたとしても、あるいは、治療中の骨を使ったことで起こされたときに身体に痛みがうずいたとしても、わしは驚かんがね。

身体がくたびれ果てた状態でマライアに起こされたときは、七時四十分だった。演技は依然として一流だったがね。しかしそれもマライアからブレンダ・ホワイトが足跡の罠にはまったと聞かされるときまでの話だった。そこから演技ではなくなった。仮面にヒビが入ったのさ。正常ではない男になった。少しあとにハドリーと話をしたときは、すっかり正常ではなくなっていた。なんとしてでも、そして常識に逆らってでも、ヒュー・ローランドに濡れ衣を着せようとしたときも、正常ではなかった。だがな、そのときの彼は、そうするしかないと思ったんだよ。自宅の門の外での熱い場面を見かけて、自分の計画全体が危機に瀕しておるとわかったんだからな。

はったりとして、同情心あふれるニックおじさんを印象づけるつもりで、マッジ・スタージェスに〝少額の小切手〟を送ったときも、正常ではなかった。土曜日の午後にハドリーから仕所を教えてもらい、小切手を送ると約束した。間抜けなことにこれを本当に送ってしまったのさ。口座はからっぽなんだから、銀行が小切手を不渡りにするのはわかっているのに――」

マッジ・スタージェスが怒りで青ざめてしゃべった。

「ええ、不渡りになったんですよ。バンクロフト夫人にもその話をしたわ。銀行って意地悪な人たちばかりなのね。あの人たち――」

「そしてニックは正常ではなくなって、最悪のことをしでかした」フェル博士が話を締めくくった。「計画もなく、道理もへったくれもなく、アリバイ工作もせず、彼は昨日、オーフィウム劇場でアーサー・チャンドラーを射殺したんだ」

ヒューでさえも、これには反論した。「博士、そんなことは無理ですよ！　昨日のことは聞いたじゃないですか。外部の者は劇場に出入りしていません」

これに答えたのはハドリーだった。「聞いたことがないかね、きみ。〈シュロッサー&ウィーズル〉という二人組のコメディアンを」

「知ってますよ」マッジが急に、嚙みつくように言った。「あの人たち、何年も同じ出し物をしているんですもの。昨日も衣装合わせに来ていましたよ。シュロッサーはマンガに出てくる松葉杖の大佐で、片足を包帯で巻いて痛風に見せ――」

ヒューも思いだした。「待ってくれ！　ぼくも思いだしたぞ」

「そういうことなのです」ハドリーが険しい声で言った。「今日は奇跡に出合わなかったので、あれこれ調べてみました。雨降りの暗い日に、劇場のむかいにいたふたりが、知らない顔は出入りしなかったと証言しています。ふたりは顔なじみのシュロッサーが劇場から出てきて、角を曲がって、パブが閉まる前、二時四十五分にさっと一杯やりにいったと思っていたのです。ですが、ふたりが見たのは、じつはまったくの別人だったのです」

ハドリーは一歩踏みだした。

「さて、ヤング博士、いまのがあなたに帰せられる罪の概略です。すべてお聞きになりましたね。それから」――彼は速記者をちらりと見ると、そちらもうなずき返した――「ここに集めた証人たちから、正当な理由があってここに呼ばれたことの確認も取れました。あなたも供述なさりたいですか」

テニスコートはさらに暗くなっていた。ポプラ並木は空を背景にほっそりした影になっている。蜂は黄昏とともに去っていた。だが、誰かが照明灯のスイッチを入れ、ぎらつく光が四隅までをも照らした。横棒の影がコートに投げかけられ、そのうち二手の影が中央で円形に乱された端のところで交差した。フランクの遺体が横たわっていた場所だ。

ニックは最後にそちらを見てから、顔のむきをもどした。顔はスキムミルクのように白く、肩で息をする音が聞こえた。

「おまえたちは、汚らわしい嘘つきばかりだ」ニックはいかめしい顔で言った。「みんなわたしを裏切ろうとしているな。誰も友達だと思ってくれないのか。ブレンダ、おまえだけは、こんな話を信じないね？」

「いえ、信じます」

「じゃあ、地獄に堕ちろ。汚れたふしだら女にはふさわしいさ――」

「黙りなさい！」ハドリーがたしなめたと同時に、ニックは話し終え、そのひどい口ぶりにキティさえも少々青ざめた。ニックの悪態はあからさまで鼻持ちならず、あとを引いた。「そうした言い草はもうたくさんですからね。話がしたい気分ならば、供述を聞きましょうと言っているんですよ。たとえば、チャンドラーがあなたのなにを、どれだけ知っていたかなどを」

「あんたがしゃべってみろ」

「あなたは」ハドリーは言った。「チャンドラーが四阿にいたことを知っていた。残りは、わたしたちと同じように推測しましたね。新聞が七時には四阿にあったのに、七時二十五分にはなくなっていたという事実からです。それであなたは、チャンドラーが知りすぎていると判断した。マライアに電話をさせて――日曜日にチャンドラーの自宅にかけてきたという女ですよ――彼の居場所を見つけた。そして射殺したんです。そのとおりですか、それともちがうのですか」

「わたしをここから連れだして、ヒュー」ブレンダが言って、涙をこらえた。

「そうしてくれ」ニックが言った。「その女をここから連れだしてくれ。年寄りの後見人をがっかりさせて、この男が語るたわけたことを信じる嘘つきの売女を見ているなんて耐えられないからな。わたしは無実で、あんたがいくらぺらぺらしゃべったところで、有罪など証明できないというのに。えらく偉ぶったものいいをするな、え？〝ニックがこれをした、ニックがそれをした〟と」――ニックは首を振りながら、ぶざまに真似をした――「あんたの話したことは、どれもこれもはったりで、そのはったりでさえも、ひどいものだ。両手両足が動けば、あんたたちみんなの頭の皮をはいでやるところだ。どうして、わたしがやったとわかる。わたしがでかでかと写っている金の額縁入りの写真でもあるのか、飾ればいいだけになっている写真でも？」

ハドリーがブリーフケースをひらいた。

「正確には金の額縁入りではありませんが、すべて引き伸ばしてありますよ。あなたがドランスを殺害している八枚の写真をご覧になりたいのではありませんか。チャンドラーはコートの東側からさまざまな角度で撮影しています。あなたがカメラのほうをむいたこの写真の表情などは――」

ハドリーは口をつぐんだ。ニックは急に目が落ち窪んだような顔になった。そしていきなり車椅子から立ちあがった。膝に置いていた松葉杖で、ハドリーの脳天めがけて殴りかかり、ハドリーは頭を守った腕が折れそうなほど打たれたが、杖はもぎとることができた。この行動は有罪を決定づける証言となった。連行されながら、ニックは我が身の苦境に思い至って、泣きじゃくっていた。

登場人物のその後

我々の父親たちが読んでいた古き良き小説では、物語の最後にすべての登場人物のその後がかならず書かれていたものだ。そこでは著者はいつも、関係者全員について、後日談を良心的に描いていた。たとえ、読者が思いだせないような些細な人物でさえもだ。善悪の裁きがつかないことはあり得なかった。馬を連れてきた誠実な使用人は現在、繁盛する酒場を経営しているとか書かれている。第六章に小悪党が二ページ登場して主人公を狙撃でもしていれば、のちにハマースミス橋から落ちただとかいう末路が待っている。どちらにしても、悪役はちゃんと始末されるのである。

最近ではこうした後書きは蛇足だと思われている。あるいは、書くのが面倒だと思われているのかもしれない。ほとんどの物語は途中でぶち切れ、点々が続いているだけだ。誰かが指摘したように、人生は続くという意味だ。けれども、ときには――はっきり言えば本書の場合は――著者が登場人物に並々ならない好意をもつこともある。そして当代最高の劇作家が劇の終わりにそれを書くことができるのであれば、事細かに、すべての登場人物がその後どうなったか記し、そのようなことはしないと言う恥知らずをあざけってもいいだろう。となれば、このような後日談をつける自由を、この取るに足りない記録にも適用できるはずだ。

さて、あれから一年ほどして、ブレンダ・ホワイトとヒュー・ローランドは結婚式を挙げた。ここに至るまでの出来事には、思いだしたくもないものがあった。十一月の暗い朝、ニックが最期を迎えたのがその最たるものだ。彼はサー・エドワード・ゴードン＝ベイツに弁護を依頼していたというのに、みずから有罪を主張して誰もを驚かせた。すぐにけりがつき、裁判が注目を集めることはなかった。

だが、家庭内ではごたごたが頻繁に起こった。ヒューの母は偏頭痛の発作で療養所へ入った。父は事件後すぐにブレンダの金銭面がきちんと運営されているか確認し、二時間かけて満足そうな銀行頭取に一ペニーの節約は一ペニーの得だと話して聞かせ、妻に終わりよければすべてよしだと説明した。

ブレンダにとってヒューの父ほど頼もしい闘士はいなかった。結婚式では、彼が誰よりも人気者で目立った。ブレンダとヒューがあの有名な調べにのって通路をしずしずと歩いてきたとき、父の顔は千ワットの電球のように輝き、聖ジュード教会でこれほど派手なシルクハットが目撃されたこともなかった。彼は若い夫婦に結婚の贈り物として、立派な銀の葉巻入れ、ウィリアム・シェイクスピア全集、イングランズ・レーン・ローンテニス・クラブの四十六ポンド十八シリング六ペンスの領収書を贈った。それに続いて披露宴が催され、あのシェピでさえも酔っ払った。父がスピーチをおこない、共同経営者のガーデスリーヴ氏の見積もりによると、自分自身の意見を入れずに引用だけで四十二分しゃべったという。若い夫婦はパリへ旅立ち、しあわせいっぱいだったが、やはり少しほろ酔いだった。そして今日のこの日まで（ここに記したことは二年前の出来事だ）、まわりでバツが悪くなるほど熱々で暮らしている。

ハドリー警視は残念ながら結婚式に出席できないと知らせてきた。南西部のパトニーで偽札が出まわってその捜査で多忙とのことだった。だが、フェル博士は結婚式に出席し、ヒューの父に負けないくらいしゃべった。使用人たちは、フェル博士ほどビールを飲める人がほかにいるかどうかで賭けをした。仕出し業者がフェル博士に賭けて、大儲けした。キティ・バンクロフトは式のあいだずっと泣いていたが、あとから元気になった。最近漏れ聞こえた話では、若いオーストラリア人と親しくつきあい、人生全般がとても充実しているようだ。

今日に至るまで、ブレンダはあの五万ポンドに手をつけておらず、これがヒューの父のただひとつのため息の種となっている。ただし、この一部を使ってニックの負債を清算し、さらにもう少しの額をマッジ・スタージェスの美容院開業の費用とした。

最後に、ほんの二週間前に、ブレンダとヒューがオーフィウム劇場へ足を運んだことにふれておこう。ふたりは出演者一覧になじみのある名前を見つけて仰天した。テキサス男ラニガンがブレンダを見ると、彼に途方もない魔法のような変化がいつも現れる原因はさておくとして、とにかく客席の前から四列目にいるブレンダを見て彼女だとわかるとはしゃぎだした。観客の大声援に応えて、彼は〈パン皿のチキン〉を踊った。オーケストラの指揮者から指揮棒を鞭で奪い、実弾で大太鼓に穴を開けた。すべてが大受けしたので、太鼓撃ちを除いて、彼の定番の出し物となった。

事件全体へのヒューの父の言葉は想像に難くない。「終わりよければ――」と始まるものだが、彼は名言を残した。入浴の準備ができたと知らされ、とっさに陰気な口調でこう答えたのだ。「――すべてよくしつ」。彼はこの駄洒落の出来にとてもいい気分になったから、いつもの格調の高さがなくとも大目に見てやるとしよう。

解説

大矢博子

カーを〈読まず嫌い〉だった時期がある。

たいした理由ではない。ただ、耳や目に入る評判――怪奇趣味であるとか、〈密室講義〉であるとか――から、古色蒼然としたおどろおどろしい、マニア向けの作風だと思い込んでいたのだ。

それを覆してくれたのが『テニスコートの殺人』(旧訳版タイトル『テニスコートの謎』)だった。

なんせテニスコートである。今も昔も、若くてセレブな男女がきゃっきゃうふふと楽しむスポーツの最右翼だ。これは怪奇も古色もなかろう、と気軽に手にとった。一読して驚いた。ひとつは、極めて魅力的な謎に。そしてもうひとつは、登場人物たちが織りなす現代的でテンポのいいサスペンスに。えっ、カーってこんな作家だったの?

あらかじめお断りしておくが、本書は決してカーの代表作に挙げられるような作品ではない。

カー自身が批評家への手紙に「『テニスコートの謎』の二番目の殺人は、出来が悪いだけでなく、非倫理的で稚拙だと素直に認める。この作品は中篇小説にすべきだったのに、私は引き延ばすため、無理に別の殺人を持ち出さねばならなかった」と書いているほどなのである（ダグラス・G・グリーン『ジョン・ディクスン・カー〈奇蹟を解く男〉』国書刊行会）。

確かに、本格ミステリとしての構造を見れば、首を傾げる箇所はある。しかしそれも含めて、私は本書でカーに興味を持った。そして代表作とされるカーの作品を立て続けに読んだ結果、本書はカーの中でもかなりユニークな作品であるということ（実際、他の作品には事前の印象通りの怪奇趣味でマニアックなものが多々見られた）、そしてそのユニークさゆえに、より幅広いファンに受け入れられる要素を備えているという結論に至ったのである。

超自然や怪奇といった演出が苦手な身としては、本書からカーに入ったのはむしろ正解だったと思っている。

まず粗筋をさらっておこう。嵐が通り過ぎたあと、ニコラス・ヤング博士の邸内にあるテニスコートの中央付近で、フランク・ドランスの絞殺死体が発見された。見つけたのはフランクの婚約者、ブレンダ・ホワイトだ。ぬかるんだコートには、フランクの足跡が片道分、そしてブレンダの足跡が往復分残されていた。ブレンダはフランクの死によって莫大な遺産を相続する立場にあり、真っ先に疑われそうだった。

そこに通りかかったのが、ブレンダに思いを寄せる弁護士のヒュー・ローランド。ブレンダの主張——死体を見つけて慌てて駆け寄ってしまったが、それまでコートにはフランク以外の足跡はなかった——を聞き、なんとか彼女を助けようとする。あれこれ画策して、これはブレンダの足跡ではないと見せかけた。そんな彼らの前に立ちふさがったのが、名探偵ギディオン・フェル博士だ。

まず目を引いたのが、この謎である。これは本来〈足跡のない殺人〉というミステリファン垂涎《すいぜん》の不可能犯罪なのだ。ところがブレンダがうっかり足跡をつけてしまったために、捜査する側にとってはごく普通の〈足跡のある殺人〉になってしまった。せっかくの不可能犯罪が、表面的には不可能犯罪ではなくなっているわけだ。捜査する側が真犯人に辿り着くにはまずヒューとブレンダの偽装作戦を見抜かねばならず、見抜いた先にはさらに不可解な謎が待っているという次第。

この捻《ねじ》くれた二段構えの謎に、一気に魅せられた。

そしてもうひとつの本書の魅力——サスペンスの部分も同時に提示される。ヒューとブレンダが、〈偽装工作の犯人〉として捜査の進展に一喜一憂する様子は、まさにエキサイティングな倒叙ミステリの味わいなのだ。

たとえばある小道具にフェル博士が目を向けたときの、彼らの緊張。うまくやったとばかり思っていたことにミスがあったと気付いたときの、焦り。ヒューはとっさに理屈を考え、とっさに切り返し、その場をしのぐ。読者はヒューとブレンダに感情移入しているので、ヒューの当意即妙の返しに胸を撫で下ろしたり、警察のツッコミに「それやばい！」とドキドキしたり。

11章から13章までの息詰る頭脳戦と言ったら！　逆転に次ぐ逆転でページを繰るのももどかしいほどだった。

　そもそもヒューとブレンダは、ブレンダさえ疑われなければいいわけで、無実の他人に罪をなすりつけたいわけではない。だから偽の手がかりに合うような他の容疑者が出てきたりすると、彼らは安心どころか逆に心配したりもする。

　お気付きだろうか。ヒューとブレンダに感情移入して読むとこれは極めて緊迫感溢れるサスペンスなのだが、一歩引いてみると、本書の構造はコメディにもなり得るのだ。よかれと思った行動がどんどん事態を悪くして自分を追い込むブレンダ、そのひとつひとつにパッチを当てるようにフォローしていくヒュー。バレた？　いや助かった。見抜かれた？　いや大丈夫。誰かに濡れ衣が？　そんなのダメ！　うー、ハラハラする！　しかもその過程で、ヒューやブレンダにも身に覚えのない展開があったりもして、読者を飽きさせない。

　何より、人物が生き生きしている。今回、三角和代さんの新訳で会話文もより自然になり、ヒューの葛藤やブレンダの焦燥が手に取るように伝わってきた。もともとカーには男女のロマンスがよく登場するが、初期のものは〈正義感溢れる若者と気だてのいい美人〉という枠にはまった造形が多かった。しかし本書のブレンダは、男性と対等に議論し、ときには自らがイニシアチブをとる。ヒューはそんなブレンダを懸命に守り、サポートする。そういう点では本書はロマンスのあり方も現代的で、今の読者に受け入れられやすいと言えるだろう。

　登場人物が少なく、容疑者が限定されるのもいい。読みやすさという点で本書はカー作品の中で群を抜いている。そしてもちろん用意されているフェル博士の謎解きと意外な真犯人。細かな伏線が次々と回収されるカタルシスは、まさに本格ミステリの醍醐味だ。

だが、なるほど、この〈足跡のない殺人〉のトリックについては、確かに驚くし巧くできてはいるものの不確定要素が強いように感じられる。真相以外にもスコットランド・ヤードのハドリー警視が幾つか仮説を出しており、「むしろこっちの仮説の方が無理がないのでは」とすら思ったほどだ。しかし、カー自身が「出来が悪い」と言った二番目の殺人も含め、「あれ、どう思う?」と人と話したくて仕方ない。それもまた本格ミステリを読む楽しみのひとつではないか。

二段構えの魅力的な謎、ロマンスを絡めたドキドキの倒叙的サスペンス。誰かと語りたくなる真相。カーの傑作を挙げよと言われたら『三つの棺』や『火刑法廷』の名を出す。しかしカーの中で好きな作品はと問われたら、私は本書を推す。これはそんな、愛おしくも胸躍る佳品なのである。

もうひとつ、私が本書を読んで「カーの他の作品も読んでみよう」と思った要素がある。名探偵ギディオン・フェル博士の存在だ。『魔女の隠れ家』を皮切りに、カーのシリーズ探偵の中で最も多くの作品に登場するフェル博士。本書はシリーズとしては長編十一作目にあたる。本書でのフェル博士登場場面を見てみよう。

途方もない巨体で大型のテントのような黒いマント姿、白髪交じりのもじゃもじゃ頭にはちきれそうなシャベル帽をかぶった男だった。（中略）フェル博士が巨大ガリオン船のように方向転換し、灯りの点いた家を見てまばたきした。ヒューたちから、幅広の黒いリボンで留められた眼鏡が見えた。サンタクロースのように満面の笑みをたたえた丸いピンクの顔。そして山賊そっくりの口髭。博士はとびきりのにこやかな表情で庭を歩いてきたが、ぼんやりしていて、立木めがけて真っ直ぐ歩いたものだからぶつかりそうになり、制服警官がさっと腕にふれて私道へ向きを変えさせた。

可愛い！　なんて愛嬌のあるトボけたおじさんなんだろう。これが私にとっては初めてのフェル博士だったわけで、この登場場面で一気にファンになった。ところが物語が進むにつれ、可愛いどころか、その鋭さと食えなさに瞠目《どうもく》することになる。そして——ここが最も私が気に入った箇所なのだが——全員を集めて犯人を告発する場面、フェル博士は犯人ではなくある人物を見つめながら謎解きをするのだ。なぜか。ユーモラスでお茶目で、ときに毒舌でアクが強く、理屈っぽくてつかみ所がない、そんなフェル博士が隠し持っている深い優しさが彼の視線に表れる、とてもいい場面だ。

後に他の作品を読んで、フェル博士のユーモラスなキャラクタは、怪奇的な道具立てによる恐怖を中和する効果があることに気付いた。それが本書では、わけのわからない事態に放り込まれ振り回された可哀想な登場人物にとっての救いになっている。終章の後日談と合わせて、本書がドキドキハラハラのサスペンスでありながらとても温かな読後感を得られるのは、このフェル博士ゆえに他ならない。

ただ、本書の主人公はヒューとブレンダであり、フェル博士の登場する場面は全体の半分にも満たない。そのため、フェル博士のキャラクタが余すところなく描かれているとは言い難い。『曲がった蝶番《ちょうつがい》』新訳版の巻末に、福井健太氏によるフェル博士登場作品の一覧があるので、ぜひそれをご覧になって、他の作品にも手を伸ばしていただきたい。本書よりもっとアクが強く、もっとユーモラスで、もっとお喋りなフェル博士に出会えることと思う。ちなみにフェル博士のモデルは、「ブラウン神父」シリーズで有名なG・K・チェスタトンだそうだ。

なお、本書でのメインの謎となる〈足跡のない殺人〉は、カーが好んで使った題材のひとつである。代表的なものとしては『白い僧院の殺人』（創元推理文庫）が挙げられるだろう。他に『貴婦人として死す』（ハヤカワ・ミステリ文庫）、『月明かりの闇――フェル博士最後の事件』（ハヤカワ・ミステリ文庫）、『引き潮の魔女』（ハヤカワ・ミステリ文庫）、『不可能犯罪捜査課』（創元推理文庫）所収の短編「空中の足跡」、『パリから来た紳士』（創元推理文庫）所収の「見えぬ手の殺人」がある。また、密室ものに分類される『三つの棺』（ハヤカワ・ミステリ文庫）や『黒死荘の殺人』（創元推理文庫）にも〈足跡のない殺人〉の謎が登場する。合わせて楽しまれたい。

検印
廃止

訳者紹介　1965年福岡県生まれ。西南学院大学文学部外国語学科卒。英米文学翻訳家。カー「帽子収集狂事件」「曲がった蝶番《ちょうつがい》」，カーリイ「百番目の男」，テオリン「黄昏に眠る秋」，プール「毒殺師フランチェスカ」，ジョンスン「霧に橋を架ける」など訳書多数。

テニスコートの殺人

2014年7月25日　初版
2023年11月10日　再版

著者　ジョン・ディクスン・カー
訳者　三《み》角《すみ》和《かず》代《よ》

発行所　(株)東京創元社
代表者　渋谷健太郎

162-0814／東京都新宿区新小川町1-5
電話　03・3268・8231-営業部
　　　03・3268・8204-編集部
URL　http://www.tsogen.co.jp
DTP　工友会印刷
印刷・製本　大日本印刷

ISBN978-4-488-11837-2　C0197

H・M卿、回想録口述の傍ら捜査する

SEEING IS BELIEVING ◆ Carter Dickson

殺人者と恐喝者

カーター・ディクスン
高沢 治 訳　創元推理文庫

◆

美貌の若妻ヴィッキー・フェインは、夫アーサーが
ポリー・アレンなる娘を殺したのだと覚った。
居候の叔父ヒューバートもこの件を知っている。
外地から帰って逗留を始めた叔父は少額の借金を重ねた
挙げ句、部屋や食事に注文をつけるようになった。
アーサーが唯々諾々と従うのを不思議に思っていたが、
要するに弱みを握られているのだ。
体面上、警察に通報するわけにはいかない。
そ知らぬ顔で客を招き、催眠術を実演することに
なった夜、衝撃的な殺害事件が発生。
遠からぬ屋敷に滞在し回想録の口述を始めていた
ヘンリ・メリヴェール卿の許に急報が入り、
秘書役ともども駆けつけて捜査に当たるが……。

永遠の名探偵、第一の事件簿

THE ADVENTURES OF SHERLOCK HOLMES◆Sir Arthur Conan Doyle

シャーロック・ホームズの冒険

新訳決定版

アーサー・コナン・ドイル
深町眞理子 訳 創元推理文庫

◆

ミステリ史上最大にして最高の名探偵シャーロック・ホームズの推理と活躍を、忠実なるワトスンが綴るシリーズ第１短編集。ホームズの緻密な計画がひとりの女性に破られる「ボヘミアの醜聞」、赤毛の男を求める奇妙な団体の意図が鮮やかに解明される「赤毛組合」、閉ざされた部屋での怪死事件に秘められたおそるべき真相「まだらの紐」など、いずれも忘れ難き12の名品を収録する。

収録作品＝ボヘミアの醜聞，赤毛組合，花婿の正体，
ボスコム谷の惨劇，五つのオレンジの種，
くちびるのねじれた男，青い柘榴石《ざくろいし》，まだらの紐，
技師の親指，独身の貴族，緑柱石の宝冠
橅《ぶな》の木屋敷の怪